Amanda Cross:
Die Tote von Harvard

Kriminalroman

Deutsch von Helga Herborth

Deutscher
Taschenbuch
Verlag

dtv

Von Amanda Cross
sind im Deutschen Taschenbuch Verlag erschienen:
Albertas Schatten (11203)
Gefährliche Praxis (11243)
In besten Kreisen (11348)
Eine feine Gesellschaft (11513)
Schule für höhere Töchter (11632)
Tödliches Erbe (11683)
Süßer Tod (11812)
Der Sturz aus dem Fenster (11913)

Ungekürzte Ausgabe
April 1995
2. Auflage September 1995
Deutscher Taschenbuch Verlag GmbH & Co. KG,
München

Titel der amerikanischen Originalausgabe:
›Death in a Tenured Position‹
 · ISBN 3-8218-0196-4
Umschlaggestaltung: Ute Stüver
Umschlagfoto: Franz Hubmann
Satz: IBV Satz- und Datentechnik, Berlin
Druck und Bindung: C. H. Beck'sche Buchdruckerei,
Nördlingen
Printed in Germany · ISBN 3-423-11984-5

Das Buch

Ein Unbekannter stiftet einen Lehrstuhl für die englische Fakultät. Einzige Bedingung: Es muß eine Frau berufen werden. Da es das in der 300jährigen Geschichte dieser Uni noch nie gegeben hat, ist der Widerstand beträchtlich. Als Janet, schön, kühl und spezialisiert auf Lyrik des 17. Jahrhunderts, die Professur bekommt, gelingt es ihr, sich sofort bei den Frauen unbeliebt zu machen; die Professoren bleiben abweisend und sind nicht bereit, sie anzuerkennen. Als sie bei einer Party einen Blackout hat und in der Badewanne wieder zu sich kommt in Gegenwart einer stadtbekannten Feministin, sind ihre Reputation und ihr Selbstwertgefühl schwer angeschlagen. Kate Fansler läßt sich darauf ein, ihrer ehemaligen Mitschülerin beizustehen. Sie trifft in Harvard ihre erste Liebe, einen Gastprofessor, der kurze Zeit mit Janet verheiratet war. Ihr Versuch, die Badewannengeschichte aufzuklären, wird von den Ereignissen überholt, als Janet vergiftet im Männerklo gefunden wird. Ihr Ex-Mann wird unter Mordverdacht verhaftet. Kate findet – wie immer mit Hilfe von Literatur – die Lösung.

Die Autorin

Amanda Cross (eigentlich Carolyn G. Heilbrun), geboren 1926 in New Jersey, lebt in New York, lehrt an der Columbia University und gilt als eine der anerkannten feministischen Literaturwissenschaftlerinnen. Mit der Figur der Kate Fansler, Literaturprofessorin und Amateurdetektivin, gehört sie zu den ersten der »neuen Thrillerfrauen«. In deutscher Sprache liegen außerdem vor: ›Süßer Tod‹ (1984), ›Albertas Schatten‹ (1988), ›In besten Kreisen‹, ›Eine feine Gesellschaft‹ (1989), ›Schule für höhere Töchter‹ (1990), ›Tödliches Erbe‹ (1991), ›Der Sturz aus dem Fenster‹, ›Verschwörung der Frauen‹ (1992).

Prolog

> Sollte es unter Ihnen, was ich hoffe, leidenschaftliche Verfechter der Bildung von Frauen geben, kann ich mir keinen besseren Weg denken, die Sache zu befördern, als Radcliffe-Lehrstühle in Harvard zu errichten. In welcher Fakultät die Lehrstühle eingerichtet werden, spielt keine Rolle, Hauptsache, sie werden von einer Frau besetzt.
>
> *Giles Constable*
> *›Radcliffe Centennial News‹*

Andrew Sladovski, Anglistikdozent, Harvard University, an Peter Sarkins, Anglistikdozent, Washington University, St. Louis:

Lieber Peter,
wahrscheinlich hast Du, als Du den Umschlag in der Hand hieltest, gerätselt, was Deinen alten Andy dazu inspiriert haben könnte, Dir zu schreiben. Gib die Raterei auf. Du kommst eh nicht drauf: Harvard wird im Fachbereich Anglistik einen Lehrstuhl an eine Frau vergeben! Und jetzt summen hier alle so aufgeregt herum wie Tennysons (oder waren es Poes?) Bienen. Versteht sich von selbst, daß Hopkins, unser allseits geliebter Präsident, außer sich ist. Noch vor kurzem hat er vor dem versammelten Fachbereich verkündet, seiner Meinung nach sei das Frauenproblem so gut wie aus der Welt, und man brauche sich keine Sorgen mehr um die Frauenquote an den Fakultäten zu machen. Und nun trifft ihn dieser Schlag! Wäre er nicht solch ein Scheißkerl, ich hätte vielleicht sogar Mitleid mit ihm. Jetzt machen sich alle Sorgen wegen der Menopause – das scheint absolut das einzige zu sein, woran sie denken können, wenn eine Frau ihre männlichen Domänen zu pe-

netrieren droht – wie entlarvend die Sprache doch ist! Bisher weiß niemand, wer diese Frau sein wird. Ich jedenfalls hoffe auf eine knallharte Feministin, die ihnen die Hölle heiß macht. Aber das ist ziemlich unwahrscheinlich. Lizzy meint, daß sie es schaffen werden, eine renommierte Professorin zu finden, die dem naiven Glauben anhängt, Qualifikation sei wichtiger als das Geschlecht. Ich überlasse es Lizzy, diesen Brief mit kritischen Anmerkungen zu schmücken...

Allen Adam Clarkville, Anglistikprofessor, Harvard University, an Mark Peterson, Anglistikprofessor an derselben Universität, derzeit in Ferien:

Lieber Peterson,
sollte es möglich sein, daß die Neuigkeiten noch nicht bis zu Dir nach Bellagio vorgedrungen sind? Da noch keine erschütterten Telegramme eingetroffen sind, nehme ich also an, daß Du im Gebirge herumkraxelst und völlig ahnungslos bist. Bitte, Peterson, stürze in keine Schlucht, denn ich brauche jede nur denkbare Unterstützung. Irgendein niederträchtiger Millionär hat Harvard eine Million Dollar für einen neuen Lehrstuhl im Fachbereich Anglistik angeboten – unter der Voraussetzung, daß er mit einer Frau besetzt wird. Die erfreuliche Tatsache, daß bei uns noch nie eine Frau einen Lehrstuhl hatte, macht uns zweifellos zum geeigneten Opfer seiner Wohltätigkeit. Und keine Chance, sie zu den Historikern oder Literaturwissenschaftlern abzuschieben! Ich glaube wirklich, diese Hetero-Typen haben mehr Angst vor Frauen als wir. Hopkins meinte neulich doch allen Ernstes, daß man bei Abendgesellschaften nach dem Essen wieder die Geschlechtertrennung einführen sollte. Ich will jetzt nicht zitieren, was Sam Johnson über lehrende Frauen zu sagen hatte, das überlasse ich lieber dem guten Fronsy. Wenn es ja nicht hieße, daß ich für den Rest meines Berufslebens bei

jeder Sitzung diese Frau anstarren muß, dann hätte ich meine helle Freude an der Aufregung, die hier herrscht. Aber trotz allen hysterischen Gezeters – Harvard hat offensichtlich nicht die Absicht, eine Million Dollar auszuschlagen. Und noch mehr: Wer der Spender auch sein mag (hat sich übrigens je einer mit dem Phänomen des männlichen Feministen befaßt? Natürlich denkt man sofort an John Stuart Mill), es kursiert das Gerücht, falls dieser Lehrstuhl erfolgreich ist, wolle er eine weitere Million für eine zweite weibliche Professur springen lassen. Man weiß wirklich nicht, ob man Beifall klatschen oder sabotieren soll. Dir brauche ich wohl nicht zu erzählen, was meiner Meinung nach einigen unserer würdigen und gesetzten Kollegen durch den Kopf geht...

Frank Williams, Anglistikprofessor, Harvard University, an Frederick Held, Anglistikprofessor, Columbia University:

Lieber Fred,
Du wirst erraten, warum ich Dir schreibe. Betrachte diesen Brief als offizielle Bitte und schlage uns jemanden vor, eine Frau, die die nötigen Voraussetzungen mitbringt und sich für den Lehrstuhl, der inzwischen wohl in aller Munde ist, eignet. Unser Präsident denkt nicht daran, das Geld abzulehnen, obwohl er von vielen Seiten unter Druck gesetzt wurde, es zu tun. Meine Meinung zu dem Ganzen werde ich Dir bei nächster Gelegenheit lieber mündlich mitteilen. Da ich – Gott will mich für meine Sünden strafen – der Vorsitzende des Berufungskomitees bin, muß ich einen Vorschlag machen. Ich wende mich also an Dich, weil es bei Euch mehr Frauen gibt und Du außerdem Frauen an anderen Universitäten kennst – dank Deines natürlich zu Recht gerühmten liebenswerten und unvoreingenommenen Charakters. Die Dame, die wir suchen, sollte sich einen guten wissenschaftlichen Ruf ge-

macht haben und, wenn möglich, nicht zu hysterischen Szenen neigen. Wir wurden strengstens instruiert, die Sache zügig anzugehen, und dafür, daß ich mich auf einen Termin festgelegt habe, hat man mir gnädig erlassen, eine Frau in das Berufungskomitee aufzunehmen. Am Radcliffe wird sich großes Geheul erheben – denn schließlich hat man ihnen bei *allen* Fragen, die mit Frauen zu tun haben, ein Mitspracherecht zugesichert (könnten die Frauen doch nur unter sich bleiben!) –, aber ich bleibe hart. Diese Fakultät fällt ihre letzte nur von Männern verantwortete Entscheidung!

All die Leichen, die in ihren Gräbern rotieren werden! Ich weiß schon, warum ich mich für die Feuerbestattung entschieden habe. Daß Hopkins außer sich ist, brauche ich wohl kaum zu erwähnen. Fran hat in einem neuen Roman von Iris Murdoch die ideale Beschreibung der Situation gefunden: *Sic biscuitus disintegrat* – so schwinden alle Hoffnungen dahin. Mir kommt gerade eine wunderbare Idee. Meinst Du, wir können Iris Murdoch bekommen? Dann würden wir ihren verehrten Gatten, John Bayley, den *hervorragenden* Literaturkritiker, gleich dazunehmen. Er könnte die Vorlesungen halten (schließlich müssen Ehemänner ja auch noch ein paar Rechte haben), und sie könnte in Ruhe ihre Romane schreiben. Das ist der angenehmste Gedanke, der mir gekommen ist, seit diese lästige Geschichte passiert ist...

Eins

Desillusionierung im Leben ist das Herausfinden, daß niemand mit dir übereinstimmt... Das Ausmaß, in dem sie übereinstimmen, ist wichtig für dich, bis das Ausmaß, in dem sie nicht mit dir übereinstimmen, von dir vollkommen erkannt wird. Dann sagst du, du willst für dich selbst und Fremde schreiben, du willst für dich selbst und Fremde sein, und das macht dann einen alten Mann oder eine alte Frau aus dir.

Gertrude Stein
›Making of Americans‹

Kate Fansler betrachtete die Reihe von Männern auf der anderen Seite des breiten Konferenztisches und dann die Männer zu ihrer Rechten und Linken. Außer ihr hatte man, um den Schein von Gleichberechtigung zu wahren, noch eine Frau ins Komitee berufen; sie war schwarz und heute nicht anwesend. Sie hatte so viele Verpflichtungen, daß diese, obwohl die Mitgliedschaft in diesem Komitee ein hohes Privileg bedeutete, sich gelegentlich in die Quere kamen. Kate hatte gelernt, Ärger zu verbergen. Es sich nicht anmerken zu lassen, wenn sie sich langweilte, gelang ihr weniger gut. Während sie also ihren Blick über die Männer schweifen ließ, stellte sie fest, daß die gegenwärtige Dekade sich für sie dadurch auszeichnete, in der Gesellschaft vieler Männer und einiger weniger Frauen an hochglanzpolierten Konferenztischen zu sitzen und über die akademischen Probleme der siebziger Jahre zu debattieren. Manchmal sah Kate in Gedanken ihren Grabstein vor sich, mit der in Marmor gemeißelten Inschrift: »Die Alibi-Frau«. Und über der Inschrift schwebten gleichgültige androgyne Engel.

Um fünf Uhr stand sie auf, fest entschlossen, sich aus

dem Raum zu schleichen. Sie wußte, bald würde einer der Männer aufstehen, um seine Fahrgemeinschaft nicht warten zu lassen. Wenn sie ein paar Minuten vor ihm ging, konnte ihr niemand einen Vorwurf machen. Keine Minute länger ertrug sie das männliche Gepluster und umständliche Getue. Sie mußte entweder verschwinden, oder sie würde laut schreien. Natürlich nahm kaum jemand von ihrem Abgang Notiz, obwohl einige Männer ihr mechanisch zuwinkten. Wodurch sich die achtziger Jahre auszeichnen würden, wußte Kate nicht. Sie hoffte jedenfalls inständig, es mochten keine Komiteesitzungen sein, sondern etwas, wenn schon nicht Aufregenderes, so doch zumindest... weniger Alibihaftes.

Sowie sie den Raum verlassen hatte, kehrten ihre Lebensgeister zurück. Sie beschloß heimzugehen, sich einen Drink zu mixen und die Füße hochzulegen. Vielleicht hatte Reed, der um die Welt tingelte und Vorträge über Polizeimethoden hielt, ihr geschrieben. Oder besser, die Post hatte sich vielleicht dazu bewegen lassen, seine Briefe zuzustellen. In der Damentoilette im Erdgeschoß blickte Kate amüsiert auf eine kleine runde Plakette, die am Spiegel klebte: »Vertrau auf Gott: SIE wird für dich sorgen.« Kate lächelte und machte sich auf den Heimweg.

Kate trank ihren Martini und versuchte abzuschalten und dachte, daß Gott – egal welchen Geschlechts – nach Meinung vieler Leute sehr gut für sie gesorgt hatte. Kate konnte dem nicht widersprechen. Sie hatte all die Vorteile ihrer mit Reichtum und gesellschaftlicher Stellung gesegneten Familie genossen, und gleichzeitig war es ihr gelungen, dem zu entgehen, was sie als überwältigende Nachteile einer solchen Herkunft empfand. Soll heißen: Kate wußte ihre Privilegien zu schätzen – was sie nicht schätzte, waren die Ansichten und gesellschaftlichen Konventionen ihrer Kaste. Schon zu einem Zeitpunkt, als solch ein Vorhaben in ihren Kreisen als höchst exzentrisch galt, hatte sie sich entschlossen, Karriere zu machen und war Literaturprofessorin an einer der größten und angesehensten Universitäten New Yorks geworden. Erst spät, zumindest nach dem gängigen Urteil, hatte sie einen Mann geheiratet, der ihr eher Kameradschaft bot als Taumel der Sinne. Sie betrachteten beide die Ehe nicht als ununterbrochene Kette von erotischer Lust und Diners in den besten Restaurants. Reed Amhearst war als Bezirksstaatsanwalt in ihr Leben getreten. Er agierte noch immer in den höheren Rängen staatlicher Gerichtsbarkeit, hatte aber in den letzten Jahren seine Aktivitäten deutlich zugunsten eines humanen Strafvollzugs verlagert. Sein momentaner Aufenthalt in Afrika galt einer Sache, die ihm sehr am Herzen lag. Obwohl er schon seit Wochen fort war, lauschte Kate immer noch um diese Zeit auf seinen Schritt.

Kate wußte, daß ihr Desinteresse Folge ihres wohleingerichteten Lebens war. Oder, um es etwas hochtrabender und Kates Beruf angemessener auszudrücken: Ein Mensch, dem keine neue Herausforderung mehr gestellt wird, versinkt in die Todsünde der geistigen und moralischen Trägheit. Eigenartig, dachte Kate, daß es so viele Jahre dauert, bis man eine simple Tatsache begreift: Immer scheint das gerade vor einem liegende Ziel – der nächste Job, die nächste Veröffentlichung, Liebesaffäre, Ehe – alles Glück der Welt bereitzuhalten. Aber ist das Ziel einmal erreicht, stellt sich diese Befriedigung nicht ein, zumindest nicht auf lange Sicht. Egal, wie sehr man auch versucht, alle Segnungen zu genießen – Muße, Gesundheit, Geld, ein Zimmer für sich allein –, immer kommt man an den Punkt, wo man wieder nach vorn starrt, aufs nächste Ziel. In ihrer Kindheit hatte Kate dieses Phänomen bei den Freundinnen ihrer Mutter beobachtet, die ständig umzogen und irgendwelche Häuser oder Appartements neu einrichteten. Wo es keine wirkliche Not zu überwinden gilt, schafft man sich künstliche Nöte. Vielleicht ist das die Hauptkrankheit unserer Zeit. Deshalb fragt sich jeder: Was jetzt, welchem neuen Ziel, welchem Vorhaben soll ich mich als nächstes verschreiben?

Während Kate sich einen zweiten Martini mixte und den Gedanken ans Abendessen aufschob, fragte sie sich, ob sie nicht vielleicht durch irgendwelche dunklen Mächte, gegen die, wie die Eklektiker sagen, menschlicher Wille nichts ausrichtet, verlockt worden war, Verbrechen aufzuklären. Mit Reeds Hilfe natürlich. Hatten eigentlich alle Menschen Freunde oder Bekannte, die ständig in Dramen von Tod und Leidenschaft verstrickt waren? Doris Lessing hatte kürzlich geschrieben, der Roman sei dabei, die Fessel des Realismus abzuschütteln, »denn das, was um uns herum geschieht, wird täglich wilder, fantastischer und unglaublicher«. Kate glaubte ihr.

Es war jedoch schon lange her, seit sie das letzte Mal Detektivin gespielt hatte. Keiner wünschte sich Leichen herbei. Es gab weiß Gott genug Gewalt in der Welt. Was wollte sie also? Vielleicht das Gefühl haben, daß sie noch in den Lauf der Dinge eingreifen und die Welt, wenn auch nur minimal, menschlicher machen konnte. Reed und Kate waren zwar durch Kontinente voneinander getrennt, verfolgten aber das gleiche Ziel. Während er aktiv eingriff, saß sie an Konferenztischen, umgeben von aufgeblasenen Männern. Zum ersten Mal in ihrem den Geisteswissenschaften gewidmeten Leben fragte sie sich, welcher Sinn darin lag.

Immerhin schaffte sie es, sich aufzuraffen. Sie nahm das Glas mit in die Küche und beschloß zu essen. Nein, um die Todsünde geistiger und moralischer Trägheit ging es nicht, dachte sie, während sie mit einer Gabel die Eier verrührte; viel eher um das, was die Franzosen *aboulie* nennen: *L'absence morbide de volonté.* Unsinn, murrte Kate, und stellte die Omelettpfanne auf den Herd. Wenn du nicht aufpaßt, hörst du dich bald an wie eine von George Eliots entschlußlosen Heldinnen, über die du endlose Vorlesungen hältst. Mir wenigstens, dachte Kate, hat man beigebracht, auf Gott zu vertrauen und darauf zu warten, daß SIE sich meiner annimmt.

Als Kate am nächsten Nachmittag vor ihrem Büro ankam, um ihre Studentensprechstunde abzuhalten, stand eine

Frau gegen die Tür gelehnt. Neben ihr saß, auf den Hinterbeinen kauernd, die Vorderpfoten nach vorn gestreckt und so, als koste ihn diese Ruhestellung all seine Willenskraft, ein großer weißer Bullterrier, die Sorte Tier, die Kinder als Vorbild nehmen, wenn sie einen Hund malen sollen. Kate erinnerte sich vage an das Schild neben der Eingangstür zur Baldwin Hall: *Hunde nicht erlaubt.*

»Sie sind Kate«, sagte die Frau. Ob das eine Frage oder Feststellung sein sollte, war unklar. Kate kramte nach ihrem Schlüssel und nickte. Mit einem Ruck, der drohend aussah, erhob sich der Hund. »Sitz, du Luder«, sagte die Frau leise. »Kann ich Sie einen Moment sprechen? Haben Sie Angst vor Hunden? Ich kann Jocasta auch draußen lassen.«

»Kommen Sie herein«, sagte Kate. »Und bringen Sie, ehm, Jocasta mit.« Zusammen betraten sie den Raum. Kate fand, daß Jocasta nicht so aussah, als wüßte sie die Einladung zu schätzen.

»Danke«, sagte die Frau. Sie zog ihre Daunenjacke aus; darunter kamen ein T-Shirt mit einem Bild von Virginia Woolf und eine Arbeitshose zum Vorschein. Ihr langes Haar hing glatt bis auf die Schultern. Sie trug eine große Brille und hatte die Bewegungen einer Frau, die all die vorsichtigen kleinen Gesten, die gemeinhin als weiblich gelten, endgültig hinter sich gelassen hatte. Ende Dreißig, dachte Kate, vielleicht auch Anfang Vierzig, zum Teufel, welche Rolle spielte das?

»Setzen Sie sich doch.«

»Ich heiße Joan Theresa«, sagte die Frau und ließ sich auf den Stuhl vor Kates Schreibtisch fallen. »Sitz, Jocasta, sitz und bleib sitzen.« Jocasta ließ sich erneut widerwillig auf die Hinterbacken nieder und rutschte mit den Vorderpfoten so weit nach vorn, daß sie, selbst bei strengster Interpretation des Wortes sitzen, eben noch saß. Jeder Muskel verriet ihre Anspannung; ihr Blick ruhte auf Kate.

»Sie kennen mich nicht«, sagte Joan Theresa. »Ich lebe in Cambridge, Massachusetts. Wir sind mehrere Frauen und haben dort ein Café. In der Hampshire Street. Es heißt ›Vielleicht nächstes Mal‹ – Jocasta, du Luder, sitz! Oder ich setz dich auf Dosenfutter. Entschuldigung«, sie wandte sich wieder an Kate. »Ich fürchte, Sie machen sie nervös. Nein, nicht Sie natürlich, die Umgebung hier. Sie wundern sich bestimmt, warum ich hier bin.«

Wundern, dachte Kate, ja, ich wundere mich, aber so sehr auch wieder nicht. Worüber soll man sich heutzutage noch wundern? »Haben Sie vor, nach New York zu ziehen?« fragte Kate. »Wollen Sie hier studieren?«

»An dieser Universität? Diesem Stall! Entschuldigung, aber Sie haben mir einen Schreck eingejagt. Nein. Ich bin hergekommen, um mit Ihnen zu reden.«

»Macht es Ihnen etwas aus«, fragte Kate, »wenn ich rauche?«

»Ja, es macht mir etwas aus«, sagte Joan Theresa. »Mir wird übel davon.«

Kate steckte ihre Zigarette wieder in die Packung. »Was kann ich für Sie tun?« fragte Kate (wie sie hoffte, nicht ungeduldig), »außer, daß ich weder rauche noch Jocasta nervös mache?«

»Ich wollte nicht unhöflich sein. Man hat mir zwar gesagt, daß Sie ziemlich direkt und streng sind, aber nicht wie straight. Sie heißen Kate Fansler. Ist Fansler der Name Ihres Mannes?«

»Nein, der meines Vaters. Theresa, nehme ich an, ist der Name Ihrer Mutter?«

»Na, das ist gut«, sagte Joan Theresa. »Gefällt mir, daß Sie das sagen.« Kate spürte, wie sich Joan Theresa und Jocasta plötzlich entspannten, kaum merkbar zwar, aber doch schienen beide ein wenig von ihrem Mißtrauen aufzugeben. Jocasta legte den Kopf auf den Boden. Trotzdem war Kate sich bewußt, daß sie genau beobachtet wurde. Der Regenmantel, den sie am Haken aufgehängt hatte, war ein modischer Regenmantel. Ihre Schuhe waren zwar flach, aber modern. Ihre Strumpfhosen bedeckten rasierte Beine. Zu dem Hosenanzug aus weichstem Wildleder trug sie einen Kaschmirpullover mit Rollkragen, und auf dem Revers ihrer Jacke steckte eine Nadel, eine goldene. Kein Zweifel, Kate war fürs Patriarchat ausstaffiert.

»Meine Kleidung«, sagte Kate, »macht mir mein Leben leichter – so wie die Ihrige Ihnen das Leben erleichtert. Möchten Sie etwas Bestimmtes von mir?«

»Ja. Aber nicht für mich«, sagte Joan. »Für Janet Mandelbaum. Sie sagte, Sie würden sich an sie erinnern. Mandelbaum ist der Name ihres Mannes, aber sie sind geschieden.«

»Ich weiß«, sagte Kate.

»Ich hatte auch mal einen Mann«, sagte Joan. Sie rutschte auf ihrem Stuhl herum, und der Hund setzte sich zögernd auf. »Sitz, Mädchen. Wissen Sie, woran meine Ehe endgültig in die Brüche ging? Damals war ich gerade in meiner Gib-dir-Mühe-und-sei-eine-gute-Ehefrau-Phase; das war, ehe ich den Vornamen meiner Mutter zu meinem Nachnamen machte. Mein Mann, der es ziemlich schwer hatte und mit der Welt nicht zurechtkam, fand eines Tages Pferdemist im Schlafzimmer. Er bildete sich allen Ernstes ein, ich hätte mir die Mühe gemacht, den dorthin zu schaufeln oder vielleicht sogar ein Pferd ins Zimmer zu bugsieren, nur damit er in Pferdemist treten konnte. Die Wahrheit, die er nie hören wollte, war ganz einfach und ohne jede Bösartigkeit. Jocasta war damals noch klein und hatte die Angewohnheit, alles, was interessant roch, zu verschlingen. Ich war mit ihr im Park spazierengegangen, und dort hatte sie Pferdeäpfel verschluckt. Als wir wieder zu Hause waren und ich die Lust meines Mannes befriedigend im Bett lag, kam Jocasta offenbar zu dem Schluß, daß die Pferdeäpfel nicht an der richtigen Stelle saßen, und sie spuckte sie, rund und unversehrt, auf den Schlafzimmerboden. Ich stell mir gern vor, daß Jocasta die Pferdeäpfel genau in dem Moment herauswürgte, als mein Mann... na, egal. Und die Moral von der Geschichte hat mit dem zu tun, warum ich hier bin. Männer sind immer davon überzeugt, daß man ihnen absichtlich Pferdemist in den Weg legt, um sie zu ärgern.«

Stille trat ein, während der Kate über Janet Mandelbaum nachdachte, die, wie es aussah, der Grund für diesen außergewöhnlichen Besuch war. Kate hatte kürzlich gelesen, daß Janet als erste Professorin an die anglistische Fakultät von Harvard berufen worden war. Natürlich war Janet keine Jüdin; der Name Mandelbaum stand für die einzige liberale Phase in ihrem Leben. Sie hatte den Namen beibehalten, denn mit diesem Namen hatte sie sich ihren wissenschaftlichen Ruf gemacht, einen beachtlichen Ruf. Ihre Arbeit über die Lyrik des siebzehnten Jahrhunderts war zweifellos das Beste, was seit T. S. Eliot auf diesem Gebiet geschrieben worden war, und damals in den Fünfzigern stürzten sich alle auf die Lyrik des siebzehnten Jahrhunderts. Auch ihre späteren, weniger spektakulären Veröffentlichungen hatten Beachtung gefunden. Aber es war wohl vor allem ihr erstes Buch, das ihr den Ruf nach Harvard eingebracht hatte.

»Janet war nie Feministin«, sagte Kate.

»Was Sie nicht sagen! Nun, ich würde es anders ausdrücken«, Joan machte eine ausholende Geste. »Sie war nie eine *Frau*, jedenfalls was ihre Arbeit angeht.«

»Ich weiß«, sagte Kate. »Deshalb hat sich Harvard wohl für sie entschieden. Außerdem hat sie sich schon mit Mitte Zwanzig die Gebärmutter herausnehmen lassen und wird also nie in die Wechseljahre kommen, in der, wie jedermann weiß, alle Frauen durchdrehen. Ehrlich gesagt, kann ich mir einfach nicht vorstellen, daß Sie und Janet etwas miteinander zu tun haben. Eine höchst unwahrscheinliche Kombination.«

»Stimmt! Aber Tatsache ist, daß Janet in Schwierigkeiten steckt. Und sie hat die Schwestern mit hineingezogen.«

»Die Schwestern?«

»Unsere Kommune. Nichts Religiöses. Wir sind einfach eine Gruppe von Frauen, die einander unterstützen.«

»In der Hampshire Street.«

»Sie begreifen schnell. Ich seh schon, daß man Köpfchen braucht, um es im Establishment zu was zu bringen. Janet wurde völlig betrunken im antiken Badezimmer eines Holzhauses auf dem Campus aufgefunden, das zur anglistischen Fakultät gehört. Man hat die Schwestern in die Sache hineingezogen. Wir haben aber nichts damit zu tun.«

In diesem Augenblick klopfte es an der Tür. Kate öffnete, und vor ihr stand ein Student. Seine Augen hefteten sich auf Jocasta, die seinen Blick mit einem Knurren erwiderte und sich drohend erhob. Kate trat vor die Tür und schloß sie hinter sich. »Mr. Marshall«, sagte sie. »Ich weiß, Sie haben einen Termin. Könnten Sie noch ein paar Minuten warten? Bleiben Sie unten in der Halle, bis Sie meine, ehmmm, Gäste herauskommen sehen, ja?« Mr. Marshall nickte, ohne den Blick von Kate zu wenden. In zehn Minuten wird die ganze Fakultät von der Geschichte wissen, dachte Kate. Aber welcher Geschichte?

Am Abend trafen sich alle drei in Kates Appartement. Kate hatte die Füße hochgelegt. Joan Theresa saß mit gekreuzten Beinen auf dem Boden, und Jocasta schlief auf der Couch. Kate trank Scotch, Joan Kaffee, und Kate rauchte. Sie hatte einen Tischventilator aufgestellt, um den Rauch von Joan Theresa wegzublasen.

»Sagen Sie bloß nicht, ich sollte aufhören«, sagte Kate. »Ich habe es oft versucht und finde mich schrecklich, weil ich rauche, aber wenn ich nicht rauche, finde ich mich noch schrecklicher. Was um Himmels willen passiert mit Janet in Harvard?«

Jocasta drehte sich mit zufriedenem Schnaufen auf die andere Seite. Joan verlagerte ihr Gewicht von einem Bein aufs andere. »Daß Janet Mandelbaum und eine der Schwestern gemeinsame Sache machen, ist genauso unwahrscheinlich wie Nixon als Wahlkampfleiter für Ted Kennedy. Ausgeschlossen! Aber – trotzdem. Ich hab mir schon gedacht, daß Sie nicht wissen, was eine Schwester wirklich ist.«

»Nein, nicht wirklich. Sie halten ja offenbar nicht alle Frauen für Schwestern, in dem Sinne, wie die Franzosen von Brüderlichkeit sprechen.«

»Ich bezweifle, daß alle Männer Brüder sind oder je waren, auch wenn sie alle unter einer Decke stecken. Frauen, die Schwestern sind, haben dem männlichen Establishment den Rücken gekehrt und nichts mit den patriarchalischen Institutionen zu tun. Und sie verachten sie zutiefst. Das Patriarchat unterdrückt die Frauen und beutet sie aus, und deshalb sind all seine Institutionen für uns Schwestern gestorben. Wir hätten nichts dagegen, sie in die Luft zu jagen; aber auch wenn wir das nicht tun, werden wir doch zumindest nie in diesem verdorbenen Verein mitmachen. Frauen, die keine Schwestern sind, spielen mit im Männersystem, entweder weil sie Spaß daran haben oder weil sie meinen, sie könnten es verändern.«

»Wie ich.«

»Verzeihung, ja.«

»Und der Wunsch der Schwestern, die patriarchalischen Institutionen in die Luft zu jagen, ist wörtlich zu verstehen, nehme ich an.«

»Nein, nicht wörtlich. Gewalt und Zerstörung sind Männerspiele. Aber wo sie nur können, werden die Schwestern die männlichen Institutionen für ihre eigenen Ziele nutzen. Sie werden sogar lügen; bisher wurden ihre Offenheit und ihr Vertrauen immer mißbraucht. Eine Frau wie Janet Mandelbaum ist für mich schlimmer als ein Mann. Sie konspiriert mit Männern gegen andere Frauen. Und wir haben nichts im Sinn mit Frauen, die sich mit Männern zusammentun, sei es in ihrer Arbeit oder sonstwo.«

»Moment«, sagte Kate. »Ich möchte für mich das Recht in Anspruch nehmen, nicht mit Janet Mandelbaum in einen Topf geworfen zu werden. Es gibt Abstufungen.«

»Wären Sie nach Harvard gegangen, wenn man Sie gefragt hätte? Oder Yale? Oder Princeton? Das ist ja alles dasselbe.«

»Nein, das wäre ich nicht, aber nicht aus den ehrenwerten Motiven, die Sie vielleicht vermuten. Erstens würde man mich in jedes Komitee berufen, als die Alibi-Frau, die überall dabeisitzt, aber nichts zu sagen hat. Zweitens finde ich Harvard, wo seit Generationen alle Männer meiner Familie studieren, entsetzlich selbstgefällig, genau wie sie, und eine Institution wie Harvard sträubt sich gegen jede Veränderung. In den neunziger Jahren des vorigen Jahrhunderts schrieb Henry James einen Roman, in dem eine junge Frau einen Besucher durch Harvard führt und ihm alle Gebäude zeigt. Dabei macht sie die Bemerkung, daß in keinem davon Platz für eine Frau ist. Harvard hat sich seither nicht sehr verändert. Vor kaum mehr als zehn Jahren durften Frauen viele der Bibliotheken nicht benutzen. Nein, aus welchen Gründen auch immer, ich wäre nicht nach Harvard gegangen, wenn man mich gebeten hätte, und auch nicht nach Yale oder Princeton. Aber trotzdem bin ich in Ihren Augen wie Janet, oder?«

»Das stimmt.«

»Warum sind Sie dann hier? Warum schnarcht Jocasta so zufrieden auf meiner Couch? Ich fürchte fast, daß Sie Frauen verachten, die mit dem Patriarchat zusammenarbeiten, aber nichts dagegen haben, diese Frauen für Ihre Zwecke einzuspannen.«

»Sie haben den Nagel auf den Kopf getroffen.«

»Eine Gewohnheit von mir«, sagte Kate. »So, und jetzt müssen Sie mir nur eins erklären: Wie konnte sich eine *echte* Schwester je mit Professor Mandelbaum einlassen?«

Joan streckte ihre Beine aus und saß in einer Pose da, die nur für einen durchtrainierten Körper bequem sein konnte. Daran, wie es um ihre eigene Kondition bestellt war, wollte Kate lieber nicht denken. Sie vertrat zwar die Ansicht, daß Sport sehr wichtig für Frauen sei und wilde, aggressive Spiele jungen Mädchen sehr gut täten, war aber selbst Zeit ihres Lebens vor jeder sportlichen Betätigung zurückgeschreckt. Spazierengehen war für sie die einzige körperliche Ertüchtigung, bei der sie sich nicht lächerlich vorkam. Ihr schlanker Körper war, wie der größte Teil ihres Vermögens, ererbt und nicht ihr eigenes Verdienst.

»Wie gut kennen Sie Harvard?« fragte Joan.

»Überhaupt nicht. Viel zuwenig jedenfalls, um etwas Gescheites damit anzufangen. Eigentlich kenne ich Harvard nur von den Abschlußfeiern irgendwelcher Neffen her. Gehen Sie am besten von völliger Ignoranz aus.«

»Die Verwaltung der anglistischen Fakultät ist in einem dieser umgebauten Holzhäuser untergebracht, die Harvard im Laufe der Zeit nach und nach aufgekauft hat und für alle möglichen Zwecke nutzt. Das, von dem die Rede ist, hat früher einem Burschen namens Warren gehört, so sagt man jedenfalls, der an Asthma oder Arthritis oder ich weiß nicht was litt. Er hatte die Gewohnheit, auf seinem rundherum verglasten Balkon zu sitzen, weil er die Feuchtigkeit nicht vertragen konnte, und von dort aus zuzuschauen, wie seine Gäste sich amüsierten. Außerdem soll das Haus einmal ein Versteck für entflohene Sklaven gewesen sein, aber Gott allein weiß, was in Harvard wahr ist und was Legende. Jedenfalls wurde nur wenig verändert, der Balkon hat immer noch seine Glasverkleidung, und im zweiten Stock ist ein antikes Badezimmer mit allem Drum und Dran von damals, einer Badewanne mit Mahagoniumrandung und Toilette mit Ziehkette für die Wasserspülung. Das Ganze wirkt wie das erste Beispiel eleganter Badezimmerausstattung. Die Dusche funktioniert noch. Sie war für Janet voll aufgedreht. Heute dient der Raum als Damentoilette, weil doch hin und wieder eine Dozentin über die Schwelle des Hauses tritt und es ja immerhin ein paar Studentinnen in Harvard gibt. Aber der wahre Grund sind die Sekretärinnen, die Mädels, wie man sie dort bestimmt nennt.«

»Na gut«, sagte Kate. »Bis jetzt kann ich Ihnen folgen. Würde ich in Cambridge leben, ich wäre Harvard dankbar, daß es diese alten Häuser nicht abgerissen hat, um irgendwelche Glas- oder Betonmonstrositäten zu errichten. Aber ich nehme an, diese Meinung weist mich eher als Mitglied des Establishments aus denn als Schwester?«

»Das sehen Sie ganz richtig«, sagte Joan. »Die Männergesellschaft weiß, was in ihrem Interesse ist. Gelegentlich fällt das mit dem Interesse von Frauen zusammen, aber nur sehr selten, und dann rein zufällig. Egal, Janet Mandelbaum wurde eines Abends in dieser mahagonigerahmten Badewanne gefunden, voll wie eine Haubitze und bewußtlos. Sie lag im Wasser, nur der Kopf schaute heraus. Und Luellen May, eine der Schwestern, war bei ihr.«

»War bei ihr?«

»Ja. Jemand hatte im Café angerufen und behauptet, in der Badewanne läge eine Schwester. Luellen ging hin. Natürlich war es eine Falle.«

»Ist die Geschichte an die Öffentlichkeit gedrungen?«

»Nein. Harvard hat dichtgehalten, im eigenen Interesse. Aber es gab eine Menge Zeugen, und die Sache hat sich wie ein Lauffeuer herumgesprochen – auf die mieseste Art.«

»Was sagt Janet zu dem Ganzen?«

»Sie sagt, sie hat keine Ahnung, wie sie in die Badewanne gekommen ist. Das glaubt ihr natürlich keiner. Jeder denkt, sie hat gesoffen bis zum Umfallen. Natürlich ist die Geschichte für Professor Mandelbaum einfach schrecklich. Und das allerschrecklichste ist wohl für sie, daß jetzt alle glauben, sie hätte was mit Luellen. Unsere Janet will ja noch nicht einmal mit dem weiblichen Teil der Studentenschaft etwas zu tun haben.«

»Die Geschichte kann aber keine großen Kreise gezogen haben«, sagte Kate, »sonst hätte ich davon gehört.«

»Ich wette, Ihre männlichen Kollegen wissen Bescheid. Glauben Sie, die würden Ihnen so was erzählen?«

Kate schüttelte langsam den Kopf. »Ein oder zwei vielleicht, wenn sie mich zufällig allein erwischt hätten. Was soll ich Ihrer Meinung nach bei dem Ganzen tun?«

»Janet möchte, daß Sie nach Harvard kommen und ihr helfen.«

»Das finde ich eigenartig«, sagte Kate. »Wir haben

gleichzeitig Examen gemacht. Damals haben wir uns natürlich oft gesehen. Kennen Sie Gertrude Stein? Sie sagte über ihren Bruder Leo: ›Wir waren immer zusammen, und jetzt waren wir überhaupt nicht mehr zusammen. Nach und nach sahen wir uns nie wieder.‹ Wann möchte Janet, daß ich nach Harvard komme?«

»Ich weiß nicht, bald. Vielleicht nach den Weihnachtsferien.«

»Und warum bringen Sie, die Sie Janet doch verachten, mir diese Botschaft?«

»Na, ich habe gedacht, wir alle haben gedacht, wenn Sie kommen, um Janet zu helfen, könnten Sie ja vielleicht auch etwas für Luellen tun. Sie streitet vor Gericht um das Sorgerecht für ihre Kinder. Und diese Geschichte tut ihr nicht gut.«

Sie saßen eine Weile schweigend da und schauten Jocasta zu, die völlig entspannt auf der Couch schlief, nur ihre Pfoten zuckten heftig. Offenbar wurde ihre Hundeseele von aufregenden Träumen gejagt.

»Ich weiß«, sagte Joan, während sie aufstand, »Sie werden es sich noch überlegen wollen. Vielleicht wird sich Janet bei Ihnen melden. Auf, Jocasta, du faules Luder!« Das faule Luder reagierte nicht. Joans schriller Pfiff ließ den Kopf des Tieres hochschnellen.

»Ich habe mir immer gewünscht, so pfeifen zu können«, sagte Kate. »Aber sagen Sie mir eines: Sie würden jeden Mann anlügen und jede Frau, die mit Männern zusammenarbeitet, Sie betrachten das sogar als Ihre Pflicht. Warum sollte ich Ihnen also glauben?«

»Sie brauchen ja nichts zu glauben«, sagte Joan. »Prüfen Sie es nach. Warum fahren Sie nicht hin und sehen selbst? Wir haben immer eine Matratze für Sie, wenn Sie eine brauchen. Stimmt's, Jocasta?«

»Hampshire Street«, sagte Kate. »Vielleicht werde ich einen Kaffee brauchen.«

»›Vielleicht nächstes Mal‹ heißt unser Treff. Jeder in Cambridge kann Ihnen den Weg zeigen.«

Als sie gegangen waren, las Kate gedankenverloren ein paar von Jocastas weißen Haaren von der Couch. Sie hätte gern einen Hund gehabt, aber ein Tier paßte weder in ihr noch in Reeds Leben. »Pferdemist«, murmelte sie kichernd. Es irritierte sie, daß sie sich so von Jocasta angesprochen fühlte, aber noch mehr irritierte sie, daß sie die männliche Institutionen hassende Joan Theresa sympathisch fand. »Schwestern!« schnaubte Kate. Dann ging sie zum Fenster. Unten raste Joan Theresa mit langen Schritten die Straße hinunter und Jocasta, die Ohren angelegt, mit Volldampf hinterher.

Zwei

Du hast solche Angst, dein moralisches Empfinden zu verlieren, daß du höchstens riskierst, es durch eine Schlammpfütze zu ziehen.

Gertrude Stein

»Natürlich«, fuhr Mark Evergreen fort, als der Kellner ihre Wassergläser gefüllt hatte und sie ihrem Lunch im Fakultäts-Club überließ, »ist er vom anderen Ufer.«

»Ja, ja – das andere Ufer – das Unbekannte, das Neugier weckt, mit Sehnsucht erfüllt, die Menschen zum Aufbruch treibt.«

»O je«, sagte Mark, »ich hätte es nicht so platt heraussagen sollen. Du ärgerst dich.«

»Nur wegen des Wortes. Ich trauere um Worte. Das fremde, das andere Ufer, das war einmal ein wunderschönes poetisches Bild. Wie soll man diesen Ausdruck heute noch gebrauchen? Er würde jene Art Gekicher hervorrufen, das ich als Kind immer erntete, wenn ich ganz unschuldig von Elfen sprach und nicht ahnte, daß das Wort eine doppelte Bedeutung hat. Wenn es wirklich so weit kommt, daß das andere Ufer nur noch Homosexualität für uns bedeutet, werden die Elfen vielleicht wieder sein können, was sie einmal waren und im Dickicht der Wälder in Sicherheit leben.«

»Gegen Homosexuelle als solche hast du nichts?«

»›Als solche‹! Wirklich, Mark – welche Ausdrucksweise! Aber mein Sprachempfinden einmal beiseite – ich bin froh um die Veränderungen in den siebziger Jahren. Die meisten Dekaden unseres Jahrhunderts waren fürchterlich – die Dreißiger, die Fünfziger, die Siebziger. Sie waren geprägt von Depression, Hexenjagd und der Verlogenheit derer, die Macht und Einfluß hatten. In den Siebzigern passierten immerhin einige erfreuliche Dinge, und dazu gehört, daß man Homosexuellen endlich mit mehr Offenheit und Verständnis begegnete. Ein bezaubernder Freund von mir – wie von einem anderen Ufer im vollen schönen Sinn dieses Ausdrucks, denn er ist wirklich ein ganz außergewöhnlicher Mensch – vertraute mir an, er sei aus seinem Kämmerchen hervorgekommen und zeige sich jetzt im Licht. Da hast du mal ein Bild, das keine unberechtigten Forderungen an unsere Sprache stellt – ja wirklich, etymologisch gesehen, ist es völlig korrekt und leuchtet außerdem jedermann ein. – Nun, bemerkenswert ist, daß mein Freund vorher genauso nett, unterhaltsam, vertrauenswürdig und informiert war wie jetzt. Für mich hat er sich dadurch nicht verändert – außer, daß er jetzt den schönen Ausdruck *vom anderen Ufer* so einseitig mit Beschlag belegt.«

»Kate, stimmt irgend etwas nicht? Ich weiß, daß du zu Vorträgen aus dem Stegreif neigst, aber heute kommst du mir noch sprunghafter vor als sonst. Was soll ich dir noch von Clarkville erzählen? Du kennst bestimmt seine Veröffentlichungen so gut wie ich.«

»Gewiß, aber du kennst *ihn* besser, und ich frage mich...«

»Du hast von diesem Janet-Mandelbaum-in-der-Badewanne-Trara gehört. Ich hätte es mir denken können.«

»Um genau zu sein: Ich habe nicht davon *gehört*; man hat es mir erzählt. Und da du Clarkville so gut kennst: weißt du, was genau passiert ist?«

»Erst hat sie sich betrunken und dann fast ertränkt. Clarkville vermutet, daß der Druck für sie zu groß gewesen sei. Na, wenn du mich fragst, die erste Frau mit einem Lehrstuhl bei den Anglisten in Harvard zu sein, hätte selbst Aphrodite überfordert, von Janet Mandelbaum ganz zu schweigen. Offenbar war sie betrunken, beschloß, ein Bad zu nehmen, um einen klaren Kopf zu bekommen, und fiel dabei in Ohnmacht.«

»Weißt du, ob sonst jemand mit der Sache zu tun hatte?«

»Ja, irgendeine Frau aus dem Ort. Kam wohl Janet zu Hilfe. Warum, weiß niemand. Janet bestreitet hartnäckig, sie zu kennen. Und die andere Frau behauptet so leidenschaftlich, noch nie mit Janet zu tun gehabt zu haben, daß es fast schon beleidigend für Janet ist. Beschäftigt dich die Sache etwa?«

»Mark, erinnerst du dich an Janet Mandelbaum?«

»Wie sollte ich nicht! Schönheit *und* Verstand. Und dabei so konventionell und phantasielos wie John Livingston Lowes, der jedes Wort gezählt hat, das Coleridge in seinem Leben gelesen hat.«

»Auch aus Harvard.«

»Natürlich. Du wirst dich erinnern, wie verbissen Janet ihren Standpunkt vertrat, man könne sich Donne und Herbert nicht mit Methoden der modernen Literaturwissenschaft nähern. Das sei, so behauptete sie, genauso abwegig, als wolle man Shakespeare als unseren Zeitgenossen behandeln. Sie sammelte zeitgenössische Liederbücher, das heißt, aus der Zeit von Donne und Herbert. Wäre sie nicht so außerordentlich attraktiv gewesen, ich hätte sie als die langweiligste Frau empfunden, der ich je begegnet bin...«

Er sah auf, und ihre Blicke trafen sich.

»Sie war nicht gerade liebenswürdig«, sagte Kate. »Jedenfalls kam es mir so vor.«

»Ja, sie ermunterte niemanden. Aber sie war einfach so schön, daß sogar den Wissenschaftlern, die sie heruntergeputzt und fertiggemacht hat, vor Verzückung das Wasser im Munde zusammenlief. Im Grunde waren wir natürlich alle hinter dir her, aber...«

»Mark! Es heißt, daß Janet indirekt um meine Hilfe gebeten hat. Kannst du dir erklären, warum sie sich plötzlich auf mich besinnen sollte? Und für wie ernst hältst du den Schlamassel in Harvard?«

»Die zweite Frage zuerst: Wenn mir die Stellung der Frauen in Harvard am Herzen läge, würde ich die Sache für verdammt ernst halten. Und zufällig haben die Frauen an unseren Universitäten meine Sympathie. Wäre ich wie die meisten unserer männlichen Kollegen, würde ich die ganze Geschichte zum Lachen finden. Jetzt zu deiner ersten Frage, warum Janet dich bitten sollte, indirekt natürlich. Direktheit war Janets Sache nie. Wen gäbe es sonst? Frauen in deinem Alter – unserem Alter –, die an angesehenen Universitäten lehren und genau wissen, was das bedeutet, gibt es nicht gerade wie Sand am Meer. Und wenn es eine solche Frau gibt, mit der man zudem noch gemeinsam Examen gemacht hat und aufs selbe Damenklo ging, inmitten dieser ansonsten vor Männern strotzenden Gefilde… ja, selbst Janet würde sich auf sie besinnen. Auf dich.«

»Mark, wenn Harvard dich berufen würde, dort Anglistik zu lehren, würdest du gehen?«

»Wie der Blitz.«

»Warum?«

»Ich hasse New York. In Harvard lehren heißt, auf dem Lande leben und ein Boot haben.«

»Ich liebe New York. Ich könnte mir nicht vorstellen, mein Leben am Harvard Square zu verbringen, wo alle Leute so unverschämt jung sind.«

»Harvard einen Besuch abzustatten würdest du aber vielleicht in Betracht ziehen?«

Manchmal, so sollte Kate bald an Reed schreiben, gehen einem Ereignis viele Vorboten voraus: Plötzlich scheinen alle möglichen Kräfte zusammenzuwirken und es hervorzurufen. Eine dieser Kräfte, eine reife und geistreiche Frau, erwartete Kate an diesem Abend in einem Restaurant. Sie war, wie sie gesagt hatte, auf der Durchreise von Washington. Kate hatte versäumt zu fragen, »auf der Durchreise wohin?«, aber sie sollte nicht lange im ungewissen bleiben.

»Ich bin auf dem Weg nach Harvard. Ich hab mich von meinem Job beurlauben lassen und werde, ob du es glaubst oder nicht, das neue Dekanat dort oder das Kennedy Center oder beide beraten. – Apropos mehrere Fliegen mit einer Klappe schlagen: Harvard bekommt vernünftige Ratschläge *und* eine Frau, die sie in ihrer Statistik aufführen können, ohne sie auf Dauer am Hals zu haben. Und ich – ich mache neue Erfahrungen *und* habe Gelegenheit dahinterzukommen, was zum Teufel dort los ist. Tja, und George kann endlich herausfinden, was er wirklich will: segeln, einen Roman schreiben oder mit Sekretärinnen ins Bett gehen. Und meine Vertreterin in Washington bekommt die Chance, auch einmal ein bißchen Macht zu schmecken. Was mehr könnte man sich wünschen?«

»Ist George froh darüber?«

»Kate, meine Liebe, *entre nous* und so weiter, darüber mache ich mir nicht allzu viele Gedanken. Die Frauen, denen ich das anvertrauen würde, könnte man natürlich am Fuße eines zweizehigen Faultiers, das nur seine halbe Kapazität benutzt, abzählen. Es ist mir nicht gleichgültig, so kann man das nicht ausdrücken, aber ich sitze nicht herum und zermartere mir das Hirn. Ich weiß, so unerhört schnöde dürfen in unserer Gesellschaft eigentlich nur Männer sein. Ich liebe George, diskutiere gern mit ihm, respektiere seine Bedürfnisse, und wenn er in Not ist, kann er sich auf mich verlassen, aber er ist nicht mehr mein ganzes Leben. Diese Einstellung hatten Männer seit jeher ihren Frauen gegenüber. Er wollte aus der Tretmühle heraus, seinen natürlichen Rhythmus wiederentdecken; na ja, du weißt schon. Und jetzt kann er es. Wenn er herausfindet, daß sein natürlicher Rhythmus ihm nicht bekommt – nun denn! Mein Appartement in Cambridge ist groß genug, er kann mich dort jederzeit besuchen. Was er dann mit sich anfängt, ist *sein* Problem. So, und jetzt darfst du aus dem Restaurant stolzieren und dir weiblichere Freundinnen suchen, die bis zum Hals in Schuldgefühlen stekken. Aber warte erst noch die Pasta ab, die ist verdammt gut hier.«

»Ist dir aufgefallen, daß die Leute sich neuerdings immer in Restaurants treffen, wenn sie miteinander reden wollen? Wohl eine neue Form des Abendmahls – Brot, Wein und ein Tisch. Wenn Reed zu Hause ist, unterhalten wir uns gelegentlich auch, wenn wir nicht gerade beim Essen sitzen. Aber Freunde scheinen heutzutage immer Kalorien und Kommunikation miteinander zu verbinden.«

»Und wie geht's dir ohne Reed? Vergiß nicht, wie offen ich über George und mich war!«

»Sylvia, du willst doch nicht, daß ich zu deiner Erbauung Geschichten ehelichen Unfriedens erfinde. Reed hat immer gewußt, daß ich Zeiten ohne ihn brauche. Und ich war mir immer sicher, daß Reed sich nicht langweilt, wenn wir zusammen sind. Er ist ein seltenes Exemplar von Mann: die Aufgeblasenheit geht ihm ab. Ich vermisse ihn, wenn wir getrennt sind, aber ich verzehre mich nicht nach ihm; genauso sehne ich mich nicht danach, allein zu sein, wenn wir zusammen sind. Größres Glück war auf Erden keinem Menschen beschieden.«

»Alleinsein in der Ehe. Welch ein Witz! Jetzt, wo ich mit schnellen Schritten aufs fortgeschrittene mittlere Alter zugehe, fange ich endlich an, den amerikanischen Mythos der Ehe zu durchschauen. Im Augenblick ist mein Lieblingsthema das gemeinsame Schlafzimmer. Gib das auf, und du hast deine Ehe zerstört, nichts bleibt davon übrig außer dem gesetzlichen Gerippe. Ein befreundetes Ehepaar in Washington – wir spielen zusammen Tennis, und auf ihre stille Art ist sie dabei, aufzuwachen – stört sich seit Jahren im Schlaf. Er schnarcht, und sie muß nachts unentwegt aufstehen. Sie hat lange dagegen anzukämpfen versucht, indem sie nach acht Uhr abends nichts mehr getrunken hat. In einem Moment der Erleuchtung kam ihnen dann die Idee, daß sie schließlich genug Platz hatten, warum also nicht getrennt schlafen! Man hätte meinen können, sie hätten sich tätowieren lassen oder Waffen an Kuba geliefert, so sehr hat die Umwelt sich aufgeregt. Schließlich haben sie das Problem mit einem großen Schild gelöst, das an einer der Schlafzimmertüren hängt: ›Hier vögeln wir.‹«

»Ich habe dich vermißt, Sylvia.«

»Natürlich hast du mich vermißt. Warum tauschst du nicht deine männliche Institution hier gegen eine noch männlichere Institution am Charles aus? Wenn George nicht da ist, kannst du bei mir wohnen.«

»Und was tue ich, wenn er *da* ist?«

»Du nimmst dir ein Zimmer in einem der Häuser auf dem Campus und erfreust dich an der Gesellschaft von Erstsemestern und jungen Lehrbeauftragten, während ich in Ehewonnen schwelge.«

»Was ich in Harvard eigentlich soll, darüber haben wir noch nicht gesprochen, ganz zu schweigen davon, wie ich zu dem Zimmer kommen soll.«

»Ich bin eine einflußreiche Frau, hast du mir nicht zugehört? Ich kenne die Kennedys und Leute, die die Kennedys kennen, und wenn ich etwas sage, nimmt man es normalerweise zur Kenntnis.«

»Ich hab dir schon zugehört. Aber darf ich dich daran erinnern, daß das Semester noch nicht vorüber ist und ich auch im nächsten meine Seminare zu halten habe. Schließlich gibt es so etwas wie Verträge, auch wenn das manche Kollegen noch nicht bemerkt zu haben scheinen.«

»Unsinn. Du nimmst dir ein unbezahltes Freisemester. Deine Fakultät wird überglücklich sein; denk an das Geld, das sie spart – die Hälfte deines Jahresgehalts! Und wenn eines deiner Seminare absolut nötig ist, dann holen die irgendein arbeitsloses Genie, das es für ein Fünftel deines Salärs abhält. Ich habe alles genau durchdacht, Kate. Du bist reich – Dank sei Gott –, einen kleinen Sonderurlaub kannst du dir leisten. Also ab mit dir in dieses Frauen-Institut, das sie in Harvard eingerichtet haben. Du wohnst bei mir und kommst Janet Mandelbaum zu Hilfe.«

»Endlich sind wir also am Ziel angelangt – bei Janet Mandelbaum. Welch ein Zufall!«

»Kein Zufall, höchstens eine Verkettung von Zufällen.«

»Ehe du mir *den* Unterschied erklärst, nur eine Frage, wenn du erlaubst. Warum sollte dieses Frauen-Institut mich nehmen? Wahrscheinlich ist es inzwischen hoffnungslos überlaufen.«

»Dann ist auch noch Platz für eine weitere Frau – wenn sie von den richtigen Leuten empfohlen wird. Es stimmt natürlich, daß sie nicht annähernd so viele Lehraufträge vergeben können, wie sie möchten. Aber wenn du kommst – für die Ehre und nicht fürs Geld, wie die Engländer sagen –, dann gibt man dir ein Büro, einen Briefkasten, den Status einer Lehrbeauftragten und verlangt nichts weiter von dir, als daß du eine Vorlesung über ein Thema deiner Wahl hältst. Nun, was sagst du? Das Institut wird dir gefallen. In einem Haus auf dem Campus zu wohnen, wird ein bißchen lästig sein. Wahrscheinlich mußt du schwören, an jedem Lunch der Dozenten teilzunehmen. Dem gehen einige Sherry-Runden voraus, und geistige Verstopfung ist die Folge. Aber all das tust du für die Frauen.«

»Sylvia, was um Himmels willen tue ich für die Frauen?«

»Janet helfen, was sonst? Und damit allen Frauen, die in Harvard lehren. Janet ist hereingelegt worden, das ist doch klar.«

»Hereingelegt?«

»Du hast richtig verstanden. Wenn du es nicht glaubst, überzeug dich selbst. Unter uns, meine Liebe, wenn das Patriarchat sich bedrängt fühlt, dann schreitet es zur Tat, mit Geld und allem, was mit Geld zu kaufen ist. Hast du gewußt, daß die Mormonen in einem Jahr fünfzehn Millionen Dollar ausgegeben haben, um die Gleichberechtigungsgesetze zu bekämpfen?«

»Sylvia! Du redest ja schon wie eine dieser schrecklichen Emanzen!« sagte Kate mit gespieltem Entsetzen.

»Na, aber klar. Ich verschlinge Büstenhalter. Mein Lieblingsmodell ist Größe 90 C, rosa, kurz angebraten. Und ich werde auf der Stelle einen essen, wenn der Kellner nicht bald kommt.«

Wie um dies abzuwenden, erschien, ganz beflissene Aufmerksamkeit, der Kellner am Tisch. Während des Essens hüpfte das Gespräch von einem Thema zum anderen.

Erst beim Irish Coffee – zu dem Sylvia Kate, allerdings ohne große Mühe, überredet hatte – kam Kate noch einmal auf ihren Besuch in Harvard zurück.

»Sylvia, vielleicht gehe ich nach Harvard, vielleicht auch nicht, aber ich werde Janet Mandelbaum noch nicht einmal eine Postkarte schicken, wenn du mir nicht erklärst, warum du meinst, sie sei hereingelegt worden. Und warum zum Teufel ist das alles so wichtig?«

»Wieviel weißt du über diesen neuen Lehrstuhl in Harvard?«

»Nicht viel, gar nichts, um genau zu sein.«

»Es ist nicht das erste Mal, daß eine Frau mit solchen Ehren bedacht wurde. Vor über dreißig Jahren, 1948, wurde der Zemurray-Stone-Lehrstuhl in Harvard errichtet. Bisher haben sich drei Frauen auf ihm abgelöst. Der Lehrstuhl war offenbar ein Erfolg, soweit man das von einem Lehrstuhl überhaupt behaupten kann, hat aber die Sache der Frauen in Harvard auch nicht weiter befördert. Die erste Frau, die ihn innehatte, war eine Schottin. Kein Wunder, daß Harvard es nicht fertigbrachte, eine qualifizierte Amerikanerin zu finden. Wenn man ihnen schon eine Frau aufbürdete, dann lieber eine Ausländerin als eine aus den eigenen Reihen. Diese Frau, sie hieß Helen Cam und war Historikerin, muß ein wahres Prachtstück gewesen sein. In dem Berufungskomitee, das sie auswählte, saß übrigens eine Frau, im Gegensatz zu dem Komitee, das die arme Janet an Land zog. Helen Cam war nicht nur eine hervorragende Gelehrte und ihren Studenten sehr zugetan, sie muß auch sonst ein guter Mensch gewesen sein: denn bald erhielt sie die Erlaubnis, am Harvardschen Morgengebet teilzunehmen, und wurde damit zur ersten Frau, der man das seit der Einführung des Gebets 1638 gestattet hat.«

»War sie die erste Professorin in Harvard?«

»Nein. Aber die Frauen, die in Harvard lehrten, wurden immer als Lektorinnen bezeichnet, auch wenn sie mehr wußten als alle Männer weit und breit. Dr. Alice Hamilton bekam allerdings von der medizinischen Fakultät den Titel ›Assistenzprofessorin‹ verliehen. Man hatte wohl keine andere Wahl, da sie das Feld der Arbeitsmedizin entdeckt hatte. Jedenfalls war sie die unumstrittene Kapazität auf ihrem Gebiet, und sogar Harvard mußte das anerkennen. Aber jedes Jahr, wenn sie die Einladung zu den Abschlußfeierlichkeiten bekam, stand der handgeschriebene Zusatz darauf: ›Damen ist es nicht erlaubt, an der Prozession teilzunehmen.‹ Und sie wird wohl auch auf die Freikarten für die Footballspiele verzichtet haben, die jedem Fakultätsmitglied zustehen. Alice Hamilton wurde übrigens fünfundneunzig und hat öffentlich gegen den Vietnamkrieg protestiert. Aber ich will nicht abschweifen. Wenn man erst anfängt, über Frauen in Harvard zu sprechen, kommt man leicht vom rechten Pfad ab. Wo war ich stehengeblieben?«

»Bei Helen Cam aus Schottland.«

»Ach ja. Als Helen Cam emeritierte, wurde der Lehrstuhl mit Cora Du Bois besetzt, einer Anthropologin, die sich mit ihrer Untersuchung über die Alor, einen Inselstamm im ostindischen Ozean, einen Namen gemacht hatte. Als sie emeritierte, wurde die gegenwärtige Professorin berufen. Sie ist nicht sehr viel älter als du und ich. Ihr Gebiet ist die Klassik; sie hat gerade ein höchst geschätztes Buch veröffentlicht, über griechische Kunst, glaube ich. Eine erstklassige Wissenschaftlerin.«

»Aber hat sie ein besonderes Interesse an der Sache der Frauen als solche? Das ist ein neuer Ausdruck – als solche. Ich hab ihn neulich aufgeschnappt.«

»Ob sie das hat oder nicht – mit einem einzigen Lehrstuhl für Frauen erreicht man nicht, daß alle Frauen, die in Harvard lehren, größere Anerkennung finden. Irgend jemand – wer, das ist das bestgehütete Geheimnis seit Jahren – hat jetzt jedenfalls einen weiteren Lehrstuhl für Frauen gestiftet und droht, noch einen zu spenden. Ich sage droht – denn genau so empfinden es manche.«

»Und du glaubst, es gibt Leute, die es darauf anlegen, den neuen Lehrstuhl zu sabotieren?«

»Ja, das glaube ich. Aber da ich über Verschwörungstheorien immer die Nase gerümpft habe, werde ich jetzt der Versuchung widerstehen, eine zu entwickeln. Gehen wir also davon aus, daß es keine Verschwörung ist, sondern nur irgendein Verrückter dahintersteckt. Aber auch dann braucht Janet Mandelbaum Hilfe. Und sie hat nach dir gefragt.«

»Das behaupten alle. Als ich sie vor Jahren das letzte Mal sah, hatten wir uns nicht viel zu sagen.«

»Ich vermute, jetzt hat sie einiges, was sie loswerden will, Kate. Bedenk doch, wie ausgeliefert sie sich fühlen muß. Der Club der Männer hat ihr von vornherein den Rücken gekehrt. Harvard gibt ihr keine Hilfe. Nach allem, was ich gehört habe, dürfen noch nicht einmal Harvards Gastdozenten, die dem richtigen Geschlecht angehören, mit irgendwelcher Unterstützung rechnen. Von den Feministinnen will Janet keine Hilfe, und auf die könnte sie wohl auch kaum zählen. Sie muß sich ziemlich allein gelassen fühlen.«

»Also wendet sie sich an Gefährten aus der Vergangenheit, auch wenn es in dieser Vergangenheit wenig Gemeinsames gab?«

»So ist es. Immerhin verstehst du, wovon sie spricht. Natürlich macht es ihr fürchterlich zu schaffen, daß man sie mit der Frau aus dieser Kommune in Verbindung bringt. Und erzähl mir jetzt nicht, daß *da* niemand konspiriert hat.«

»Weißt du übrigens, daß ich eine der Frauen aus der Kommune kennengelernt habe – mitsamt herrlicher Bullterrierhündin? Sie haben den ganzen Weg von Cambridge nach New York auf sich genommen, um mich nach Harvard einzuladen.«

»Wie hat sie dir gefallen, die Frau, meine ich.«

»Sie sagte, sie sei eine Schwester, und ich fürchte, sie hat mir gefallen.«

»Warum ›fürchtest‹ du?«

»Weil diese Schwestern nicht zögern, mich für ihre

Zwecke einzuspannen. Aber sowie die Revolution kommt, bin ich als erste weg vom Fenster.«

»Kate, ich glaube, das dauert noch ein paar Tage. Die Schwestern mit hineinzuziehen, war der größte Fehler, den die machen konnten – wer immer *die* auch sein mögen.«

»Fehler?«

»Kate, Schätzchen, benutz deinen Verstand. Es ist doch absolut unglaubwürdig, daß Frauen, die dem Establishment für immer den Rücken gekehrt haben und in einer Kommune leben, einer so überangepaßten Frau wie Janet zu Hilfe kommen. Frauen wie Janet arbeiten mit den Unterdrückern zusammen, identifizieren sich mit Männern und gehen mit Männern ins Bett.«

»Sylvia, was hat denn das Sexualleben von jemand damit zu tun?«

»Eine Menge. Der Punkt ist doch, daß *die* denken, sie könnten Janet schaden, indem sie sie mit dieser Frauen-Kommune in Verbindung bringen. Dann noch eine Bemerkung hier, eine da, und schon ist aus unserer Janet eine Lesbe geworden. Aber der Plan war töricht. Die haben zwei Gruppen in Verbindung gebracht, die schlechterdings nichts miteinander zu tun haben können – Frauen, die sich an Frauen orientieren, und solche, die sich mit Männern identifizieren.«

»Also, ich bin nicht bereit, mich zu einer dieser Gruppen zugehörig zu fühlen«, sagte Kate.

»Ich weiß, meine Liebe. Deshalb brauchen wir dich ja auch. Aber vergiß nicht, du lebst mit einem Mann, du arbeitest mit Männern, kurz, du dienst dem Patriarchat.«

Kate hob das Cognacglas, das unvermutet vor ihr stand. »War es nicht das Patriarchat, das den Cognac erfand?«

»Die Frauen aus dem Café in Cambridge würden dir wahrscheinlich erklären, daß die Frauen, die die Weinberge bestellten, ihn entwickelt haben und Männer unrechtmäßig Lob und Cognac als eigenes Verdienst ausgeben. Wahrscheinlich haben sie sogar recht, aber das sagen wir lieber nicht laut.«

»Ich glaube, Joan Theresa gefällt mir besser als Janet Mandelbaum.«

»Das, meine Liebe, ist das Problem. Und so etwas darfst du nie sagen, wenn du im Dozentenzimmer des Harvard-Hauses, in dem du schließlich landen wirst, deinen Sherry trinkst.«

»Und wie setze ich mich mit diesem Fraueninstitut in Verbindung, vorausgesetzt natürlich, ich lasse mich auf diesen albernen Plan ein?«

»Das arrangiere ich schon. Das kannst du alles getrost deiner Sylvia überlassen, der, wie du weißt, die ganze Welt zu Füßen liegt. Ich habe einen schönen dicken Ordner über die Frauen in Harvard zusammengestellt, den schicke ich dir. Eine höchst deprimierende Materialsammlung, fürchte ich. Zu Beginn sah Harvard überhaupt kein Frauenproblem, und als man es dann, ungefähr hundert Jahre später, zur Kenntnis nahm, wurde eine Kommission berufen. Die verfaßte einen Bericht. Einen sehr guten sogar. Und dann – geschah nichts. Jedenfalls nicht viel.«

»Was ist mit Radcliffe? Hatte Radcliffe denn keinen Einfluß auf die Dinge?«

»Meine Liebe, daß Radcliffe entstand, war reiner Zufall. Jeder weiß, daß es vor allem gegründet wurde, um Harvard zu entlasten. Eine Frau, die in Cambridge aufwuchs, hat gerade ein Buch über ihre Jugend geschrieben. Sie sagt, Radcliffe sei ein Experiment gewesen, bei dem ein paar recht chaotische Damen als Versuchskaninchen dienten. Wenn das Experiment fehlschlug, träfe Harvard keine Verantwortung. Sollte es jedoch von Erfolg gekrönt sein, fiele aller Ruhm an Harvard. Hiermit wäre die Beziehung zwischen Harvard und Radcliffe auf den Nenner gebracht. Die Radcliffe-›Damen‹ sind übrigens auch heute noch ziemlich chaotisch.«

»Weißt du, warum ich wahrscheinlich nach Cambridge fahren werde, obwohl ich den Harvard Square dermaßen verabscheue?« fragte Kate. »Weil es meine Brüder zu Tode ärgern wird, die immer noch der Überzeugung sind, daß keine Frau durch die Widener Bibliothek streifen dürfte. Dabei fällt mir gerade ein, ich habe eine Nichte, die am Radcliffe studiert. Wenn ich nicht irre, müßte sie gerade im Examen stecken.«

»Janet Mandelbaum – Achtung, Rettung ist in Sicht!«

Drei

> Es ist lange her, daß es Studentinnen untersagt war, die Widener Bibliothek zu betreten, und Margaret Meads Geschichte einer Anthropologiestudentin im Examenssemester, die den Vorlesungen nur durch die einen Spalt geöffnete Tür einer Kammer neben dem Hörsaal folgen durfte, ist heute eine amüsante Anekdote, die der Vergangenheit angehört.
>
> *Bericht des Komitees zur Untersuchung des Status von Frauen an der Geisteswissenschaftlichen Fakultät*

Sylvia, die offenbar von einem ehelichen Intermezzo voll in Anspruch genommen war, hatte Kate ein Zimmer in Harvards Fakultätsclub besorgt. Wie es schien, galt in Harvard das ungeschriebene Gesetz, Frauen, die weder durch Bluts- noch eheliche Bande mit den Herren vom Lehrkörper verknüpft waren, die schlechtesten Zimmer zu geben. Trotz Sylvias rechtzeitiger Bemühungen hatte man Kate ein Mansardenzimmer zugewiesen, das ein Giebelfenster hatte, keinen Kleiderschrank und nur eine einzige Steckdose, die gleichzeitig herhalten mußte für die einzige Lampe, das Radio und das Gerät, das das Wasser beinahe so weit erhitzte, daß sich darin der unsägliche Pulverkaffee auflösen ließ, der in kleinen Tütchen ausgegeben wurde. Kate schaute sich um und kam zu dem Schluß, daß kein Zimmer zufällig so gastfeindlich und unkomfortabel sein konnte, nein, hier war ein hämischer, finsterer Geist am Werk. Harvards Grundeinstellung gegenüber Frauen fand in diesem Zimmer durchaus adäquaten Ausdruck.

Die einzige natürliche Lichtquelle, ein winziges Fenster, lag am Ende einer mindestens zwei Meter tiefen, engen Nische im Dachgiebel und war nur mit akrobatischen Anstrengungen zu öffnen. Die aber wären ganz nutzlos gewesen, denn ein Schild über dem Fenster mahnte gebieterisch: *Dieses Fenster wurde für den Winter versiegelt. Bei Lüftungsbedarf schalten Sie bitte den Ventilator ein.* Da es einer Belüftung schon lange bedurfte, stellte Kate den Ventilator an und wurde mit einem Schwall abgestandener Luft und lautem Surren belohnt. Sie stellte beides wieder ab und sah über den Ventilator hinweg zum Fenster hinaus auf die schönen Bäume, die sich im Januarwind bogen. Der Anblick versöhnte Kate ein wenig. Während sie ganz still dastand und hinaussah, lief ein Eichhörnchen die Dachrinne entlang, blieb direkt vor ihrem Fenster sitzen, holte sich eine große Nuß aus der Backe und schob sie behutsam unter die Blecheinfassung des Fenstersimses. Vielleicht ein Geschenk von der Großen Mutter, wie Hardy sie nennt, dachte Kate. Jedenfalls ein besseres Omen für ihre Harvard-Eskapade als dieser finstere Raum. Ein wenig besser gelaunt machte sie sich auf, Harvard und Cambridge zu erforschen, ehe sie Sylvia um fünf in der Cocktaillounge des Clubs treffen wollte.

Von ihrem Mansardenfenster aus hatte Kate das Warren-Haus sehen können, in dessen Mauern Janet so Befremdliches zugestoßen war. Jetzt ging Kate unter den herrlichen Bäumen über den Campus und betrat das Gebäude. Hinter den geschlossenen Türen zu ihrer Linken gingen Sekretärinnen, oder jedenfalls Menschen an Schreibmaschinen, ihrer geräuschvollen Arbeit nach. An der geschlossenen Tür zu ihrer Rechten hing ein Schild: *Akademische Stellenvermittlung.* Kate schüttelte sich vor Mitleid. Auch sie hatte einst eines solchen Amts gewaltet, und zwar in jenen schlechten Zeiten, als selbst Harvard-Absolventen kaum unterzubringen waren. Schnell, ehe irgend jemand auftauchen und sie fragen konnte, was sie wolle, ging sie die Treppe hinauf in den zweiten Stock. Dort fand sie hinter einer offenen Tür den berühmten Salon des asthmatischen oder arthritischen Mr. Warren, der seine Tage auf der angrenzenden Glasveranda zugebracht hatte. Am Ende des Korridors entdeckte Kate das antike

Badezimmer, das mit all seinem Mahagoni selbst dem Verrichten der natürlichsten Bedürfnisse große Würde verlieh. *Damentoilette* stand auf dem kleinen Schild an der Tür, und darunter: *Herrentoilette im ersten Stock.*

Das Warren-Haus beherbergte das Büro des Rektors, die Stellenvermittlung für Akademiker und mehrere Sitzungszimmer. Trotz seines heiteren Charmes und alten Mahagonischmucks – dieses Haus war das Zentrum der anglistischen Fakultät in Harvard. Im Augenblick wirkte es zwar verlassen, aber die Zeichen alter Macht und eingefleischten Patriarchats waren unübersehbar. Kate verspürte plötzlich das starke Bedürfnis nach frischer Luft. Sie verließ das Gebäude, atmete tief durch, überquerte die Quincy Street und machte sich auf die Suche nach einer Buchhandlung. Stundenlang herumschmökern, danach stand ihr jetzt der Sinn. Für dieses Laster waren die Buchhandlungen in Harvard wie geschaffen. Anders als die meisten New Yorker Buchläden hatten sie zu jedem Thema eine große Auswahl auf Lager und nicht nur jene Titel, die während des vergangenen halben Jahres Aufsehen erregt hatten.

Kate betrat das Coop, wie sich Harvards Buchhandels-Cooperative abkürzte. Sie ignorierte die Bestseller im Parterre. Kaum hatte sie aber die Rolltreppe betreten, um sich nach oben zu den Taschenbüchern befördern zu lassen, als ihr ein exzentrisches Geschöpf zujubelte, das auf der anderen Rolltreppe abwärts schwebte.

»Tante Kate! Was um Himmels willen machst *du* hier?« rief das Wesen für alle hörbar, und so entgeistert, dachte Kate, als träfe sie mich als Akteurin in einem Massagesalon. Sie starrte so ungläubig zu ihrer Nichte hinüber – falls es denn ihre Nichte *war* –, daß sie von der Rolltreppe stolperte, als diese ihren Zweck erfüllt und sie zum zweiten Stock befördert hatte. Schwer auszumachen, ob es sich um ihre Nichte handelte oder nicht, denn die Kapuze des langen, fließenden Capes, unter dem sich die unvermeidlichen Jeans verbargen und höchstwahrscheinlich auch das unvermeidliche T-Shirt, fiel der Gestalt tief ins Gesicht, die nun mit der Behendigkeit einer Hexe auf ihrem Besenstiel von der abwärtsfahrenden Rolltreppe auf die nach oben sprang. Die langsame Aufwärtsbewegung war ihre Sache nicht. Sie nahm drei Stufen auf einmal und stand dann atemlos vor Kate, sah sie voller Freude an und umarmte sie schließlich mit solchem Überschwang, daß Kate nicht anders konnte, als den Eigenschaften in sich freien Lauf zu lassen, die irgend jemand einmal ihre »liebenswerten Tantenzüge« genannt hatte. Denn ja, vor ihr stand ihre Nichte. »Wie geht es dir, mein Liebes?« sagte Kate, als sie wieder zu Atem gekommen war.

»Gut. Gut geht's mir. Aber dich hier zu treffen – ich bin vollkommen fassungslos. Ausgerechnet dich – so absolut New York, wie du wieder aussiehst! Warum hast du mir nicht geschrieben, daß du kommst? Wissen es meine Eltern? Na, wahrscheinlich nicht. Du erzählst ihnen ja nie etwas, so behaupten sie jedenfalls. Wirst du in Harvard Vorlesungen halten? Kate, wie herrlich! Ich sorge dafür, daß alle kommen und dir applaudieren. Du mußt wissen, in Harvard wird nicht oft applaudiert – dazu sind alle viel zu *sophisticated* hier. Hier pfeift man lieber aus.«

Während dieses Monologs wurden Kate und ihre Nichte (deren Vorname *viel* zu gewöhnlich war und die sich deshalb – wohl nach dem Mädchennamen ihrer Mutter, aber in Familiendetails war sich Kate nie so sicher – Leighton nannte, wie sie auch von jedermann, außer ihren Eltern, gerufen wurde) inmitten des nicht unbeträchtlichen Gewühls im zweiten Stock des Coop gestoßen und geschubst und verwundert angeguckt.

»Du siehst erschöpft aus«, sagte Leighton. »Ich glaube, du brauchst einen Drink. Komm«, und damit schob sie ihre Tante auf die Rolltreppe. »Ich habe endlich gelernt zu trinken. Es war einfach zu blöde, immer als Puritanerin dazustehen, nur weil ich mich vor dem Zeug ekelte. Du willst bestimmt einen Martini, wie ich dich kenne, und ich trink einen Sombrero.«

»Die Cocktailbar im Fakultätsclub öffnet aber erst um fünf«, sagte Kate, die sich diesmal ganz auf die Rolltreppe konzentrierte und sich, wie wohl viele, die in die Nähe des Harvard Square geraten, wie hundertundzwei fühlte, »... und außerdem habe ich eine Verabredung...«

»Wir gehen ins ›One Potato Two Potato‹«, sagte Leighton. »Mir nach!«

Das Tempo, das Leighton vorlegte, ließ kein Gespräch zu, wohl aber, daß Kate in ihrem Gedächtnis kramte und alles hervorholte, was sie über ihre Nichte wußte. Viel war es nicht. Kate machte sich nicht viel aus Familien, schon gar nicht ihrer eigenen. Kates Eltern waren schon lange in den speziellen Himmel entschwunden, der ihnen dank ihrer hohen Geburt und unfehlbaren Rechtschaffenheit, davon waren sie ihr ganzes Leben lang überzeugt gewesen, sicher war. Ihre drei Brüder, alle wesentlich älter als sie, hatten Kinder produziert, die mit nur wenigen Ausnahmen so langweilig und engstirnig waren wie ihre Väter. Leighton, jetzt fiel es ihr wieder ein, war die jüngste aus der Brut ihres mittleren Bruders. Kate erinnerte sich vage, ihr ein angemessenes Geschenk, Bargeld, geschickt zu haben, als sie die Schule beendet hatte. Daß Leighton wie alle Fansler-Kinder (außer ihrem Neffen Leo) in Harvard studierte, war eine Selbstverständlichkeit. In Kates Jugend besuchte kein junges Mädchen, das auf sich hielt, das Radcliffe-College, es sei denn, es wohnte ganz in der Nähe. Heute ging jedes Mädchen, wenn irgendwie möglich, in dieses Institut, das inzwischen unter dem Namen »Harvard und Radcliffe Colleges« firmierte. Und wenn eine Fansler sich bewarb, dann wurde sie mit Wohlwollen, um nicht zu sagen mit Freude, begrüßt.

»Ich gehe davon aus«, sagte Leighton, als sie das One Potato undsoweiter betraten, wo Kate große Zweifel beschlichen, ob man hier einen Martini zu mixen verstand, »daß du Geld bei dir hast. Ich habe nämlich keins. Verzeih, daß ich so plump darauf zu sprechen komme, aber ich hasse peinliche Szenen, wenn der Kellner mit der Rechnung kommt.«

»Welches Zahlungsmittel hattest du denn vor, im Coop zu verwenden?« fragte Kate mit, wie sie hoffte, gebührender Tantenstrenge. Die ganze Geschichte war schon ohne Nichte schlimm genug. Hätte Leighton eigentlich nicht längst Examen machen müssen? Kate war sich sicher, daß ihr Geschenk mehr als vier Jahre zurücklag. Aber vielleicht, schloß sie betrübt, zieht sich die Zeit in die Länge, wenn man älter wird.

»Also, im Coop nimmt einem doch keiner *Geld* ab«, sagte Leighton so entgeistert, als hätte Kate vorgeschlagen, mit Muschelperlen zu zahlen. »Einen Sombrero«, rief Leighton einer vorbeihuschenden Kellnerin zu, während sie sich mit einer heftigen Schulterbewegung ihres Capes entledigte, es unter den Arm klemmte und über den Boden schleifen ließ. Die Kellnerin, die sich gerade umwandte, trat prompt darauf, was aber keine von beiden zu bemerken schien. »Und einen sehr trockenen Martini, ja?« sagte Leighton, halb an Kate gewandt.

»Ja, bitte.« Kate gab sich geschlagen. Sie hätte ihren Martini viel lieber mit einem Schuß Gin gehabt. »Und was um Himmels willen«, sagte sie, als die Kellnerin verschwunden war, »ist ein Sombrero? Ich frage dich, obwohl all meine Instinkte mich warnen, es nicht zu tun.«

»Kahlúa und Milch. Sehr nahrhaft und sehr köstlich. Ich habe noch nicht gefrühstückt.«

»Und zu Mittag ißt du natürlich grundsätzlich nicht.«

»Natürlich nicht. Bis sechs Uhr abends mache ich Diät, und dann, wenn ich vor Hunger und Stolz auf mich fast umkomme, esse ich ohne Pause bis vier Uhr morgens. Ist das nicht demoralisierend? Tante Kate – ich hoffe, du bist nicht beleidigt, aber für mich bist du immer *Tante* Kate, auch wenn ich versuche, dich nicht so zu nennen –, warum hat der liebe Gott mich nicht so groß und schlank und damenhaft gemacht wie dich. Wirklich, die Gene sind einfach pervers.«

»Ich bin nicht damenhaft.«

»Na ja, im Augenblick ist dir ein bißchen heiß, und du bist aufgeregt, kein Wunder! Aber meist bist du cool und elegant und intellektuell und mein absolut einziges Vorbild. Ich habe überall verkündet, daß ich Professorin für englische Literatur werde und wunderbare Vorlesungen über Poesie halten will. Na, wie es aussieht, werde ich wohl Schauspielerin, aber nur, weil es für Englischprofessoren keine Jobs gibt. Mein Vorbild bist du trotzdem.«

Die Ankunft der Drinks (Kates war überraschend gut) befreite Kate von einer Antwort auf dieses Sperrfeuer. Sie zündete sich eine Zigarette an, und die vereinte Wirkung von Nikotin und Alkohol machte es leichter, die Tantenrolle zu spielen. »Im wievielten Semester bist du eigentlich?« fragte sie.

»Im zwölften«, sagte Leighton. »Aber ich bin zwei Jahre ausgestiegen, hab bei einer Schauspieltruppe mitgemacht und mich auch sonst ein bißchen umgesehen. Eigentlich hätte ich vor zwei Jahren Examen machen müssen. Mein Hauptfach ist Griechisch. Ich wohne im Südhaus. Die Ausbildung in Harvard stinkt zum Himmel, aber ich hoffe, der Name Harvard hilft mir bei der Jobsuche, und die meiste Zeit verbringe ich im Loeb-Theater – damit sind hoffentlich die üblichen Fragen erledigt. Halte mich bitte nicht für unhöflich, aber ich rede lieber über Wichtigeres. Findest du nicht auch, daß dieser Austausch von Fakten ein wenig lächerlich und langweilig ist? Wenn nicht, frag weiter.«

Kate fand das allerdings auch, aber sie hätte es ebenso lächerlich gefunden, in dieser Situation nicht nach dem Studium ihrer Nichte zu fragen. Sie war froh, daß ihr Zeitgefühl noch stimmte und ihre Nichte weder Examen gemacht hatte noch durchgefallen war, ohne daß sie als Tante etwas davon mitbekommen hätte.

»Warum Griechisch?« fragte Kate.

»Ich hab schon im Theban damit angefangen. Griechisch gehört zu den Fächern, bei denen man achtundvierzig Stunden vor der Prüfung alles auswendig lernen kann. Auf diese Weise schaffe ich die Zwischenprüfungen und kann mich auf das konzentrieren, was mir Spaß macht, nämlich Theaterspielen und Stückeschreiben. Ich bin in Harvards berühmter Dramatiker-Klasse.«

»Berühmt wegen der berühmten Dramatiker, die daraus hervorgegangen sind?«

»Nein, berühmt, jedenfalls für mich, wegen des Professors, der den Kurs hält. Er ist der netteste, bescheidenste, freundlichste Mensch auf Erden. Der totale Harvard-Antityp. Wir treffen uns immer im Warren-Haus, dort, wo diese Professorin sich besoffen in die Badewanne gelegt hat. *Kate*! Bist du *deswegen* hier?«

»Ich nehme an, jeder weiß von dem kleinen Schabernack?« fragte Kate traurig.

»Ja. Aber wenn du es genau wissen willst, seitdem ist die Dame allen sympathischer geworden. Wo wir gerade über zickige Gouvernanten sprechen...«

»Was wir, soweit ich weiß, nicht taten.«

»Verzeih. Ich vergesse immer, daß ich mich bei dir etwas respektvoller ausdrücken muß...«

»Nicht respektvoller, etwas gediegener vielleicht. Nein, gediegener auch nicht. Drück dich einfach in ganz normalem Englisch aus, so wie du es am Theban gelernt hast, das paßt für alle öffentlichen Anlässe«, erklärte Kate (beide hatten, jede zu ihrer Zeit, dieselbe Schule besucht). »Mit deiner Anspielung wolltest du wohl sagen, daß Frau Professor Mandelbaum ein wenig zugeknöpft ist.«

»Das muß man dir lassen, du drückst dich gewählt aus. Kann ich mir noch einen Sombrero bestellen? In zehn Minuten habe ich Probe. O je, ich bin schon viel zu spät, aber ich komme erst im zweiten Akt dran. Hedda Gabler. Jetzt, wo ich es mir überlege, fällt mir auf, daß Professor Mandelbaum wie – wie Hedda Gabler ist, beide haben Mordsschi... Mordsangst, gegen die Konventionen zu verstoßen, aber in ihrem Innern kocht und brodelt es. Aber Hedda hätte es nicht passieren können, daß sie ausgerechnet an einem Ort wie Harvard ausflippt. Findest du nicht auch, daß Hedda und Professor Mandelbaum sich ähneln?«

Leighton hatte den Blick der Kellnerin erhascht und ›noch mal dasselbe‹ signalisiert. »Ich glaube, ich weiß, was du meinst«, sagte Kate. »Viele Frauen sind heute in dieser Lage. Das übliche Los der Frauen wollen sie nicht, haben aber Angst, den engen und gleichzeitig so viel Schutz bietenden weiblichen Domänen zu entsagen. Was du sagst, zeugt von Einsicht.«

»Benutzt du immer Worte wie ›entsagen‹?«

»Von Zeit zu Zeit. Lieber Gott, apropos Zeit. Ich bin schon viel zu spät für meine Verabredung um fünf und obendrein noch besoffen, wie du es so entzückend ausdrückst.«

Was als Wink gemeint war, verstand Leighton auch so. Sie kippte ihren zweiten Sombrero hinunter und erhob sich gleichzeitig. »Kate, es war herrlich. Ich finde dich wunderbar. Du brauchst keine Angst zu haben, daß ich dir auf Schritt und Tritt folge, das werde ich nämlich nicht tun. Aber wenn dein Name hier erst einmal in aller Munde ist, wird man dich natürlich mit mir in Verbindung bringen, und dann mußt du dich entweder zu mir bekennen oder mich verleugnen. Ich hoffe, die Entscheidung wird dich nicht um den Schlaf bringen. Vielen Dank für die Drinks.« Sie warf sich die Kapuze über den Kopf und verschwand. Kate schaute ihr nach und fragte sich, ob es ihrer Nichte je gelingen würde, ihren Hang zum Dramatischen auf die Bühne zu beschränken. Sie mußte zugeben, daß sich dieser Fansler-Sproß überraschend gut herausgemacht hatte. Vielleicht konnte Nichte Leighton ihr sogar von Nutzen sein. Nun, sinnierte Kate und dachte gleichzeitig an ihren Lieblingsneffen, vielleicht kamen ja die bewährten Fansler-Gene in der jüngeren Generation wieder zum Tragen. Als sie bezahlte und sich wieder an den Grund ihres Aufenthalts hier erinnerte, kam sie zu dem traurigen Schluß, daß die Fansler-Gene beim einzigen weiblichen Exemplar ihrer Generation, nämlich ihr, auf Ärger aus zu sein schienen.

»Mein Gott«, begrüßte Sylvia Kate in der Cocktailbar des Clubs, »du hast ja schon getrunken! Ich bin schockiert. Es ist doch erst fünf. Wie ist dein Zimmer?«

»Die Beschreibung meines Zimmers will ich dir lieber ersparen«, sagte Kate und ließ sich in einen Sessel fallen. »Nur so viel: Erst wenn ich wieder von hier fort bin, werde ich vielleicht in der Lage sein, Harvard mit objektiven Augen zu sehen, vorher nicht. Das einzig Überraschende bisher war, daß ich meiner Nichte in die Arme gelaufen bin. Hedda Gabler und Griechisch, mit wehendem Umhang. Meinst du, ich sollte lieber Mineralwasser trinken?«

»Sei nicht verdrossen, du hast allen Grund zur Freude«, sagte Sylvia, während sie den Kellner herbeiwinkte und ein Mineralwasser bestellte. »George fährt morgen früh. Komisch, erst jetzt fällt mir auf, daß sich George immer im Morgengrauen verabschiedet. Das ist einer seiner nettesten Charakterzüge. Du kannst also zu mir ziehen, bekommst dein eigenes Schlafzimmer mit Bad und hast all deinen geliebten Komfort. Zweitens wirst du morgen mit Janet zu Abend essen, bei ›Ferdinand's‹. Sie erwartet uns beide. Aber ich werde dringende andere Verpflichtungen haben. Den Tisch für euch beide habe ich schon bestellt. Drittens wird dich das Frauen-Institut übermorgen offiziell begrüßen. Die Zeit bis dahin kannst du nutzen, das Warren-Haus zu erforschen.«

»Ich hab das Warren-Haus schon erforscht. Und in welchem Haus bekomme ich mein Büro?«

»Im Dunster. Es liegt ziemlich weit ab, fürchte ich, aber dafür geht es dort sehr musikalisch zu. Ich dachte mir, die Konzerte werden dir gefallen.«

»Und was denkt das Dunster-Haus, aus welchem Grund ich hier bin?«

»Das Dunster-Haus denkt nicht. Es saugt einfach alles in sich auf wie ein Staubsauger. Die Pedelle halten dich für eine Lehrbeauftragte am Frauen-Institut, was ja der Wahrheit entspricht. Die Lehrbeauftragten werden immer auf die verschiedenen Häuser verteilt.«

»Warum *die* Pedelle, sind es denn zwei?«

»Ein Schritt in Richtung Gleichberechtigung, meine Liebe. Die Frauen der Pedelle haben seit je – wie die Pfarrers- und Politikerfrauen – doppelt so viel wie ihre Männer gearbeitet, die immer Wichtigeres zu tun hatten, bekamen aber nie Anerkennung, geschweige denn Geld. Jetzt haben Mann und Frau gleichen Status, und manchmal, wenn auch selten, ist es die Frau, die den Posten annimmt und ihren Mann mitbringt. Ich hab dir übrigens deinen Fakultätsausweis mitgebracht.« Sylvia zauberte ein Plastikviereck hervor, das Kate Zugang zu jedem Bereich in Harvard verschaffte, von den Bibliotheken bis zu den Squashplätzen.

»Sylvia, dein Organisationstalent ist ja zum Fürchten. Oder, wie Leighton sagen würde...«

»Wer ist Leighton?«

»Meine Nichte.«

»Kate. Vielleicht hast du hier die größte Chance deines Lebens, etwas für die Sache der Frauen zu tun – und für Janet Mandelbaum – und gleichzeitig Harvard einen Arschtritt zu versetzen, den es nicht vergessen wird, wie sich Leighton wahrscheinlich ausdrücken würde.«

Später, als sie mit Sylvia die Treppe zum ersten Stock hinaufstieg, winkte der junge Mann am Empfangstisch ihr zu.

»Frau Professor Fansler?«

Kate nickte.

»Dies hier wurde für Sie abgegeben«, sagte er. »Es fällt mir nicht leicht, mich davon zu trennen.«

»Dies hier« war ein Strauß wunderbar duftender, weißrot gesprenkelter Nelken. Eine Karte war beigefügt. Kate las sie, während der junge Mann und Sylvia ihr zusahen. *Von einer dankbaren Nichte. Paß auf, daß du in keiner Badewanne landest.*

»Wie's aussieht«, sagte Kate halb zu sich selbst, »braucht man auch für Blumen kein Geld.« Nachdem sie sich von Sylvia verabschiedet hatte, ging sie zum Fahrstuhl und dachte daran, wie gut die Nelken ihrem tristen Zimmer tun würden. Blumen – und eine Nuß, dachte Kate. Nicht schlecht, wenn man bedachte, daß sie in Harvard war.

Vier

Frauen, die sich von einem Freund oder Bekannten bedrängt fühlen, scheuen sich oft, um Hilfe zu bitten. Scheu du dich nicht.

University Health Service

Am nächsten Abend nippte Kate in Ferdinand's Restaurant an einem kleineren und insgesamt damenhafteren mit Beefeater Gin gemixten Martini und sah zum ersten Mal nach mindestens zehn Jahren Janet Mandelbaum wieder ins Gesicht. Sie plauderten. Natürlich plauderten sie, was sonst hätten Leute tun sollen, die sich seit einer Ewigkeit nicht mehr gesehen hatten und deren Leben in verschiedene Richtungen gegangen war? Und während sie plauderten, wurde Kate schlagartig klar, daß sie Janet nie gemocht hatte, genausowenig wie Janet wahrscheinlich sie. Kate hatte jedoch immer Janets wissenschaftliche Fähigkeiten ehrlich bewundert. Janet dagegen hielt mit der typischen Arroganz jener, die sich mit englischer Literatur früherer Jahrhunderte befassen, Kates Arbeit für trivial. Romane las man. Kein ernstzunehmender Mensch befaßte sich wissenschaftlich damit. Janet war in erster Linie ernsthaft. Und schön natürlich. Ihre Ernsthaftigkeit war unverändert, ihre Schönheit hatte sich in etwas verwandelt, was man am besten mit gepflegtem, sorgfältig frisiertem gutem Aussehen umschreiben konnte. Ziemlich ratlos fragte sich Kate, was es zu sagen gab, wenn ihnen der Plauderstoff ausging.

Daß Janet in Kate so etwas wie eine Freundin sah, zeigte zweifellos, wie einsam und isoliert sie war. Aber in der Jugend geknüpfte Bekanntschaften, mochten sie noch so oberflächlich und zufällig sein, hinterließen vielleicht einen stärkeren Eindruck als Begegnungen im späteren Leben. Trotzdem, Kate wäre nie auf die Idee gekommen, sich an Janet zu wenden; oder vielleicht wäre es ehrlicher, zu sagen: Kate konnte sich im Augenblick keine Situation vorstellen, in der Janets Unterstützung für sie eine Hilfe sein könnte.

Janet wartete, bis Kate die Speisekarte studiert hatte. Sie selbst warf keinen Blick hinein und kam statt dessen auf Sylvias Abwesenheit zu sprechen. »Wahrscheinlich war sie der Meinung, wir zwei sollten uns allein unterhalten«, sagte sie. »Das tut mir leid für dich. Ich bin im Augenblick nicht sehr amüsant.«

»Es gibt Leute, die meinen, du müßtest jubeln und triumphieren. Schließlich ist es eine ganz schöne Leistung, festangestellte Professorin in Harvard zu sein. Du hast das höchste erreicht, was auf dem akademischen Jahrmarkt der Eitelkeiten zu haben ist, jedenfalls für die Augen der Welt.«

»Das habe ich am Anfang auch gedacht. Aber alle Frauen hier – die Studentinnen, Dozentinnen, Verwaltungsangestellten – scheinen der Meinung zu sein, ich müßte mich unentwegt für Frauen stark machen: für die feministische Wissenschaft, die Probleme von Frauen in Harvard, die Examensbedingungen der Studentinnen, für Radcliffe – als gäbe es nur ein Geschlecht auf der Welt! Warum sollte ich mich für das weibliche mehr interessieren als für das männliche? Das einzige, was mich interessiert, sind Wissenschaftler, die sich mit dem siebzehnten Jahrhundert beschäftigen, und welchen Geschlechts die sind, ist völlig irrelevant. Die geschälten Krabben sind sehr gut, zwar nicht frisch gefangen, aber gut. Ich hab sie schon probiert.«

»Janet, als du den Ruf nach Harvard bekamst, muß dir doch klar gewesen sein, daß dein Geschlecht dabei keineswegs irrelevant war. Es gab auch in der Vergangenheit Frauen, die so hochqualifiziert waren wie du – aber bisher hat noch keine einen Lehrstuhl in Harvard bekommen, du bist die erste.«

»Ist dir der Zemurray-Stone-Lehrstuhl ein Begriff?«

Kate nickte. »Nun, von diesen Frauen erwartete man, daß sie ihre Arbeit taten und sonst nichts. Man berief sie als das, was sie waren – Historikerinnen, Anthropologinnen oder was sonst.«

»Das war zu einer anderen Zeit.«

Janet zerpflückte ein Brötchen. »Ich denke nicht daran, statt Obmann ›Obperson‹ zu sagen. Das hört sich entsetzlich an. Und ich werde auch nicht jeden Satz mit diesem ihm/ihr, er/sie, man/frau verstümmeln. Ich bin davon überzeugt, daß jede Frau, die sich qualifiziert und bereit ist, den Preis dafür zu zahlen, Karriere machen kann. Egal wo. Ich hab es geschafft, und du hast es geschafft.«

Endlich hatte sie es ausgesprochen. Sie hatte es nötig, verzweifelt nötig, zu glauben, daß der Zeitgeist bei ihrer Berufung nach Harvard keine Rolle gespielt hatte: Man hatte ihr die Professur gegeben, weil sie sie verdiente. Punkt. Kate wollte etwas sagen. Sie spürte die tiefe Bedrängnis dieser Frau und wußte, daß jede Form von Unterhaltung ihr helfen würde. Aber während Kate noch nach einem unverfänglichen Thema suchte, brach Janet in lautes Schluchzen aus und würde offensichtlich so schnell nicht wieder aufhören. Janet schneuzte sich in die Serviette, und die Tränen fielen auf die Pastete. Kate winkte dem Kellner, zog eine Kreditkarte heraus, erklärte, ihrer Freundin sei schlecht geworden, und bemerkenswert kurze Zeit später ging sie neben Janet Mandelbaum die Mount Auburn Street hinunter. Der Abend war kalt, und Janet schniefte in die Serviette, die sie mitgenommen hatte. Kate schoß die Frage durch den Kopf, ob Janet wohl daran denken würde, sie zurückzubringen, und sie erkannte daran wieder einmal, wie sehr sie noch altmodischen Werten verhaftet war. »Du«, hatte eine junge Feministin einmal zu ihr gesagt, »kommst mir vor wie von einem fremden Stern, wie von einer andern Welt.« In der Servietten zurückgebracht werden, dachte Kate. Ich brauch einen Drink.

In der Wohnung in der Mount Auburn Street angekommen (wo Kate jetzt bei Sylvia logierte, die offenkundig in ihrer dringenden Angelegenheit unterwegs war), stellte es sich als wesentlich leichter heraus, einen Drink zu beschaffen, als Janet zu beruhigen. Kate überließ sie ihrem allmählich versiegenden Tränenstrom, machte sich auf die Suche nach etwas Eßbarem und kehrte mit Crackern und Käse zurück. Sie bezweifelte, daß Janet der Sinn danach stand, aber Kate hatte schon immer den Standpunkt vertreten, Alkohol müsse auf etwas Festes im Magen treffen. Außerdem war sie hungrig.

Es würde offenbar ein langer Abend werden. Und bestimmt würde sich die Geschichte zum Schluß als Windei herausstellen. (Wo kam dieser Ausdruck nun wieder her? Kate hatte das von Eric Partridge zusammengestellte Lexikon der Klischees erstanden, das allerdings die Unart hatte zu erklären, was das jeweilige Klischee bedeutete, was Kate ohnehin wußte, aber nicht, wie es entstanden war, was Kate gern gewußt hätte. Sie mußte sich einen Ruck geben, ihre Gedanken wieder auf Harvard zu lenken.) Das Appartement, in dem sie saßen, hatte bis zur Decke reichende Fenster mit Blick auf den Fluß. Wie Kate bald feststellen sollte, praktizierten hier die Steuermänner von Harvards Rudermannschaften – und davon gab es viele – jeden Tag in aller Herrgottsfrühe mit großer Hingabe und Lautstärke ihr »Eins, zwei«-Geschrei, was sie *ihrem* Ziel vielleicht näher brachte, alle Anwohner aber um den Schlummer. Trotzdem, der Blick wog alles auf. Flüsse hatten etwas Magisches an sich. Kate beschloß, von Alkohol auf Kaffee umzusteigen, entschuldigte sich bei Janet und ging in die Küche. Gott hilf, laß es wirklich ein Windei sein.

Als sie zurückkehrte, hatte Janet sich etwas beruhigt. Sie entschuldigte sich nicht, wofür Kate dankbar war. Im Gegenteil, sie wirkte eher vorwurfsvoll. »Ich weiß eigentlich nicht, warum ich dich sehen wollte«, sagte sie. »Als wir studierten, waren wir in derselben Clique, und ich dachte, du würdest die Dinge so sehen wie ich. Du warst früher so...«

»Establishment?«

»Ja, so etwa. Ich kann einfach nicht fassen, daß du an all diesen Unsinn mit der weiblichen Wissenschaft glaubst. Es spricht ja auch niemand von männlicher Wissenschaft.« Janet schien sich in den nächsten Gefühlsausbruch hineinzusteigern. Kate beschloß, fest zu bleiben.

»Janet, ich glaube, wir kommen weiter, wenn wir versuchen, nicht über Feminismus zu diskutieren. Das heißt, ich tue es nur zu gern und stundenlang, aber nicht heute abend. Jetzt erzähle mir lieber, was ich deiner Meinung nach hätte für dich tun können, wäre ich die Person, für die du mich gehalten hast.«

»Ehe ich berufen wurde, haben einige der Professoren hier ein Abendessen für mich gegeben. Man hieß mich willkommen, und alle waren sehr freundlich und zuvorkommend. Aber seit ich mit der Arbeit angefangen habe, fühle ich mich isoliert. O. K., man kann natürlich viel in Harvard unternehmen. Jeden Abend gibt's irgendeine interessante Veranstaltung. Außerdem bin ich mit Arbeit eingedeckt, und junge Frauen aus den anderen Fakultäten laden mich ab und zu ein, aber...«

»...nicht die Männer. Sie grüßen dich höflich, wenn sie an dir vorübergehen, aber sie sind nicht das, was man freundlich nennt.«

»Genau so. Und dann erhielt ich eine Einladung mit dem Briefkopf der Fakultät zu einer Party im Warren-Haus, du weißt, dieses Haus mit dem verglasten Balkon.«

»Ich kenne es«, sagte Kate. »Ein hübscher Platz für eine Party.«

Nur schade, dachte Kate insgeheim, daß Janet dem Treiben nicht von der Glasveranda aus zugesehen hatte, so wie der ursprüngliche Besitzer.

»Als ich dort ankam, sah ich nur junge Leute, beiden Geschlechts, und alle festlich gekleidet. Ich dachte, die älteren Professoren kämen später. Woher sollte ich die Sitten in Harvard kennen? Ein angenehmer junger Mann bot mir einen Drink an, und das ist das letzte, woran ich mich erinnere.«

»Bis?«

»Bis ich in der vollen Badewanne aufwachte und diese Frau... diese... sagte: ›Wer zum Teufel sind Sie denn?‹ Dann kamen mehrere junge Männer herein, sahen uns und einer sagte: ›Ah, unsere Professor Mandelbaum, sie also auch!‹ Er sagte es so, als wären alle Frauen, die in Harvard lehren...«

»Lesben?« sagte Kate barsch.

»Ja.« Janet brach wieder in Tränen aus.

»Janet. Trifft dich das wirklich noch? Du unterrichtest seit Jahren, zwar nicht in Harvard, aber an einer anderen großen Universität. Was glaubst du denn, wie Männer über Frauen wie uns reden, noch dazu, wenn eine unverheiratet ist? Als wir Examen machten, waren wir frigide, und jetzt sind wir Lesbierinnen. Das kann dir doch nichts mehr ausmachen!«

»Es macht mir aber etwas aus. Ich bring es noch nicht einmal über mich, diese Worte zu benutzen.«

»Genau das ist dein schwacher Punkt, und mit dem rechnen sie, meine Liebe.«

»Ich finde diese Frauen mit Latzhosen und Stiefeln entsetzlich!«

»Ich wage aber zu behaupten«, argumentierte Kate trotz aller guten Vorsätze mit unverhohlener Boshaftigkeit, »daß du schwule Männer recht gern magst: Sie sind so liebenswürdig, so charmant und so gut als Begleiter zu gebrauchen. O Janet, setz dich. Tut mir leid. Bitte setz dich wieder hin. Vergessen wir deine und meine Ansichten. Eins ist jedenfalls klar: Es war eine Falle. Man hat nicht nur dafür gesorgt, daß du betrunken und triefnaß gefunden wurdest, sondern auch noch dafür, daß eine radikale Feministin, die in einer Kommune lebt, dir Gesellschaft leistet. Sie haben alle Alarmknöpfe auf einmal gedrückt. Bleibt natürlich die Frage, wer war es? Und warum?«

»Das Warum liegt doch auf der Hand – um mich in Verruf zu bringen.«

»Schon, meine Liebe, aber warum will man dich in Verruf bringen? Steckt ein persönlicher Groll dahinter, ein Groll gegen eine Frau in Harvard – gegen alle Frauen, die eine Professur an einer wichtigen Universität haben –, oder ein Groll gegen Frauen überhaupt? Oder war es einfach nur ein übler Streich? Sie haben dich entmutigt und beschämt, aber wollten sie dich persönlich entmutigen, den Spender deines Lehrstuhls, Harvard oder die Frauenbewegung? Und wer, das ist die Hauptfrage, sind sie?«

»Ich glaube, jetzt möchte ich doch gern einen Drink«, sagte Janet.

»Scotch? Davon kriegt man Krebs, habe ich gerade gelesen.«

»Das wär vielleicht eine angenehme Erlösung.« Janet kicherte gequält. »Aber ich mag sowieso lieber Campari mit Soda.« Sie wartete auf ihren Drink, ehe sie weitersprach. »Weißt du übrigens, Kate, daß ich dich nie richtig leiden konnte? Ich wollte dich zwar mögen, aber es gelang mir nicht. Du schienst immer so selbstsicher zu sein, so...«

»Wenn du jetzt damenhaft sagst, hau ich dir eine runter, das verspreche ich dir.«

»Egal – ich habe mich immer über dich geärgert. Und ich weiß beim besten Willen nicht, warum ich geglaubt habe, du könntest mir helfen. Aber keine der Frauen hier in Harvard schien ansprechbar, höchstens die Emanzen, die offenbar annahmen, ich sei auch eine, und...«

»Janet, hör zu. Ich weiß, ich unterbreche dich dauernd mit meinem Janet-hör-zu. Hör mir aber trotzdem zu. Ich bin jetzt hier. Sylvia ist hier. Wir wollen beide versuchen, dir den Rücken zu stärken; du kannst uns jederzeit um Rat fragen. Wir versprechen dir sogar, nicht über Feminismus zu diskutieren – solange du zumindest versuchst, nicht wie Phyllis Schlafly zu ihren besten Zeiten zu klingen. Sprich mit uns, berat dich mit uns, nimm unsere Hilfe an. Wir werden schon dahinterkommen, was hier gespielt wird.

Aber – ich weiß, es ist ein großes Aber – du mußt weitermachen, als wäre nichts geschehen. Absolut nichts. Du siehst gut aus, hast Stil und einen verteufelt guten Ruf als Wissenschaftlerin. Und all diese Vorteile mußt du bis zum letzten für dich nutzen. Ich weiß, das klingt im Augenblick unmöglich, aber du wirst es schaffen. Außerdem hast du gar keine andere Wahl, das weißt du selbst, es sei denn, du gehst vorzeitig in den Ruhestand und schließt dich Marabel Morgan an. Wenn du hier kneifst, wird man sich auch an keiner anderen Universität nach dir sehnen. Also steh es durch! Sylvia und ich werden dir helfen, wo wir können.«

»Aber wie bin ich in die Badewanne gekommen?«

»Wenn ich recht sehe, trinkst du immer Campari mit Soda. Ein Campari mit Soda kann *alles* enthalten. Und in deinen hat man dir was reingetan. Übrigens, möchtest du noch einen?«

Am nächsten Tag wurde Kate offiziell am Frauen-Institut begrüßt. Sie spürte sofort, daß sie in einer anderen Welt war. Hier zumindest stellten lehrende Frauen kein Problem dar. Harvard ignorierte die Instituts-Frauen, die ihrerseits das Kompliment nur zu gern zurückgaben und den Verkehr mit Harvard auf rein praktische Fragen beschränkten. Man zeigte Kate ihr Büro, das Dozentenzimmer, die Küche und all die anderen Einrichtungen. Kate reagierte mit dem heftigen Wunsch, sich in ihr Büro zu verkriechen und in die Arbeit zu stürzen; aber vielleicht war es nur die Gewohnheit, die sie beim Anblick universitärer Gebäude sofort in diese Richtungen drängte. Natürlich hatte Kate ein Thema, über das man im Verlauf des Semesters einen Vortrag von ihr erwartete. Aber Kate konnte sich kaum noch an den angekündigten Titel erinnern.

Allein in ihrem Büro, setzte Kate sich in den Sessel und versank in eine Art Trance. Direkt vor ihrem Fenster stand eine schöne alte Ulme, und gerade fielen die ersten Schneeflocken dieses Winters. Kate legte die Füße auf den

Schreibtischstuhl, genoß die friedliche Szenerie und ließ ihren Gedanken freien Lauf.

Sie und Sylvia waren »bis in die Puppen« aufgeblieben, wie Kates Mutter zu sagen pflegte, und hatten über Janet gesprochen, die sie nach Sylvias Rückkehr in einem Taxi nach Hause verfrachtet hatten. Zu vorgerückter Stunde hatte sich Kate sogar zu der Vermutung hinreißen lassen, daß Janet vielleicht einen Blackout hatte und, Gott weiß wie und warum, selbst in die Wanne gestiegen war.

»Der Gedanke ist mir auch schon gekommen«, hatte Sylvia gesagt. »Du weißt ja, wie labil Frauen sind, die ihren Mutterinstinkt nicht ausleben konnten. Aber das ist noch keine Erklärung für die Frau aus der Kommune. Irgend jemand hat sie angerufen – jemand, der genau wußte, daß er nur das Wort ›Schwester‹ fallenzulassen brauchte, um sie herzulocken. Kate, ich würde das niemand anderem gegenüber aussprechen, aber: Hältst du es für möglich, daß diese ›Aussteiger‹-Frauen den Establishment-Frauen eins auswischen wollten und der Plan schiefging? Nun, ich glaube das auch nicht, aber wir müssen jede Möglichkeit in Betracht ziehen. Und wie du siehst, hat das Patriarchat uns dermaßen das Hirn gewaschen, daß selbst ich eher einer Frauengruppe die Schuld gebe als einem Harvard-Professor, obwohl diese Gattung weiß Gott genauso unberechenbar oder noch unberechenbarer ist als sonstwer. Hast du von dem Professor gehört, der absolut insistiert hat auf dem seit dem siebzehnten Jahrhundert verbrieften Recht, auf Cambridges Gemeindegelände eine Kuh grasen zu lassen? Die übrige Zeit hielt er sie in seinem Wohnzimmer. Na, ich glaube die Geschichte auch nicht, aber daran siehst du mal...«

Was sie daran sehen sollte, wäre Kate, während sie die Ulme und die Schneeflocken betrachtete, bestimmt eingefallen, hätte es nicht an der Tür geklopft. »Herein«, rief sie und erwartete unwillkürlich eine Frau.

Aber die Gestalt, die eintrat, war männlich – so sehr männlich, daß es Kate in ihrer augenblicklichen Gemütsverfassung völlig überwältigte. Mit diesem Mann hatte sie Examen gemacht, und nicht nur das, er war der erste, mit dem Kate geschlafen hatte – eine wenig bemerkenswerte Erfahrung, aber die folgenden Male... Nun, sie hatten ihren Abschluß darin gefunden, daß er nicht Kate, sondern Janet geheiratet hatte.

»Moon«, rief Kate, als sie ihre Stimme wiedergefunden hatte. »Was um Himmels willen tust du denn hier?«

»Liegt die Betonung auf du, hier oder tust?« fragte Moon. Er trat ein und schloß die Tür hinter sich. »Darf ich mich setzen?« fragte er. Kate sah ihn an, und ihr brauste der Kopf. Nein, mußte sie sich eingestehen, es war nicht gerade ihr Kopf. Mein Gott, ich bin immer noch... sagte sie ziemlich hilflos zu sich selbst.

Zu Moon sagte sie: »Die Betonung liegt auf hier. Hier in Harvard, am Radcliffe, in meinem Arbeitszimmer. Hier.«

»Ich gebe Kurse für literarisches Schreiben. Hab in der ›Gazette‹ gelesen, daß du als Lehrbeauftragte herkommst. Also bin ich herspaziert, habe mich nach dir durchgefragt – und da bist du. Wie geht es dir, Kate?«

»Könnte besser gehen. In gewisser Weise ist es mir nie schlechter gegangen. Ich steck in einem Riesenschlamassel. Ich weiß weder, wie ich da reingekommen bin, noch wie ich rauskommen soll.«

»Genau das war das erste, was du je zu mir gesagt hast. Du wirst dich nicht erinnern, aber ich weiß es noch. Es ging um deine Magisterarbeit. Du wußtest nicht, wie du an das Thema geraten warst et cetera. Natürlich hast du schließlich die beste Note bekommen, aber das war ja immer so bei dir. Es tut gut, dich zu sehen, Kate. Du bist so schön wie immer.«

»Und du auch. Vielleicht brauchen wir beide eine Brille. Weiß Janet, daß du hier bist?«

»Natürlich weiß sie es. Mehr noch, sie hat den Verdacht, daß ich es war, der sie aus irgendwelchen mysteriösen Gründen in diese Badewanne gelockt hat. Woher hätte ich wissen sollen, daß Janet die Frau des Jahrhunderts wird?

Harvard hat mir angeboten, Kurse für literarisch ambitionierte Studenten abzuhalten, und ich dachte, zum Teufel, warum soll ich mir nicht mal wieder den Osten ansehen? Also kam ich her. Niemand brachte unsere Namen miteinander in Verbindung. Die Welt ist voll von Mandelbaums. Tja, und deshalb bin ich hier – und du bist hier, Lehrbeauftragte am berühmten Institut und Freundin von Janet in der Badewanne.«

»Moon, wenn du noch einmal die Badewanne erwähnst, dann werde ich, ich weiß nicht was tun, aber es wird schrecklich werden. Lieber Moon«, fügte sie inkonsequent hinzu.

Moon Mandelbaum hieß eigentlich Milton, ein Vorname, den er haßte und nie benutzte. Milton Mandelbaum war schon Moon geworden, ehe Kate ihn kennenlernte. Er war groß und poetisch und wundervoll und hatte Janet geheiratet.

»Warum hast du Janet geheiratet?« sagte Kate.

»Sie war schön«, antwortete er. Er wußte, daß manche Fragen wieder und wieder gestellt werden müssen. »Und sogar noch vornehmer als du, wenn du verstehst, was ich meine. Außerdem wäre sie sonst nicht mit mir ins Bett gegangen. Nicht, wie sich herausstellte, weil ihr besonders viel an ihrer Jungfräulichkeit lag, obwohl die damals den meisten Frauen noch wichtig war, sondern weil ihr nicht viel daran lag, überhaupt mit jemand ins Bett zu gehen. Du weißt, Janet ist nicht gerade leidenschaftlich, dazu ist sie viel zu arrogant.«

»Wo ist da der Zusammenhang?«

»Nun, der eine hat sie beleidigt, der andere hat schlechte Manieren, wieder ein anderer keinen Stil. Sie ist dumm genug, gebieterische Männer zu mögen. Und ich war dumm genug, ihr das vorzuspielen. So landeten wir vor dem Traualtar. Zum unendlichen Bedauern ihrer Eltern, von meinen ganz zu schweigen. Inzwischen ist sie eine berühmte Wissenschaftlerin, und ich bringe an der Universität von Minneapolis den Studenten bei, wie man lesbare

Texte verfaßt. Wie ich höre, hast du schließlich doch geheiratet.«

»Ja«, sagte Kate. »Habe ich dich wirklich so lange nicht mehr gesehen? Er ist in Afrika, Asien – irgendwo in der Dritten Welt.« In einer anderen Welt, dachte Kate.

»Was mich betrifft, ich war in der Zwischenzeit noch zweimal verheiratet, was ich lieber hätte bleiben lassen sollen. Vielleicht liegt es an mir, aber ich glaube eher, es liegt an den Frauen. Ich will nicht vollkommen sein. Mir liegt nichts an Erfolg. Mir liegt viel an Sex, und ich singe gern. Ich habe mich gefreut, als ich hörte, daß du herkommst. Harvard ist ein kaputter Ort, vierundzwanzigkarätig, durch und durch kaputt. Durch dich wird's besser.«

Kate betrachtete Moon. Nach – wie vielen? – Jahren sah er kaum verändert aus. Vielleicht brauchte sie eine Brille – aber für sie sah Moon genauso gut aus wie früher und war noch immer so ungeheuer attraktiv. Genau in diesem Moment, hier in ihrem Arbeitszimmer über dem Radcliffe-Campus, hatte er dieselbe Wirkung auf sie wie eh und je. Kate wußte, daß die Ereignisse der letzten Zeit zuviel gewesen waren und sie drauf und dran war, sich dieser Wirkung zu überlassen. Ihre einzige Rettung war, daß Moon das vielleicht nicht spürte. Aber Moon hatte es immer gespürt.

»Alles, was ich habe«, sagte er, »ist ein schreckliches Zimmer draußen am Central Square. Außerdem eine Küche und ein Bad. Ich habe eine Matratze auf dem Fußboden, meine Gitarre, eine Flasche Tequila – von einem Studenten, der letztes Semester Examen machte, vielleicht wird er ja Schriftsteller – und eine Zitrone. Hast du Zeit?«

»Denken Sie daran«, hatte die Frau vom Institut gesagt, als sie Kate ihr Arbeitszimmer zeigte, »immer abzuschließen, wenn Sie gehen.« Kate dachte daran.

Fünf

Viele Jahre später irrte Ödipus alt und blind durch die Straßen. Ein vertrauter Geruch stieg ihm in die Nase. Es war die Sphinx. Ödipus sagte: »Ich will dir eine Frage stellen: Warum habe ich meine Mutter nicht erkannt?« – »Weil du die falsche Antwort gegeben hast«, sagte die Sphinx... »Als ich dich fragte: ›Was läuft morgens auf vier Beinen, mittags auf zwei und abends auf drei‹, hast du geantwortet: der Mensch. Von Frauen hast du nicht gesprochen.« Und Ödipus sagte: »Aber wer Mensch sagt, schließt doch die Frauen mit ein. Jeder weiß das.« – »Das glaubst du«, sagte die Sphinx.

Muriel Rukeyser
›Myth‹

Kate entwickelte eine Art täglicher Routine. Morgens arbeitete sie in ihrem Zimmer im Institut; sie hatte sich auf ein Datum festgelegt – gegen Ende des Semesters –, zu dem sie ihre Vorlesung halten würde, und inzwischen hatte sie auch einige der anderen Lehrbeauftragten kennengelernt, Frauen, die sich wie Kate glücklich schätzten, so viel Freiraum zu haben, daß sie ihren eigenen Universitäten für eine Weile den Rücken kehren konnten.

Wenn Kate nicht arbeitete, ging sie auf dem Mount Auburn Friedhof spazieren, manchmal allein, manchmal mit Moon oder einer Frau, mit der sie sich angefreundet hatte. Woanders konnte man in Cambridge nicht spazierengehen. Kate stellte erstaunt fest, daß in Cambridge, im Gegensatz zu New York, der Schnee nicht von den Bürgersteigen geräumt wurde. Der geschmolzene Schnee von gestern bildete eine Eisschicht unter dem Schnee von morgen, und schnell zu gehen, sich überhaupt auf die Bürgersteige zu wagen, war gefährlich. Kate, die jeden Tag ein

Stück gehen mußte, so wie sie jeden Tag ein paar Stunden für sich allein brauchte, hatte in dem Friedhof die Lösung gefunden. Schon bald war es ihr gelungen, die phallischen Monumente zu ignorieren – und auch die flacheren, auf denen oft nichts weiter als »Mutter« stand – und sich an den Bäumen und Teichen und Vögeln zu erfreuen. Im Frühling, so hatte man ihr erzählt, wenn die japanische Kirsche und die anderen Bäume in Blüte standen, bräche hier das Paradies aus. Kate hatte erfahren, daß Henry James und William Dean Howells zu ihrer Zeit auf diesem Friedhof spazierengegangen waren und sich über die Zukunft des amerikanischen Romans unterhalten hatten. Eines Tages machte sie sich dann auch eigens auf den Weg, das Grab von Henry James zu besuchen. Sie konnte sich nicht erinnern, in New York je an ein Grab gegangen zu sein, außer in ganz früher Jugend an das von Grant.

Zu Kates Pflichten gehörte es, einmal im Monat am Lunch im Dunster-Haus teilzunehmen und davor im Dozentenzimmer Sherry zu trinken. Diese Lunches waren zweifellos in erster Linie eine schreckliche Angelegenheit – das war Kate nach dem ersten klar. Die jüngeren Tutoren vom Dunster bildeten eine Clique, und die wenigen älteren Dozenten waren so verknöchert und allen Ansichten außer ihren eigenen gegenüber so verschlossen, daß Kate (nicht zum ersten Mal und gewiß nicht nur, was Harvard betraf) an einer Verständigungsmöglichkeit zwischen den Generationen zweifelte. Die jüngeren Fakultätsmitglieder strichen diesen alten, selbstgefälligen Typen entweder um den Bart, oder sie gingen ihnen aus dem Weg. In beiden Fällen fand kein Austausch statt. Kate landete mit ziemlicher Regelmäßigkeit bei den jüngeren Fakultätsmitgliedern, nicht nur, weil sie deren Gesellschaft vorzog – sie zog sie wirklich vor –, sondern weil eine Frau, noch dazu eine Frau, die weder jung noch lasziv noch kriecherisch war, für jene Herren, die Harvard immer noch als rein männliche Domäne betrachteten, schlicht und einfach nicht existierte.

Das Rätsel von Janets Abend im Warren-Haus war der Lösung keinen Schritt nähergekommen. Und Janet tat sich nach wie vor sehr schwer, neue Kontakte zu knüpfen. Mit Kate traf sie sich von Zeit zu Zeit, sie sprachen miteinander, kamen sich aber nicht näher. Klar wurde nur, daß Janet mit völlig unrealistischen Erwartungen nach Harvard gekommen war. Obwohl sie sich nie überwinden konnte, Kate anzuvertrauen, wie diese Erwartungen aussahen, konnte Kate es erraten. An ihrer vorigen Universität hatte Janet über alles, was mit der Frauenbewegung zusammenhing, nur die Achseln gezuckt. Sie hatte sich an ihre wissenschaftliche Arbeit und ihre Fakultät gehalten und war – zumindest aus ihrer Sicht – als gleichberechtigt von ihren männlichen Kollegen anerkannt worden. Da sie davon überzeugt war, daß jede qualifizierte Frau Karriere machen könne, war sie in der Beurteilung von Frauen, die sich an ihrer Universität bewarben, genauso streng wie die Männer. Nach Harvard war Janet mit der Hoffnung gekommen, hier die gleichen, wenn nicht bessere Bedingungen vorzufinden. Ihre Hoffnung wurde bitter enttäuscht.

Gerade war Kate zu dem Schluß gekommen, daß sie mit ihrem Aufenthalt in Harvard nicht das geringste ausrichtete – natürlich, das Schicksal aller Frauen in Harvard –, als zwei glückliche Zufälle sie Lügen straften. Der erste trug sich zu, als Kate eines Morgens auf dem Weg zum Institut die Brattle Street hinaufging und Jocasta entdeckte. Kate war schon früher aufgefallen, daß sich die Hunde in Cambridge, ob in Begleitung oder nicht, mit überraschender Unbekümmertheit und Unabhängigkeit bewegten. Sie überquerten Straßen, schlenderten die Bürgersteige entlang oder warteten unangeleint vor Läden, in deren Inneres ihre menschlichen Begleiter entschwunden waren. So auch Jocasta. Kate war sich zumindest ziemlich sicher, daß es Jocasta war, aber weiße Bullterrier sehen sich sehr ähnlich. Kate blieb vor dem Tier stehen und wartete auf ein Zeichen des Wiedererkennens. Jocasta streckte die Schnauze vor, beschnupperte Kates Hand und leckte sie dann kurz. Vielleicht erinnerte sie sich an eine bequeme Couch und das ihr heimlich in der Küche zugesteckte kalte Hähnchen. Kate hockte sich hin und streichelte Jocasta. Dann ging sie in den Laden, um nach Joan Theresa Ausschau zu halten.

Es war ein Blumenladen, in dem außerdem Früchte verkauft wurden. Diese waren es, die Joan Theresa angelockt hatten. In einen Apfel beißend, verließ sie kurz darauf mit Kate den Laden. In der anderen Hand hielt sie eine riesige Grapefruit. (»Behalten Sie die Tüte und retten Sie unsere Wälder«, hatte sie zu dem Mann an der Kasse gesagt.) Joan bot Kate von ihrem Apfel an, und Kate biß kräftig hinein. Inzwischen standen sie vor Jocasta.

»Es tut mir leid, daß ich es nicht geschafft habe, im Café vorbeizukommen«, sagte Kate. »Komisch, wenn man erst einmal in Harvard ist, vergißt man leicht, daß es auch noch andere Dinge in Cambridge gibt. Wie geht es Ihrer Freundin, die Janet Mandelbaum in der Badewanne gefunden hat?«

»Luellen May geht es schrecklich«, sagte Joan. »Ganz schrecklich. All die üblichen Schikanen von ihrem Mann – wegen der Kinder, wissen Sie. Warum kommen Sie nicht mal vorbei und sehen, was Sie ausrichten können? Vielleicht sie ein bißchen aufheitern?«

»Ja, ich komme«, sagte Kate. Sie beugte sich herab und gab Jocasta einen Klaps. Ich bin verrückt, dachte sie, aber dieser Hund hat es mir angetan.

Der zweite Zwischenfall kam völlig unerwartet. In ihrer zweiten Woche am Institut fand Kate eine Notiz vor. *Bitte rufen Sie Professor Sladovski unter dieser Nummer an.* Ehe Kate die Nummer wählte, sah sie im Telefonverzeichnis von Harvard nach und entdeckte, daß er Dozent am Fachbereich Anglistik war. Kate überlegte einen Moment, ehe sie den Sprung ins Wasser wagte. Es war äußerst ungewöhnlich, zumindest wäre es das überall außerhalb Harvards gewesen, daß bisher kein Mitglied der anglistischen Fakultät auch nur den leisesten Versuch unternommen hatte, sich mit ihr in Verbindung zu setzen. Und auch sie hatte bisher keinen Weg entdeckt, mit jemandem aus dieser Sphäre in Kontakt zu kommen. Professor Sladovskis Notiz brachte vielleicht den Durchbruch. (Es konnte natürlich genausogut sein, daß er einer der nicht fest angestellten Dozenten war, der auf »hilfreiche« Kontakte hoffte. Um so besser; dann würde sie ihn für ihre Zwecke einspannen, so wie er hoffte, sie für seine einzuspannen.)

Dozent Sladovski gab sich hocherfreut über Kates Anruf. Ob sie nicht Lust habe, zum Dinner vorbeizukommen. (»Nennen Sie mich Andy«, hatte er gesagt.) Er und seine Frau Lizzy würden darauf brennen, sie kennenzulernen. Kate fand Dinnerpartys etwas weniger schrecklich als Tod durch Ertrinken oder sechs Runden auf einer Berg- und Talbahn, aber nicht viel weniger. Und sie hatte gelernt, das auch zu sagen.

»Oh, keine Angst, es ist keine Dinnerparty. Nur ich und Lizzy und Penny Artwright. Penny ist auch Dozentin am Fachbereich. Wir dachten, Sie hätten vielleicht Lust, ein wenig zu plaudern. Lizzy hat durch ihre ›Informanten‹ von Ihnen gehört. Na, und da alle Berichte exzellent waren, dachten wir, riskieren wir die Einladung!«

»Na gut, dann riskier ich, sie anzunehmen.«

»Gibt es etwas, was Sie besonders mögen oder nicht ausstehen können?«

»Ich esse alles außer Erdnußbutter und Coca-Cola. Ich bringe etwas Wein mit, wenn ich darf.«

»Wunderbar. Um sieben also.« Er gab ihr die Adresse. »Außerdem: bei uns darf geraucht werden.«

»Sie haben *wirklich* gute Informanten«, sagte Kate.

»Wer käme heute schon ohne aus! Bis dann also«, sagte Andy. Kates Gemütsverfassung hellte sich beträchtlich auf.

Am Nachmittag ging sie mit Moon spazieren und als es zu schneien begann, mit zu ihm auf sein Zimmer. »Ich spiel ein bißchen Gitarre«, sagte er. »Wir setzen uns hin und singen und reden und betrachten den Schnee.«

Als Kate Moon in den Fünfzigern kennenlernte, hatte er auch Gitarre gespielt und gesungen; er hatte schon viel früher damit angefangen, lange vor den Tagen der Rockmusik. Moon erinnerte Kate immer an Pete Seeger, oder eher umgekehrt. Denn Pete Seeger hatte sie das erste Mal in den Siebzigern gesehen, während eines ziemlich hektischen Sommers in den Berkshires. Zu Anfang, erinnerte Kate sich, hatte ihr Pete Seeger überhaupt nicht gefallen. Er war ihr vorgekommen wie ein Überbleibsel aus den Dreißigern – mit seinen Liedern über Banken, die alles Farmland aufkauften, was früher vielleicht zutraf, aber heute gewiß nicht mehr. Dann hatte er ein Lied gesungen, das, wie er sagte, seine Schwester geschrieben hatte. Es hieß ›I'm Gonna Be An Engineer‹, und damit hatte er ihr Herz gewonnen. Seitdem hatte sie zwei seiner Konzerte besucht, eins davon in einem New Yorker College, wo er als Hommage an sein Publikum jiddische Lieder gesungen und Kate mehr denn je an Moon erinnert hatte. Pete Seeger war in Ordnung, beschloß Kate, nur seine Nase war zu klein. Jedesmal, wenn er sein Publikum animierte mitzusingen, mußte sie an Moon denken – die gleiche offene, warmherzige, aufmunternde Art.

Moon sang von einer Lady aus Baltimore, und Kate dachte, so ähnlich war es immer gewesen, wenn Moon und sie sich getroffen hatten – immer in Städten, in denen sie beide nicht zu Hause und in Zimmern, die Zwischenstationen waren. Moon reiste stets mit leichtem Gepäck. Manchmal schrieb er ihr wundervolle Briefe, und manchmal hörte sie jahrelang nichts von ihm. Sie hoffte, daß das augenblickliche Durcheinander mit Janet und Harvard ihre Beziehung nicht verändern würde – wenn man von Beziehung sprechen konnte – und Moon nicht aus ihrem Leben verschwände. Moons Existenz hatte nichts mit irgendeiner Form von Alltag zu tun. Er hätte nie heiraten dürfen. Moon konnte man nach fünf oder zehn Jahren wiedersehen, und er fuhr genau dort fort, wo er damals stehengeblieben war. Aber Kate hatte große Zweifel, was seine Qualitäten hinsichtlich des täglichen Lebens betraf. Und selbst wenn Kate in ihrer Jugend die Absicht gehabt hätte zu heiraten – mit Moon, der damals gerade darauf wartete, daß die sechziger Jahre ihn einholten, und heute noch nicht gemerkt zu haben schien, daß sie vorüber waren, wäre sie nicht vor den Traualtar getreten.

»Moon«, sagte Kate, als er seine Gitarre beiseite legte und sich ein Glas Wein einschenkte, »behandelt Harvard dich gut? Bist du froh, daß du hergekommen bist?«

»Froh bin ich nur wegen dir, sonst eigentlich nicht. Aber das Leben eines *Gast*dozenten hat große Vorteile: Man braucht weder auf irgendwelche Sitzungen zu gehen, noch wird man in die unvermeidlichen Fakultätsintrigen verwickelt. All diese schalen Sitzungen sind für deine Janet natürlich wie Milch und Honig. Frag sie mal!«

»Sie ist nicht *meine* Janet«, sagte Kate leicht verärgert. »Falls ich dich taktloserweise darauf hinweisen darf: Sie war einmal *deine.*«

»Ich habe fast schon vergessen, daß ich einmal mit ihr verheiratet war. Kannst du dir das vorstellen? Sie hätte sich lieber mit irgendeinem etablierten Unityp einlassen sollen, der nach einem Jahr Ehe seine erste Affäre mit einer Studentin gehabt und ihr die Freiheit gelassen hätte, die ewig leidende Ehefrau zu spielen. Bei mir konnte sie das nicht spielen, sie *war* es.«

»Weil du mit keiner Studentin schliefst?«

»Weil ich auf einer echten Beziehung bestand. Echte Beziehungen machen Janet nervös. Einen Pluspunkt hat Harvard: Es ist der einzige Ort, außer vielleicht New York, wo Janet und ich an derselben Universität lehren können, ohne uns je zu treffen oder voneinander Kenntnis zu nehmen. Ich bin sicher, sie empfindet das auch so –

zumindest sah sie es so, bis sie auf die Idee kam, ich könnte eine Rolle bei ihrer unglücklichen Party gespielt haben.«

»Moon, wir hören lieber auf, über Janet zu reden. Es muß bestialisch für dich sein…«

»Ich finde es herrlich, wenn du Worte wie bestialisch benutzt.«

»Sag mir nur eins: Was ist deiner Meinung nach schiefgelaufen mit Janet? Warum ist sie in einem solchen Zustand? Das kann nicht nur an dieser Party liegen. Sie ist wie eine Katze auf einer heißen Ofenplatte, die nicht weiß, wo sie ihre Pfoten hinsetzen soll.«

»Genauso ist es. Janet hat das höchste Ziel erreicht, das sie sich stecken konnte – Harvard. Aber als sie erst einmal hier war, entsprach nichts ihrer Vorstellung. Auf subtile und mysteriöse Weise hatte Harvard sich verändert. Und statt hier die Königin zu sein, die mit ihrem Kabinett diniert, war Janet plötzlich gezwungen, andere Frauen zur Kenntnis zu nehmen. Janet hat ihr Leben lang andere Frauen ignoriert, wenn nicht sogar verachtet. Um ehrlich zu sein, ich wäre nicht überrascht, wenn sie ihren Dienst hier quittiert und wieder um ihren alten Job bittet.«

»Würde sie ihn zurückbekommen? Und wenn ja, könnte sie so tun, als wäre nichts geschehen?«

»Man würde ihn ihr wahrscheinlich zurückgeben, wenn etwas Gras über Janets kleinen Fehltritt gewachsen ist. Ihre alte Universität würde sich sogar geschmeichelt fühlen. Dort, wo sie herkommt, wäre Janet eindeutig glücklicher; da wußte sie, was man von ihr erwartete. Leute wie Janet können immer wieder zurückgehen.«

»Ich denke, eine Menge Leute wären froh, wenn sie es täte.«

Andy und Lizzy Sladovski bewohnten das Obergeschoß eines zweistöckigen Altbaus in einer Gegend von Cambridge, die zwar in der Nähe von Harvard lag, aber noch nicht ganz von dessen erbarmungsloser Expansion vereinnahmt worden war. Sowie Kate die Wohnung betreten und sich an den Tisch im großen Wohnzimmer gesetzt hatte, entspannte sie sich. Ihren Wein hatte sie gespendet, ließ sich jetzt einen Scotch in die Hand drücken und legte die Füße hoch. Sie fand, Andy und Lizzy waren auf eine Art liebenswert, wie sie heute nur noch wenige Menschen haben: beide waren intelligent, nicht über Gebühr angespannt und ohne alles pompöse Gehabe. Lizzy erzählte Kate, sie sei Krankenschwester, und vor einigen Tagen habe man ihr eine leitende Stelle im Verwaltungsapparat einer großen Klinik angeboten, aber sie hatte abgelehnt.

»Penny meint, man dürfe nicht auf der Stelle treten, müsse sich fortbewegen, um nicht zu stagnieren. Penny glaubt nämlich, Fortbewegung sei ein Gesetz der menschlichen Natur und jede Zuwiderhandlung hätte schlimme Folgen. Stimmt's, Penny?« Anders als die Sladovskis, die Katholiken polnischen Ursprungs waren, gehörte Penny Artwright zu eher Fanslerschen Kreisen. Wie Kate war sie der selbstgefälligen Lebensansichten ihres Clans überdrüssig. Gegen die Kleidersitten ihrer Kaste hatte sie offenbar nichts einzuwenden, denn sie war hochelegant. Eine gewisse nervöse Spannung ging von ihr aus. Nun, dachte Kate, für Professoren ist es gut, wenn sie eine gewisse nervöse Unruhe ausstrahlen, für Krankenschwestern nicht. Das war also in Ordnung. Außerdem fiel ihr auf, wie völlig entspannt Andy in der Gesellschaft von drei Frauen war, es nicht einmal nötig hatte, eine Bemerkung darüber zu machen.

»Harvard kommt mir plötzlich meilenweit entfernt vor«, sagte Kate. »Ich weiß, keine sehr originelle Bemerkung, aber eine tröstliche. Und was einen tröstet, ist selten originell. Ich habe erst einen Schluck getrunken, und schon werde ich tiefgründig. Gute Atmosphäre.«

»Harvard macht einen so atemlos«, sagte Penny. »Jeder hier strengt sich so fürchterlich an. Gestern abend war ich bei einem der älteren Professoren zu Hause eingeladen, einem der wenigen, die sich mit den unteren Chargen abgeben. Er ist sehr nett, wirklich, aber bei ihm eingeladen zu sein, ist ein wenig, als würde man zum Abendessen mit dem Boß zitiert. Sie hatten noch einen unverheirateten Gastdozenten dazugebeten, denn schließlich kann man nicht eine Frau *allein* einladen. Harvard hält sich strikt ans Arche-Noah-Prinzip. Jedenfalls war der Abend nicht nur das Äußerste an gestelzter Konversation und müden Anekdoten, sondern mein Tischherr kam auch noch auf die Idee, daß er das Herz des Professors im Sturm erobern würde, wenn er ihm und seiner Frau Bridge beibrächte. Natürlich ist jeder Harvard-Professor, der junge Dozenten zum Abendessen einlädt, viel zu höflich zu sagen, daß er keine Lust hat, Bridge zu lernen, zumindest nicht offen, aber es war mehr als offensichtlich. Mein bornierter Tischherr jedoch hat das nicht begriffen. Er hatte sich nun mal in den Kopf gesetzt, es sei seiner wissenschaftlichen Karriere förderlich, wenn er seinem Vorgesetzten Bridge beibringt, und dabei blieb er. Und dann folgte, was man in Harvard unter einem geselligen Abend versteht.«

»Spielen Sie Bridge?« fragte Kate.

»Ja, aber ich habe es nicht zugegeben. Auf mich konnte er also nicht zählen bei seinem albernen Unternehmen. Ich bin immer bereit, einem Kollegen aus der Klemme zu helfen, aber nicht, mich zur Komplizin seiner Idiotie zu machen. Außerdem hatte er etwas gegen intellektuelle Frauen und glaubt wahrscheinlich, daß eine Frau sowieso nur an der Seite eines bridgefanatischen Ehemannes zu den geistigen Höhenflügen dieses Spiels fähig ist.«

Kate kicherte. »Meine Schwägerin vergißt regelmäßig, daß ich nicht Bridge spiele, und wenn ich sie besuche, erzählt sie mir unentwegt von irgendwelchen Finessen, wenn das der richtige Ausdruck ist, die ihr am Abend zuvor gelungen sind. Ich spiele jedoch Poker, in der richtigen Gesellschaft und mit den richtigen Einsätzen.«

»Pokern«, sagte Andy, »tut jeder in Harvard – um seine Existenz, und zwar in der falschen Gesellschaft und mit falschen Einsätzen. Wollen wir essen?«

Sie aßen in der großen altmodischen Küche, die auf eine

Veranda hinausführte, wunderschön im Sommer, sagten die Sladovskis. Während sie bei Kerzenlicht aßen, wurde Kate bewußt, daß sie sich zum ersten Mal in Harvard wirklich behaglich fühlte. Das hieß natürlich nicht, daß sie sich mit Sylvia oder Moon nicht wohl fühlte. Aber Sylvia war so sehr die Frau aus Washington, mit irgendwelchen Strategien beschäftigt und ständig darauf bedacht, ihre Zeit gut zu nutzen. Und Moon, als äußerster Kontrast dazu, lebte so sehr in den Tag hinein, war so entspannt, daß Kate sich perverserweise in seiner Gegenwart vor lauter Entspannung schon fast nervös fühlte. Erst hier, und zum ersten Mal, seit sie aus dem Flugzeug gestiegen war, hatte sie das Gefühl, einfach sie selbst zu sein.

Kate hatte gerade beschlossen, ihr Wohlgefühl aufs Spiel zu setzen und das Thema Janet Mandelbaum anzuschneiden, als Lizzy ihr zuvorkam. »Wir haben gehört, daß Sie mit Andys neuer Bienenkönigin zusammen promoviert haben«, begann sie.

»Ja. Wir waren sogar die beiden einzigen Frauen in unserer Gruppe und haben uns gemeinsam auf die Examen vorbereitet.«

»Und ich wette, unsere Janet bestand sie mit Auszeichnung.«

»Mit der höchsten. Außerdem war sie schön. Damals schien sich das Schicksal ganz unverschämt auf ihre Seite zu schlagen. Heute sieht es ein bißchen anders aus.«

»Sie werden doch nicht anfangen wollen, sie zu verteidigen?« sagte Andy.

»Aber gewiß werde ich sie verteidigen«, sagte Kate. »Die einzigen Frauen, die ich nicht verteidige, sind die, die in den Siebzigern die Nase über die Frauenbewegung gerümpft haben, aber gern all die Vorteile in Anspruch nahmen, die andere Frauen für sie erkämpft hatten. Und zu dieser Sorte Frauen gehört Janet nicht. Ich glaube, niemand kennt den Preis, den sie zahlen mußte. Wohl nur eine Frau, die es selbst durchgemacht hat, weiß, was es kostet, das zu erreichen, was Janet Mandelbaum erreicht hat.

Ab dem Moment, als sie sich einen Ruf in der akademischen Welt machte, war sie genausowenig sicher vor den Angriffen neidischer und grausamer männlicher Kollegen wie jede andere Frau in einer hohen Position. Verdammt, ich wünschte, man hätte jemand anderes berufen. Ich wünschte, einer dieser idiotischen Männer des Berufungskomitees hätte sich von einer Frau beraten lassen, welche Sorte Frau den Druck hier in Harvard aushalten kann. Aber da man Janet nun einmal hergeholt hat, ja, ich werde sie verteidigen.«

»Wir dachten, Sie mögen sie nicht«, sagte Penny.

»Ich mag sie auch nicht. Ich kann niemanden mögen, der zu keiner Intimität fähig ist – nein, das stimmt nicht, ich kann niemanden *lieben*, der nicht dazu fähig ist. Janet ist wie ein Igel – sowie sie die Gefühle anderer so wichtig nehmen müßte wie ihre eigenen, stellen sich ihr alle Stacheln auf. Also kann ich sie nicht lieben. Und mögen kann ich sie nicht, weil die Arme sich eben dafür einfach nicht eignet.«

»Haben die sich vielleicht alle Mühe gegeben, jemand zu finden, den niemand leiden kann?« fragte Penny.

»Das traue ich denen durchaus zu«, sagte Andy. »Mich wundert nur, daß nicht einmal unser guter Clarkville sie mag. Ich hätte geglaubt, daß sie genau der Typ Frau ist, der der alten Tunte liegt – das heißt, wenn er sich schon mit einer Frau an seiner Fakultät abfinden muß. Schon gut, schon gut, ich nehm das Wort Tunte zurück.« Andy sah seine Frau an. »Es unterläuft einem eben, daß man all die entsetzlichen rassistischen und sexuellen Klischees benutzt, wenn einem jemand zuwider ist und man das auf einfache Art ausdrücken will. Clarkville ist eine so schwere Last, daß er die ganze Fakultät mit in die Tiefe reißt, wenn man ihn nicht über Bord wirft. Aber wer sollte Clarkville schon rausschmeißen? Er ist übrigens der Überzeugung, daß weder eine Frau die Widener Bibliothek hätte betreten noch Amerika den Krieg in Vietnam hätte beenden dürfen, und daß Nixon eine Falle gestellt wurde und man alle Gewerkschaften verbieten müßte. Wie bin ich nur auf Clarkville gekommen?«

»Weil auch er Janet nicht leiden kann.«

»Hat er Ihnen je übel mitgespielt?« fragte Kate Penny.

»Nein, eigentlich nicht. Er bevormundet einen, versucht ein bißchen zu flirten und spielt gern den Kavalier. Er weiß schließlich, daß ich keine Macht habe. Deshalb kann er es sich leisten, fair und edel zu sein und mich höflich zu behandeln, übertrieben höflich sogar. Aber er würde mich nie unterstützen, wenn ich mich um eine Professur bewerbe, nicht hier und nicht anderswo. Er würde schreiben, daß ich für eine junge und attraktive Frau erstaunlich helle bin.«

Penny kippelte auf ihrem Stuhl nach hinten und brachte ihn mit einem Ruck wieder nach vorn. »Ich sag euch, was ich *wirklich* von Clarkville und all den anderen halte – was sie bezwecken wollten, als sie sich für Janet entschieden. Du darfst mich ruhig paranoid nennen«, sagte sie an Lizzy gewandt, »aber ich wette, ich habe recht. Man hat Janet mit weiser Voraussicht ausgewählt. Die Millionenspende für den neuen Lehrstuhl wollte Harvard nicht ablehnen, aber man hat dafür gesorgt, daß ihn eine Frau bekam, die nicht nur eine fleckenlose akademische Weste hatte, sondern bei der man sich auch sicher sein konnte, daß sie den Druck nicht aushalten würde.«

»Du träumst, meine Liebe«, sagte Andy. »Im Augenblick ist Janet vielleicht ein wenig verstört, aber ich versichere dir, jeder, der sie kennenlernte, ehe sie nach Harvard kam, hätte sie für den gefestigtsten Menschen auf Erden gehalten, jemand, der *jedem* Druck gewachsen ist.«

»Ich glaube, Sie überschätzen das Berufungskomitee«, sagte Kate zu Penny, aber es klang nicht sehr überzeugt. »Man hatte gewußt, daß Janet an ihrer alten Universität eine Lobby hatte – natürlich nur aus Männern bestehend –, die sie unterstützte. Und wahrscheinlich wußte man ebenso, wie isoliert Janet hier sein würde, inmitten der berühmten Arroganz und Kaltschnäuzigkeit von Harvard.«

»Na gut«, sagte Penny, »vielleicht traue ich ihnen größere Fähigkeiten zu, als sie haben. Ich gebe auch zu, daß die meisten Leute, die nach Harvard eingeladen werden, sich hier isoliert fühlen, angefangen vom jüngsten Lehrbeauftragten bis zum renommiertesten Professor. Und alle glauben natürlich, es stecke eine Verschwörung dahinter, während es sich doch um nichts anderes handelt als die wundervolle Art, in der man in Harvard miteinander umgeht. Aber wenn sie Janet nicht fertigmachen wollten, warum hat man sie dann betäubt und in eine Badewanne gesteckt und *dann* noch diese Frau herbeigerufen, die so ideal geeignet ist, Janet – vor allem vor sich selbst – zu diskreditieren?«

»Wer«, fragte Kate, »sind *sie*?«

»Leute, die Clarkville angestiftet hat, wenn Sie mich fragen«, sagte Andy. »Ein paar seiner Meßdiener, die auf der Party waren.«

»In dem Fall«, sagte Kate, »ist Clarkville mit dem Ergebnis wahrscheinlich nicht zufrieden. Das Interesse an der Geschichte flaut ab, und Janet hält sich tapfer, vielleicht, weil Sylvia und ich hier sind und sie sich bei uns ausweinen kann. Das Badewannen-Stück hat jedenfalls nicht funktioniert.«

»Kate, ich wünschte, Sie hätten den Job bekommen«, sagte Penny. Andy nickte zustimmend.

»Das schmeichelt mir und freut mich. Aber das hätten sie nicht gewagt. Sie konnten sich zwar denken, daß ich nicht annehmen würde, wollten es aber lieber nicht darauf ankommen lassen. Eine einzige echte Feministin auf einem Lehrstuhl könnte hier – nun, zwar keinen Schaden anrichten, aber eine Menge Ärger verursachen. In Harvard, Yale und Princeton hat man es schon immer verstanden, Ärger aus dem Weg zu gehen. Und das tut man am besten, indem man gut aufpaßt, wen man in seine Nähe läßt.«

»Viele Leute glauben, daß in Harvard auch die Studenten nach diesem Prinzip ausgewählt werden«, sagte Andy.

»Also, ich muß mich schon wundern über euch«, sagte

Lizzy. »Sobald wir zusammen sind, könnt ihr über nichts anderes als Harvard reden. Vor Janet gab es auch kein anderes Thema – wie schlecht die Studenten behandelt werden, wie arrogant die Professoren sind, endlos! Und doch wollten sich weder Andy noch Penny die Chance entgehen lassen herzukommen. Und genau davon lebt Harvard – daß sich alle in seinem Ruhm suhlen wollen. Wenn ein paar der besten von euch, Dozenten wie Studenten, ›nein, danke‹ sagen und auch meinen würden, dann sähe vielleicht sogar Harvard ein, daß es an der Zeit ist, sich zu ändern. Aber Macht erkauft sich immer das, was sie braucht. Sogar Sie haben sich ja kaufen lassen«, sagte sie zu Kate.

»Sie meinen das Institut? Nein, das hat mich nicht gekauft. Wäre nicht der Schlamassel mit Janet und wäre ich nicht so schrecklich neugierig, hätte nichts mich hergelockt. Institutionen haben mich schon immer auf eine morbide Art fasziniert – die Armee, die Kirche, die angesehenen Universitäten. Sie sind so unerbittlich. Ich kann einfach den Blick nicht abwenden. Für mich sind sie wie eine Monstrositäten-Show, und ich möchte um keinen Preis den Moment verpassen, wenn sie ins Wanken kommen – falls das je geschieht.«

»Sie sind also aus Neugier gekommen?«

»Aus Neugier, und weil Freunde und Bullterrier mich darum gebeten haben.« Kate lächelte schief. »Aber wenn Sie es genau wissen wollen, vor allem bin ich gekommen, weil ich mich langweile. Wie es aussieht, interessieren sich immer weniger Leute für Literatur, und schließlich kann man nicht sein ganzes Leben lang Vorlesungen über ›Middlemarch‹ halten, ja, nicht einmal über ›Middlemarch‹. Außerdem glaube ich, daß die politischen und sozialen Bewegungen heute so wichtig sind wie es die philosophischen Dispute zu meiner Studienzeit waren. Warum hab ich diesen schrecklichen Satz nur angefangen?«

»Um zu sagen, warum Sie nach Harvard kamen.«

»Ach ja. Weil ich glaube, daß das, was hier geschieht – mit Janet geschieht –, von Bedeutung ist. Was dagegen am

Fachbereich Anglistik an meiner Universität im Augenblick passiert, ist verdammt unwichtig. Deshalb bin ich hier.«

Einige Tage später saß Kate in ihrem Arbeitszimmer im Institut, sah hinaus auf den Campus und konstruierte Sätze. Kate formte ihre Sätze so wie ein Bildhauer Ton. Das Ergebnis war zwar ein anderes, aber Kate hatte schon immer gefunden, daß der Vorgang der gleiche ist. Das einzige Geräusch weit und breit war die Schreibmaschine im Nebenzimmer. Auch die Frau, die gerade über den Campus lief und seltsame Verrenkungen im Schnee vollführte, lenkte Kates Aufmerksamkeit nicht ernsthaft ab. Die Frau erschien jeden Tag und immer zur gleichen Zeit an diesem Fleck, und sie gehörte für Kate inzwischen genauso zur Szenerie wie die im Wind schwankenden Bäume. Daher schreckte Kate hoch, als es an der Tür klopfte, nicht vorsichtig, wie sonst am Institut die Regel, sondern laut und ungeduldig. Kate öffnete die Tür, und vor ihr stand, starr vor Ärger, die Empfangsdame. »Es ist nicht unsere Aufgabe, die Lehrbeauftragten ans Telefon zu holen«, verkündete sie. »Wenn Sie wichtige Anrufe erwarten, sollten Sie ein Telefon für Ihr Zimmer beantragen. Die Person am Telefon ließ sich aber einfach nicht abwimmeln, sondern bestand darauf, daß ich Sie hole, sagte, es sei eine Frage von Leben und Tod. Ich hoffe nur, es stimmt.«

Stumm, besorgt und schuldbewußt folgte Kate der jungen Frau die Treppe hinunter. Sie nahm den Hörer auf und lächelte der Empfangsdame dankbar zu.

»Kate Fansler hier«, sagte sie in das stumme Telefon.

»Professor Fansler? Hier Clarkville. Fachbereich Anglistik.« (Hab ich es mir doch gedacht, sagte Kate zu sich selbst. Keine Frau hätte es fertiggebracht, die Empfangsdame zu überzeugen, daß sie aus einem wichtigen Grund anruft.)

»Ja«, sagte Kate. Nahm der Fachbereich Anglistik zum guten Schluß also doch Kenntnis von ihr?

»Ich fürchte, ich wußte nicht, wen ich sonst hätte anrufen sollen. Und da Janet Mandelbaum Sie einmal erwähnte... Ich habe natürlich die Polizei benachrichtigt.«

»Die Polizei?«

»Janet Mandelbaum ist tot, fürchte ich. Entschuldigen Sie, es muß ein Schock für Sie sein, aber...«

»Wo ist sie?«

»Sie ist... in der Männertoilette, fürchte ich. Dort habe ich sie gefunden.«

»In der Männertoilette?«

»Ja, hier im Warren-Haus. Ich hielt es für besser, Ihnen Bescheid zu sagen. Wahrscheinlich wird die Polizei mit Ihnen sprechen wollen.«

»Danke für den Anruf.« Kate legte den Hörer auf und starrte so benommen vor sich hin, daß die Empfangsdame fragte, ob etwas passiert sei.

»Passiert?« sagte Kate. Und antwortete nicht.

Sechs

»Zwo Inconsistenzen können nicht beide recht seyn; aber Menschen zugeschrieben, können sehr wohl beide wahr seyn.«

Samuel Johnson
›Rasselas‹

»›Bis zum Frühjahr 1970‹, hab ich dem Polizisten gesagt, ›gab es keine vollbestallte Professorin in Harvard, und im Herbst 1970 gab es zwei.‹ Dann hab ich ihm noch gesagt, ich hätt den Kopf voll von solchen Daten, für den Fall, daß er etwas damit anfangen kann.«

»Und was hat er gesagt?« fragte Sylvia.

»Er sah mich an, als wär ich geistesgestört, was sich aber als ganz nützlich erwies, denn so konnte ich ihm ein paar Informationen aus der Nase ziehen, ohne daß er es merkte.«

»Und natürlich hast du ihn gleich damit eingeschüchtert, daß du mit einer der größten Kapazitäten auf dem Gebiet von Polizeimethoden, Beweissicherung etc. verheiratet bist.«

»Nein, das nicht gerade. Trotzdem mußte er das Gefühl haben, daß ich mich in diesen Dingen schrecklich gut auskenne. Ich ließ durchblicken, daß Reed im Schlaf öfter von Giften murmelt und von Leichen, die vom Tatort entfernt und woanders hingeschafft werden. Ich glaube, das hat gewirkt.«

»Und *wurde* die Leiche woanders hingebracht?«

»Ja, Gott sei Dank, ja. Gott sei Dank deshalb, weil es entsetzlich wäre, wenn man erklären müßte, was Janet auf der Herrentoilette zu suchen hatte. Tausend vernünftige Gründe können einem da in den Kopf kommen, das heißt, in deinen und meinen, aber wir wissen ja, in welchen Bahnen der Normalbürger denkt, gibt man ihm auch nur die kleinste Chance.«

»Dann hat sie also jemand, als sie schon tot war, in eine Kabine der Herrentoilette geschafft?«

»So ist es.«

»Aber warum? Ja, ja, ich weiß schon, um sie in Verruf zu bringen. Um symbolisch klarzumachen, daß sie in männliches Territorium eingedrungen war. Arme Janet, wo sie doch Frauen, die das wollten, so *verachtet* hat. Das Leben ist unfair. Und der Tod auch. Hat der Polizist verstanden, was dein Gerede über Frauen mit Professur in Harvard sollte?«

»Nein, nicht richtig. Die Polizei interessiert sich natürlich mehr dafür, woher das Gift kam; außerdem hat sie vor allem ein Interesse daran, Harvard so wenig wie möglich in Aufruhr zu versetzen. Sag was du willst über den Antagonismus zwischen Staat und Wissenschaft. Ich bin mir sicher, daß hier, ab einer bestimmten Ebene jedenfalls, der Professorentalar sich den Stadtsäckel kaufen kann und bestimmt, welche Melodie gespielt wird. Das Ganze ist eine Frage von Macht. Ich gehöre natürlich zu den Verdächtigen, aber alle anderen vom Fachbereich Anglistik auch, was ein kleiner Trost ist. Beunruhigend finde ich dagegen, daß auch Luellen May und die Schwestern zum Kreis der Verdächtigen gehören. Der Polizist jedenfalls hat deutlich zu verstehen gegeben, daß er nicht damit rechnet, einen Professor von Clarkvilles Rang festnehmen zu müssen, wodurch die Sache noch schwärzer aussieht für die Schwestern.«

»Wahrscheinlich hat er recht«, sagte Sylvia. »Harvard hatte schon immer Mittel und Wege, mit seinen Frauen fertig zu werden – ohne sie umzubringen.«

»Na, ich weiß nicht. Dieser neue Lehrstuhl erschien offenbar vielen als der Anfang vom Ende der alten Harvard-Verhältnisse. Wer, außer Harvards Fachbereich Anglistik, wo es nie eine Frau mit einem Lehrstuhl gab und wo man um keinen Preis eine haben wollte, hätte etwas durch Janets Tod gewinnen können? Ich weiß, daß die Polizei sich nicht allzu sehr um Motive schert, aber mich interessieren sie. Wer sonst hätte etwas davon gehabt, Janet loszuwerden?«

»Was ist mit den Frauen aus dem Café in der Hampshire Street?« fragte Sylvia.

»Aber aus welchem Motiv? Ihnen lag daran, daß die Janet-Luellen-Badezimmergeschichte aus der Welt geschafft wurde, aber doch nicht Janet!«

»Sie hatten sich ziemlich auf Janet eingeschossen. Überleg doch, bis nach New York haben sie diese Frau – wie hieß sie noch? – geschickt.«

»Joan Theresa.«

»Stimmt, Joan Theresa.«

»Und Jocasta.«

»Wer?«

»Vergiß es«, sagte Kate. »Ich schweife ab. Ist dir übrigens klar, daß ich absolut nichts über Harvards Fachbereich Anglistik weiß? Da ich bisher kein Vorlesungsverzeichnis auftreiben konnte, weiß ich noch nicht einmal die Namen der Dozenten und Professoren. Als ich dem Polizisten meine Position hier zu erklären versuchte, sah er ziemlich ratlos aus. Der arme Kerl wußte einfach nicht, wo er mich unterbringen sollte, und erst recht nicht, warum Clarkville mich als erste von Janets Tod verständigt hat.«

»Daß es außer dir niemanden gab, den er hätte anrufen können, zeigt mal wieder die Lage der armen Janet hier«, sagte Sylvia. »Aber Moon hätte er doch Bescheid sagen können, fällt mir gerade ein.«

»Clarkville wird kaum von Moon gewußt haben. Du weißt ja auch nur durch mich von ihm. Ich bin sicher, Janet hat kein Wort gesagt, und Moon schon gar nicht.«

»Welche Vermutungen Moon wohl anstellt?«

»Das werde ich zweifellos bald erfahren«, sagte Kate. »Sylvia?«

Beide schwiegen, während Sylvia Kate fragend ansah. Beide fühlten, daß etwas Unausgesprochenes zwischen ihnen lag, aber nicht so, wie oft unter guten Freunden, wo jeder weiß, was der andere denkt; nein, sie fühlten sich beide plötzlich verloren, wußten nicht, was fragen und was sagen – nicht einmal, welche Gefühle Janets Tod in ihnen ausgelöst hatte. »Die Frauen hier leben in einem Niemandsland«, sagte Kate schließlich. »Sie wissen nicht, wohin sie gehören und wer ihre Verbündeten sind. Noch nicht einmal über ihre eigenen Hoffnungen sind sie sich im klaren. In New York ist das natürlich nicht anders, aber New York besteht daraus, daß niemand irgendwohin gehört, jedenfalls gilt das für die meisten.«

»Du bist traurig wegen Janet, die doch, wie es schien, das beste Los aller Frauen erwischt hatte, stimmt's? Außerdem bist du wütend auf Joan Didion.«

»Joan Didion, die Schriftstellerin?«

»Ich hab gerade im ›Times‹-Magazin gelesen«, sagte Sylvia, »daß Joan Didion mit Hochmut auf die Frauenbewegung herabsieht. Warte einen Moment, ich hab den Artikel da. Hier ihre eigenen lieblichen Worte: ›All jenen von uns, deren Hauptanliegen nach wie vor darin besteht, sich mit Moralbegriffen und Widersprüchen auseinanderzusetzen, müssen die Analysen der Feministinnen besonders eng und unzulänglich erscheinen. Die feministische Analyse ist reinster, verbohrter Determinismus.‹ – So weit Joan Didion, und ›Times‹ kommentiert, Joan Didion verachte die Frauenbewegung, weil sie sie für heuchlerisch halte. Georgia O'Keeffe dagegen bewundere sie. Wer zum Teufel würde Georgia O'Keeffe nicht bewundern? Warum, verdammt, bin ich nur so wütend auf Joan Didion? Sie schreibt gute Romane, auch wenn sie sie in Hollywood schreibt. Und frag mich jetzt nicht, was das alles mit Janet zu tun hat, ich weiß es nämlich nicht.«

»Genau das war Janets Problem: Offenbar hatte nichts irgend etwas mit ihr zu tun. Außerdem leistete sie sich nicht den Luxus, in Hollywood zu residieren und unsere Moralbegriffe zu hinterfragen, sondern lehrte in Harvard. Und entweder wollte oder konnte sie nicht einsehen, daß sie nur von Frauen Unterstützung hätte erwarten können.«

»Joan Theresa, zum Beispiel, hat es eingesehen.«

»Ja, aber Joan Theresa geht noch viel weiter. Sie will überhaupt nichts mit Männern zu tun haben, und auch nicht mit Frauen, die mit Männern zusammenleben. Und natürlich hält sie es für alles andere als erstrebenswert, einer männlichen Institution wie Harvard anzugehören. Ein kaputter Verein mit kaputten Mechanismen, in dem wir, du und ich, uns prostituieren. Wir beide sind in der Minderheit, Sylvia, ein in die Ecke gedrängter winziger Haufen.«

»Ausgestoßen wie die ledigen Töchter mit Kind zu Königin Viktorias Zeiten.«

»Und wenn nicht gerade ausgestoßen, so zu Leid und ewiger Reue verurteilt. Das einzige, was uns noch helfen kann«, sagte Kate, »ist ein Drink.«

Kate machte sich viel größere Sorgen um Luellen May und das Café »Vielleicht nächstes Mal«, als sie sich und Sylvia gegenüber zugeben wollte. Zum einen hielt sie es für wahrscheinlich, daß die Polizei sich, wenn auch nicht gerade freudig, so doch erleichtert, auf Luellen May als Hauptverdächtige stürzen würde. Zum andern – und Kate gestand sich das nur widerwillig ein, während sie mit der U-Bahn in Richtung Central Square fuhr – hielt auch sie, Kate, die große Detektivin, Luellen May für verdächtig. Warum? Wollte sogar sie, die sie Harvard doch verachtete, einfach nicht glauben, daß jemand aus Harvards Reihen als Janets Mörder in Frage kam? War sie eher bereit, jemanden, der weit außerhalb der Harvard-Gemeinde stand, zu verdächtigen, als die Gemeinde selbst? So unbequem diese Fragen auch waren, Kate stellte sich ihnen und begriff: Wenn *sie* schon so anfällig dafür war, eher einer Frauenkommune als einer ehrwürdigen Institution zu mißtrauen – die Polizei war doppelt so anfällig.

Weil sie Klarheit in ihre Gedanken bringen wollte, hatte Kate sich entschlossen, endlich das Café aufzusuchen. Denn daß sie so wenig von der Welt Joan Theresas und Luellen Mays wußte, trug zweifellos zu ihrer Verwirrung bei. Außerdem ärgerte sich Kate, daß sie die Schwestern nicht schon früher besucht hatte, als Janet noch lebte. Jetzt war es schwierig, wenn nicht ausgeschlossen, daß sich noch eine unbefangene Beziehung zwischen ihnen entwickelte. Aber schließlich, tröstete sie sich, war sie ja erst wenige Wochen in Harvard – es war gerade Anfang Februar –, auch wenn es ihr manchmal vorkam, als wäre sie schon Jahre hier.

Das »Vielleicht nächstes Mal« war im Erdgeschoß eines jener großen Häuser, die so charakteristisch für Cambridge waren. Es lag zu weit außerhalb, um Harvard zu interessieren. Die Küche im hinteren Teil war zum Café hin geöffnet, und Kate konnte zwei Frauen dort hantieren sehen. Eine knetete Brotteig, der sehr nahrhaft und braun aussah und bestimmt Vollkorn- oder ungebleichtes oder sonst ein gesundes Mehl enthielt. Kate spürte, wie Blicke kurz auf ihr ruhten und sich dann abwandten. Der Sinn dieser Art von Cafés war, daß Frauen allein dort hingehen konnten, ohne angestarrt oder belästigt zu werden. Sie setzte sich an einen Tisch, und während sie noch überlegte, ob man sich das Essen an der Theke holen mußte, erschien eine Frau mit einem Block in der Hand. Kate bestellte einen Cappuccino und ein Sandwich und fragte nach Joan Theresa.

»Sagen Sie ihr, Kate sei hier.« Kate bediente sich der neuen Kultur der Vornamen. »Ich möchte gern sehen, wie's Jocasta geht, und noch ein paar andere Dinge besprechen. Joan Theresa hat mich eingeladen.«

»Das ist prima«, lächelte die junge Frau. »Ich heiße Betty. Ich glaube, Joan Theresa ist oben.«

Das Sandwich, das Kate bestellt hatte, entpuppte sich als Vollkornschnitte. Kate haßte Vollkornbrot und bekam auf der Stelle Schuldgefühle deswegen. Die Schnitte war mit einem Sortiment von Gemüsen belegt, auch die unvermeidlichen Sojabohnensprossen fehlten nicht. Kate nippte an ihrem Kaffee und versuchte, sich darüber klarzuwerden, warum sie sich so unbehaglich fühlte. Eigentlich konnte doch nichts beruhigender sein, als dieses bescheidene Restaurant mit den Köchinnen im Hintergrund und den Zetteln überall an den Wänden – Rockkonzerte, Diskussionsgruppen, Wohnung gesucht. Nein, daran, daß sie eine unbekannte Welt betreten hatte, lag es nicht. Ihr Unbehagen kam eher daher, daß man sich hier sofort und mit Gewalt zugeordnet fühlte: Entweder man war ein Eindringling von außen, gehörte zu den »anderen«, oder man war würdig, in den Club aufgenommen zu werden und landete damit in einer anderen Schublade. Vielleicht hatten sich so die englischen Linken in den Dreißigern gefühlt, als sie zum erstenmal zu einem Treffen der Sozialisten gingen. Schwer, außerhalb zu stehen, und schwer, dazuzugehören.

Durch die Ankunft von Joan Theresa und einer zweiten Frau wurde Kate aus ihrem Sinnieren aufgeschreckt. »Na«, sagte Joan Theresa, »welche Überraschung, Sie hier zu sehen. Zu verdanken haben wir die Ehre Ihres Besuchs doch bestimmt der armen Janet Mandelbaum, die Harvard nun endgültig auf dem Gewissen hat. Das hier ist Luellen May. Ich hab Ihnen von ihr erzählt. Sie war die Frau, die ins Warren-Haus gerufen wurde.«

Kate gab Luellen May die Hand. »Wie läuft Ihr Sorgerechtsprozeß?« fragte sie.

»Weiß der Himmel! Mein Mann, den alle seine Freunde das Monster nennen, will die Kinder gar nicht; er will nur verhindern, daß ich sie bekomme. Und da er alles daran setzt zu beweisen, daß ich unfähig bin, für sie zu sorgen, war es nicht gerade hilfreich für mich, in diese Trinkerei-Geschichte verwickelt zu werden.« Für Kate sah Luellen May genau wie die Sorte Frau aus, der sie Kinder, jeglicher Leute Kinder, auf der Stelle anvertraut hätte. Würden Luellens Worte jedoch laut in einem Gerichtssaal verlesen, dachte Kate, könnten sie sich gemein und rachsüchtig anhören. In Luellens sanfter Stimme klangen sie jedoch wie eine bloße Tatsachenfeststellung. An wen erinnert mich Luellen nur, überlegte Kate angestrengt, bis sie eine flüchtige Erinnerungsspur erhaschte, die sie zu einem Filmstar führte, für den ihre Mutter einst geschwärmt hatte, Madeleine irgendwas... Madeleine Carroll, jetzt hatte sie's, und niemand auf Erden hätte weniger wie eine Mörderin aussehen können als Madeleine Carroll. Ich glaube, ich fang an zu spinnen, mahnte Kate sich, in meinem Kopf geht es allmählich so drunter und drüber zu wie in Reeds oberster Schreibtischschublade. Sie wagte einen Biß in ihre Bohnensprossen.

»Ich glaube«, sagte Kate schließlich, »es gibt genügend Frauen, für die alle Männer Monster sind. Das in einem Gerichtssaal zu äußern, könnte aber leicht falsch ausgelegt werden.«

»Na, ein bißchen scheinen Sie ja zu kapieren«, sagte Joan Theresa.

»Eines kapiere ich allerdings nicht«, sagte Kate. »Wer hat Sie angerufen? Und wie konnte der Anrufer Sie so leicht ins Warren-Haus locken?«

»Natürlich verdächtigt mich die Polizei jetzt, weil die arme Frau ermordet wurde. Man hat mich verhört. Bin ich nicht bei Demonstrationen mitmarschiert, bei denen Leute festgenommen wurden? Arbeite ich nicht in einem Café nur für Frauen, was jedem Normalbürger mit Familie und Verantwortungsgefühl suspekt erscheint? Ich werde Ihnen schwer verständlich machen können, welche Häme hinter den Fragen steckte. Jedenfalls zeigten die Bullen deutlich, wie tief sie davon überzeugt sind, daß Leuten wie mir alles zuzutrauen ist. *Sie* hat man anders befragt, da bin ich mir sicher. Ich war für diese Typen von vornherein schuldig. Sie hämmerten mit ihren Fragen auf mich ein und lauerten nur darauf, daß ich etwas tat oder sagte, was sie gegen mich verwenden konnten.« Luellens Stimme brach. »Aber ich glaube kaum, daß Sie und ich je dieselbe Auffassung von der Polizei haben«, sagte sie dann leise und begann zu weinen.

»Kommen wir lieber zum Punkt«, sagte Joan Theresa.

»Aber genau das ist der Punkt«, sagte Luellen heftig und

wischte sich die Augen. »Entschuldigen Sie, aber ich mache mir schreckliche Sorgen wegen der Kinder. Also gut, eins nach dem anderen. Die Geschichte mit der Badewanne im Warren-Haus. Weiß der Himmel, wie es dazu kam. Ich wußte ja kaum, wo das Warren-Haus ist.«

»Haben Sie keinerlei Verbindung zu Harvard?« fragte Kate.

»O doch. Ich habe ein Jahr dort studiert und dann aufgehört. Aus Boise, Idaho, zu stammen und es bis Harvard zu schaffen, das galt als das Höchste. Damit hatte man sein Lebensziel erreicht. Meine Eltern haben mir bis heute nicht verziehen, daß ich das, was sie sich immer für mich gewünscht haben, in dem Moment fortwarf, als ich es in Händen hatte. Das Problem war, daß bei mir alles zu glatt lief. Hätte ich es nicht ganz bis Harvard geschafft, würde ich mir vielleicht immer noch einbilden, es gäbe für mich einen Platz im Establishment. Aber in Harvard war die Luft einfach zu dünn. Ich konnte nicht atmen dort und wußte, ich würde es nicht aushalten. Ich konnte ja nicht mal die Leute aushalten, denen das unwirkliche Leben dort gefiel. Ja, für mich war und ist Harvard unwirklich, so abgedroschen das auch klingen mag. Eins hab ich inzwischen aber kapiert: Wenn die Wirklichkeit bedeutet, kein Geld, keine Verbindung zum Establishment und keine Macht zu haben, dann kann einem diese Wirklichkeit auch leicht zuviel werden.«

Bei Diskussionen über Wirklichkeit überkam Kate unweigerlich das Verlangen nach einer Zigarette. Die Rauchverbotsschilder im Café waren unübersehbar.

»Und dann«, fuhr Luellen fort, »bin ich in die typische Falle getappt. Ich habe geheiratet und stupide Jobs angenommen, um uns zu ernähren. Nach einer Weile studierte er weiter Jura, dann kamen die Kinder, und ich arbeitete immer noch, um uns alle durchzubringen, und versorgte außerdem den ganzen Haushalt – die alte, langweilige Leier. Irgendwann kam ich dahinter, daß er mit einer Kommilitonin schlief. Sie kam zu uns, unterhielt sich mit mir, half mir mit den Kindern – und trotzdem ging sie mit meinem Mann ins Bett. Ich hatte die Nase voll – von Frauen, von Männern, von allem. Ich nahm die Kinder, zog aus und lebte vom Sozialamt. Aber Sie wollten ja nicht meine Lebensgeschichte hören, sondern wie ich im Warren-Haus gelandet bin. Und beides hat wenig miteinander zu tun.«

»Da wäre ich mir nicht so sicher«, sagte Kate. »Erzählen Sie weiter.«

»Viel mehr gibt's nicht zu erzählen. Als ich dann merkte, daß ich nicht allein zurechtkam, stieß ich auf andere Frauen, die in derselben Situation waren. Wir kauften dieses Haus hier, teilten die Kosten, kümmerten uns gemeinsam um die Kinder und eröffneten das Café. Zum ersten Mal fühle ich mich geborgen, bin mit Leuten zusammen, die sich wirklich auf mich und die Kinder einlassen.«

»Arbeiten Sie immer noch in irgendwelchen stupiden Jobs?«

»Nein. Wie sich zeigte, habe ich eine Ader für Computer. Ich ließ mich als Programmiererin ausbilden, die Frauen hier haben mich solange unterstützt. Jetzt habe ich einen guten Job und kann sogar meine Schulden zurückzahlen. Aber mein Mann sagt, er würde es nicht zulassen, daß seine Kinder in einem Haus voller Frauen aufwachsen. Ich denke, Sie können sich seine Argumente ausmalen. Dabei sind ihm die Kinder völlig gleichgültig. Jedenfalls ist der Sorgerechtsprozeß sehr schwierig. Und nun diese Geschichte!«

Kate lächelte Luellen an. »Ich fürchte, ich weiß immer noch nicht, wie Sie ins Warren-Haus gekommen sind.«

»Ob Sie's glauben oder nicht, ich wollte gerade darauf kommen. Ein Student, der während meines Jahrs in Harvard im selben Haus gewohnt hat wie ich, hat weiterstudiert. Im Augenblick promoviert er gerade bei den Anglisten. Ich begegne ihm ab und zu in Cambridge, und dann wechseln wir ein paar Worte. Aber nicht er hat an jenem Abend angerufen, sondern ein Freund von ihm, den ich irgendwann durch ihn kennengelernt hatte. Der Kerl sagte: ›Eine von deinen Genossinnen liegt hier besoffen in der Badewanne. Wenn du nicht willst, daß es einen Höllenärger gibt, solltest du schnell herkommen und sie rausholen.‹ Ich Närrin bin natürlich sofort losgerannt, ohne irgend etwas nachzuprüfen. Es ist mir einfach nicht in den Kopf gekommen, daß er schwindeln könnte. Und als ich dort ankam, lag diese Janet Mandelbaum in der Wanne. Wir waren beide ziemlich entsetzt.«

»Luellens Problem ist«, sagte Joan Theresa, »daß sie trotz allem, was sie mitgemacht hat, immer noch keinem Menschen etwas Böses zutraut.«

»Wußten Sie zu dem Zeitpunkt, daß es Janet Mandelbaum war?«

»Nein, das erfuhr ich erst später. Ich zog sie aus der Badewanne, ehe die Campusaufsicht kam. Alle anderen hatten sich bis dahin aus dem Staub gemacht – diese Helden!«

»Auch Ihr Freund, den Sie vom Studium her kannten?«

»Den hab ich nirgends gesehen und bin mir inzwischen nicht mal sicher, ob er überhaupt auf dieser Party war.«

»Warum haben Sie ihn nicht gefragt?« sagte Kate.

»Ich wollte mich so weit wie möglich aus der Geschichte raushalten. Mir kam sogar der Gedanke, mein Mann könnte ihn angestiftet haben. Es wäre schlau eingefädelt gewesen: Mit einem Streich hätte er zwei Frauen in Verruf gebracht. Aber ich dachte, je weniger Aufhebens ich mache, desto besser.«

»Was Frauen immer denken«, sagte Joan Theresa.

»Die arme Janet jedenfalls hat so gedacht«, stimmte Kate zu. »Würden Sie mir den Namen des Mannes sagen, der Sie angerufen hat? Und auch den des anderen, den Sie vom Studium her kennen?«

»Warum nicht? Wenn Joan Theresa Ihnen traut, dann ich auch.« Kate schob einen Notizblock über den Tisch, und Luellen schrieb die Namen hinein. »Der oberste ist der meines Freundes. Der andere der, der mich anrief. Er promoviert auch gerade bei den Anglisten.«

»Hat die Polizei Sie nach den beiden gefragt?«

»Nein.« Kate sah, wie die beiden Frauen Blicke wechselten. »Wir haben nichts von dem Anruf gesagt. Offenbar wußte die Polizei nichts davon. Die wußte nur, daß ich bei Janet war, als man sie fand. Das stand in ihren Protokollen, mehr interessierte sie nicht. Und ich hatte keine Lust, sie aufzuklären.«

»Meinen Sie nicht, es wäre besser, die Wahrheit zu sagen, die ganze Geschichte?«

Joan Theresa bedeutete Luellen mit einem Blick: Laß mich nur machen. »Hören Sie, Kate, ich weiß, daß Sie an eine Welt glauben, in der alle Polizisten ehrliche Menschen sind. Ich will ja nicht behaupten, daß es keine redlichen Polizisten gibt, aber die meisten Leute, die ich kenne, haben einfach nicht das Glück, auf sie zu stoßen. Aber wenn wir jetzt anfangen, unsere Weltanschauungen zu erörtern, kommen wir nicht weiter. Wir zumindest haben das Gefühl, daß die Polizei sich einen Dreck um Leute schert, die keine Macht haben.«

Kate schwieg. Sie konnte Joan Theresa nicht widersprechen. Sie hatte genug von Reed gehört; und durch Reed kannte sie einen jungen Polizisten, der die New Yorker Polizei verlassen mußte, weil für jemanden, der die Machenschaften seiner Kollegen nicht deckte, kein Platz war. Kate war auch nicht naiv: Jemand, der so viel Zeit in Fakultätssitzungen verbracht hatte wie sie, wußte, daß das Ideal der Wahrhaftigkeit nur selten praktiziert wird. Die Leute glauben eben an das, was am bequemsten für sie ist, dachte Kate. Tja, und für mich ist es bequem, an die Polizei zu glauben. »Ich gebe zu«, sagte sie, »daß ich in meiner Jugend wahrscheinlich zu viele Filme gesehen habe, in denen das Gute siegt. Aber da ich mich nicht von allen Institutionen losgesagt habe, muß ich einfach daran glauben, daß es bis zu einem gewissen Grad anständig in ihnen zugeht. Aber davon mal abgesehen: Wenn die Polizei herausfindet, Luellen, daß Sie angerufen worden sind und das nicht erwähnt haben, werden Sie dann nicht schlecht dastehen?«

»Wahrscheinlich. Aber wenn die Polizei es sich in den Kopf setzt, mich zu verdächtigen, stehe ich sowieso schlecht da.«

»Ganz so ist es nicht. Schließlich haben wir auch noch unsere Gerichte. Und spätestens dort wird auf den Tisch kommen, daß Sie die Polizei belogen haben.«

»Ich habe nicht gelogen. Ich habe nur Informationen zurückgehalten. Übrigens – Sie sollen doch eine so große Detektivin sein. Sie können mich ja entlasten. Sie haben die richtigen Beziehungen und die richtigen Freunde, oder liege ich da falsch? So funktioniert es doch in Ihren Kreisen, oder nicht?« Sie sah Joan Theresa an. »Oder gehören wir nicht zu den Leuten, für die man seine Beziehungen spielen läßt?«

Kate spürte, daß sie von Luellen, die jetzt wieder den Tränen nahe war, bei weitem nicht so angetan war wie von Joan Theresa. Aber wer dir sympathisch ist und wer nicht, mahnte sie sich, das spielt überhaupt keine Rolle. »Mal angenommen, es war nicht Ihr Exmann, der versucht hat, Ihnen eins auszuwischen. Können Sie sich einen anderen Grund für den Anruf vorstellen?«

»Ich dachte, das wäre klar«, sagte Joan Theresa und verkniff sich gerade noch: selbst für eine so superschlaue Anglistikprofessorin wie Sie. »Um Janet in Verruf zu bringen. Alle Welt sollte glauben, sie hätte was mit Frauen wie uns.«

»Das scheint mir ziemlich weit hergeholt.«

»Eigentlich nicht«, sagte Luellen. »Jemand rief die Campusaufsicht; sie fand heraus, wer ich bin, und einer der Typen sagte: ›Was tun Sie beide denn hier?‹ Janet verging fast vor Scham.«

Joan Theresa sagte zu Kate: »Warum gehen wir nicht ein Stück spazieren? Ich hole Jocasta, und wir schnappen ein bißchen Luft.« Luellen schien sofort zu verstehen, daß die Einladung sie nicht einschloß.

Während Kate bezahlte, verschwand Joan nach oben und holte Jocasta. Frau und Hund erwarteten sie draußen.

»Wollen wir zum Harvard Square laufen?« sagte Joan. »Jocasta würde es Ihnen ewig danken.« Jocasta begrüßte Kate beiläufig. Offenbar witterte sie einen größeren Ausflug, und als sie merkte, daß es wirklich losging, machte sie einen Satz und lief dann geschäftig los, um sich den vielfältigen Geruchsgenüssen am Straßenrand hinzugeben.

»Als ich Sie damals vor dem Laden traf, sind Sie da mit Jocasta den ganzen Weg bis zum Harvard Square gelaufen?« fragte Kate.

»Nein. Wir haben ein Auto, das wir gemeinsam benutzen. Luellen nahm es an dem Abend, als sie – wie sie glaubte – einer Schwester zu Hilfe kam. Jocasta, du Luder, wenn du dem Yorkie zu nahe trittst, setzt's was.« Kate sah, wie sich Jocastas aufgestellte Nackenhaare wieder senkten, als Joan sie am Halsband packte und an die Leine nahm.

»Ich wollte Sie etwas fragen«, sagte Joan.

»Nicht, ehe ich Sie etwas gefragt habe«, antwortete Kate. »Sie sind den ganzen Weg bis New York gefahren, um mich zu holen. Sie sagten, Janet wolle meine Hilfe. Woher wußten Sie das eigentlich? Und warum kümmerte es Sie, wenn es so war?«

»Das habe ich Ihnen doch schon in New York gesagt.«

»Aber woher konnten Luellen oder Sie wissen, daß Janet mich kannte, ganz zu schweigen davon, ob ihr daran lag, daß ich nach Harvard kam? Um die Wahrheit zu sagen: Hätte man mir nicht auch von anderer Seite zugeredet, wäre ich nicht gekommen. Die ganze Geschichte ergibt wenig Sinn.«

Inzwischen hatten sie den Abschnitt der Hampshire Street erreicht, von dem das Elm-Viertel abgeht – nicht gerade die Gegend von Cambridge, die sich die Eltern der Harvard-Studenten ansehen, wenn sie ihre Sprößlinge besuchen. Überall Autowerkstätten und Kleinbetriebe und dazwischen verstreut einzelne Wohnhäuser – ein Gebiet ohne intakte Sozialstruktur, würden die Sozialarbeiter wohl sagen, dachte Kate, und genau so fühle ich mich hier: als Person ohne intakte Sozialstruktur.

»Also gut«, sagte Joan Theresa. »Hier haben Sie die ganze Geschichte: Die Campusaufsicht fand die beiden und wollte nicht glauben, daß Janet Professorin war, aber solange sie sich nicht ganz sicher waren, wollten sie sie nicht behandeln, als sei sie Gottweißwasfüreine. Also nahmen sie die beiden mit in ihr Büro, und dann wurde erstmal viel telefoniert. Janets Kleider wurden allmählich trocken, ihr Kopf klarer, und ihr wurde wohl bewußt, daß das, was sie zu Luellen gesagt hatte, ziemlich mies war. Ich nehme an, es tat ihr leid. Jedenfalls sagte sie, das Ganze sei auch für sie ein entsetzlicher Schlamassel – die Einzelheiten weiß ich nicht –, und dann fiel Ihr Name, und zwar so, daß Luellen den Eindruck hatte, Sie wären eine Frau, die jede Lage meistert. Tja, und Luellen setzte sich in den Kopf, Sie müßten her und Janet aus der Klemme helfen – und dann könnten Sie oder Janet *ihr* helfen.«

»Ihr helfen?«

»Na, ehrlich gesagt, finde ich Luellens Hoffnung auch etwas abwegig. Trotzdem, der Versuch war einen Trip nach New York wert, zumal ich eine Mitfahrgelegenheit hatte und außerdem mein Bruder dort lebt, den ich sowieso einmal im Jahr besuche. Luellens Mann will die Kinder nicht, er hat sie seit Jahren nicht gesehen. Er setzt nur alles daran, daß sie sie nicht bekommt, und offenbar sind eine Menge Leute bereit, ihm dabei zu helfen, vor allem Leute, die ihre Frömmigkeit neu entdeckt haben. Aber wenn so wohlanständige Leute wie Sie oder Janet zu Luellens Gunsten aussagen, dann würde das die Richter bestimmt beeinflussen. Luellens Anwalt hat ihr gesagt, sie müsse ein paar wirklich brave, biedere Bürger auftreiben, mit den richtigen Beziehungen und allem, die vor Gericht aussagen, daß sie der zuverlässigste und ausgeglichenste Mensch ist. Was ja auch stimmt. Na, und zur Verhandlung wird Luellen sich natürlich verkleiden.«

»Verkleiden?« sagte Kate. Sie waren stehengeblieben, und Jocasta legte sich Joan zu Füßen. Kate warf dem Tier einen Blick zu, als wäre es eine als Bullterrier verkleidete Schwester. »Verkleiden?« wiederholte sie.

»Entschuldigung«, sagte Joan. »Aber so nennen wir es, wenn sich jemand anzieht wie, wie…«

»Ich verstehe. Wie ich. Wegen meiner Kleidung würde ein Richter also auf mich hören und die Kinder dem zusprechen, den ich empfehle?«

»Das würde helfen. Wir haben ein paar solcher Outfits im Haus herumhängen – für Führerscheinprüfungen, Behördengänge und so was. Tut mir leid, ich wollte Sie nicht beleidigen. Außerdem meine ich nicht so was Elegantes, wie Sie anhaben, sondern, na, Sie wissen schon, irgendein Kleid mit Perlenkette und Handtäschchen.«

»Ersparen Sie mir die Einzelheiten«, sagte Kate. »Sie haben mir soeben mitgeteilt, was Sie mir ja auch schon in New York sehr deutlich gesagt haben: daß Sie Frauen wie mich auf jede nur denkbare Weise ausnutzen werden, um das zu bekommen, was Sie wollen. Warum sollte ich mich von Ihnen ausnutzen lassen?«

»Gute Frage«, sagte Joan. Kate sah sie an und ihr wurde plötzlich klar, daß Joan Angst um Luellen hatte, und das nicht nur wegen der Kinder. Sie hatte Angst, daß Luellen voller Wut Janet in der Männertoilette im Warren-Haus umgebracht hatte – womöglich gar mit den Worten: So, jetzt bist du da, wo du immer hin wolltest! Vielleicht brauchte Luellen wirklich dringend Hilfe, und Joan Theresa bahnte den Weg.

Joan schien Kates Gedanken zu erraten, denn sie ging in die Offensive. »Wissen Sie«, sagte Joan. »Vielleicht glaubt die Polizei ja, Sie hätten Janet umgebracht. Wie steht's denn mit Ihrem Alibi?«

»Ich weiß nicht«, sagte Kate. »Bisher ist noch nicht sicher, wann und wo sie gestorben ist.«

»Ist es denn nicht in der Männertoilette im Warren-Haus passiert?«

»Nein, sie wurde erst nach ihrem Tod dorthin geschafft.«

»Woran ist sie gestorben? In den Zeitungen stand nichts davon.«

»An Zyankali«, sagte Kate. »Sehr schnell und sehr qualvoll. Falls ich Näheres herausfinde, rufe ich Sie an. Eines kann ich Ihnen aber schon jetzt versprechen: Ich werde nicht schwören, daß Luellen ein prachtvoller Mensch ist, solange ich nicht davon überzeugt bin. So bieder bin ich und werde es wohl immer bleiben.«

»Dann«, sagte Joan, »mache ich mir keine Sorgen. Luellen ist ein prachtvoller Mensch und die geborene Mutter. Sie werden schon sehen. Im Augenblick ist sie nur durcheinander.«

Alle drei bogen in die Cambridge Street ein.

»Zyankali«, sagte Sylvia später am Abend zu Kate. »Ich frage dich, wo kam das her?« Sylvia hatte die Beine hochgelegt und genoß die Aussicht.

»Das müssen wir unbedingt herausfinden«, sagte Kate. »Und eine Menge anderer Dinge, wenn wir schon dabei sind. Verdammt, Sylvia, lassen wir alle unsere Beziehungen spielen – du deine zu Washington und den höheren Sphären der Harvard-Diplomatie und ich meine zu Wompompouchi oder wo sonst Reed gerade steckt. Die vielen Typen, die du kennst, werden dir doch einen Gefallen tun, wenn du sie darum bittest, oder nicht?«

»Wie erfrischend, Kate Fansler, der großen Detektivin, einmal in die Karten zu sehen! Als erstes bringt sie ihre Freunde dazu, Beziehungen spielen zu lassen! Hätte mir denken können, daß es so läuft. Natürlich kenne ich eine Menge wichtiger junger Männer und auch einige nicht so junge, die etwas für mich tun würden. Auch Männer können sich heute nicht mehr so sicher sein, ob ihnen Frauen nicht eines Tages bei ihrer Karriere von Nutzen sein können. Nancy Mitford hat einmal gesagt, man müsse immer nett zu jungen Mädchen sein, denn man könne nie wissen, wen sie einmal heiraten. Na, diese Verhältnisse haben wir inzwischen Gott sei Dank ein wenig auf den Kopf gestellt.«

»Dein Wort in Gottes Ohr! Also gut, suchen wir uns jemand, der die Polizei hier überredet, uns wissen zu lassen, was sie bisher herausgefunden hat. Dieser ›Jemand‹ kann das so unauffällig tun, wie er es für richtig hält, und sich jeden Vorwand ausdenken, den er will. Bei deinen Beziehungen zu Washington und Harvard solltest du es als erste versuchen. Wenn du scheiterst, probiere ich es über Reed. Aber *wenn* du scheiterst, dann kann man daran wahnsinnig viel ablesen.«

»Wahnsinnig. Ich verstehe.«

»Wenn es Kräfte in Harvard gibt, die es für nötig halten, dir die Einsicht in die Polizeiprotokolle zu verwehren, dann sagt uns das mehr als jeder Polizeibericht.«

»Schlaues Mädchen. Morgen setze ich mich ans Telefon. Nein, ich telefoniere gleich. Übrigens, morgen kommt George. Hab ich es dir schon gesagt, oder sollte ich es in all dem Trubel vergessen haben?«

»Das hast du allerdings. Verdammt – zurück in die Besenkammer im Dunster! Man hat mir zu verstehen gegeben, daß ich großes Glück hatte, sie überhaupt zu bekommen. Du mußt dich wirklich ins Zeug gelegt haben. Am schrecklichsten ist das Essen dort. Aber was hilft's? Also zurück in den Speisesaal und wieder Konversation mit den Studenten machen. Da fällt mir ein, ich könnte doch Leighton einladen. Ich hab sie direkt ins Herz geschlossen, meine Nichte Leighton.«

»Womit du natürlich sagen willst, daß sie eine heftige Anti-Fansler-Phase durchläuft. Na, hoffentlich ist's von Dauer.«

»Bestimmt. Leighton ist ein vielversprechendes Mädchen. Bist du froh, daß George kommt?«

»Verdammt froh«, sagte Sylvia. »Ich verstehe nicht, wie man das ständige Zusammensein je als Eheideal preisen konnte. Eine Weile getrennt, eine Weile zusammen, das ist *viel* besser. Ich schicke dir jeden Polizeibericht, den ich bekomme, rüber ins Dunster. Damit du nicht so viel ans Essen denkst.«

Sieben

Ich würde es hassen, mit einer literarisch gebildeten Tante zusammenzuleben.
Stevie Smith
›Novel on Yellow Paper‹

Am nächsten Tag rief Kate von ihrem Zimmer im Dunster aus Andy Sladovski an, um zu hören, wie die Anglisten auf Janets Tod reagiert hatten.

»Keine Ahnung«, sagte Andy. »Kommen Sie doch heute abend mit zu den Harvard-Jamben, den Lesungen über Poesie, dann werden Sie ja selbst sehen. Bei dieser Veranstaltung müssen Sie sowieso gewesen sein, sonst dürfen Sie nie behaupten, Harvard zu kennen.«

»Bisher hat mich noch niemand dazu eingeladen.«

»Dann lade ich Sie jetzt ein. Irgendein fulminant langweiliger Student, einer von Clarkvilles Schmusetieren, wird ein Referat über Brownings ›Fra Lippo Lippi‹ halten, und eins kann ich Ihnen jetzt schon versprechen: nicht zu gähnen wird Sie all Ihre Kraft kosten. Aber nachher gibt es zu essen und zu trinken; da können Sie die Leute ein bißchen beschnuppern. Außerdem interessiert Browning Sie doch bestimmt. Wenn ich mich recht erinnere, gehört er in Ihre Epoche.«

»Ich erfülle alle Anforderungen für die Aufnahme in den erlauchten Kreis – nur eingeladen hat man mich nicht.«

»Nur wirklich berühmte Gastdozenten erhalten eine offizielle Einladung. Meistens bringt einer der Männer seine Frau mit. Wenn ich wollte, könnte ich also auch Lizzy mitnehmen. Lizzy käme aber nur mit, wenn ›Das Goldene Notizbuch‹ besprochen würde, was aus mindestens drei schwerwiegenden Gründen sehr unwahrscheinlich ist, und nur einer davon hat damit zu tun, daß Doris Lessing nicht in Reimen schreibt. Kommen Sie mit, und die anderen werden denken, Sie sind Lizzy.«

»Also gut«, sagte Kate. »Ich gebe mich geschlagen. Es stört hoffentlich niemanden, daß meine Auffassung von Browning der offiziellen Lehrmeinung nicht entspricht.«

»Das hört sich erfrischend an! Wir treffen uns im Adams-Haus. Wissen Sie, wo es ist?«

»Ich weiß, wo ich eine Karte finde. Wieso im Adams-Haus?«

»Weil Howard Falkland dort Tutor ist. Derjenige, der das Referat hält, spielt den Gastgeber.«

»Aha, aha«, sagte Kate, die der Name des Referenten aufgeschreckt hatte. »Ich finde die Idee wunderbar. Alle Energien, die einen das Zuhören kostet, kann man sich beim Essen wieder holen.«

»Also um acht«, sagte Andy und legte auf. Nun, sagte Kate zu sich selbst, Fra Lippo Lippi behauptet: »Gott hilft uns, einander zu helfen, indem wir einander unsere Seelen öffnen.« Browning dachte dabei an die Kunst, ich dagegen denke an Mord.

Um fünf vor acht betrat Kate das Dozentenzimmer im Adams-Haus und setzte sich in einen der im Kreis aufgestellten Ledersessel. Porträts von Honoratioren blickten finster von den Wänden herab. Als Andy sich wenig später zu ihr setzte, war klar, daß nicht mehr als elf Personen zusammenkommen würden; außer Kate war noch eine Frau erschienen: höchstwahrscheinlich die Ehefrau. Clarkville erhob sich und bereitete sich mit einem Räuspern auf seine Begrüßungsworte vor. Amüsiert stellte Kate fest, daß er sie nicht erkannt hatte. Für ihn sah zweifellos eine Frau mittleren Alters aus wie die andere. »Wir sind heute abend zusammengekommen«, intonierte Clarkville jetzt, »um Howard Falklands Referat über Browning zu hören. Im Anschluß an das Referat wird es eine Diskussionsrunde geben. Danach werden wir uns, wie immer, am Buffet erfrischen. Um zehn werden wir die Versammlung auflösen. – Howard, bitte!«

Kate sollte sich nie erinnern an das, was Howard Falkland über Browning zu sagen hatte. Mehr als zehn Worten am Stück hatte sie ohnehin nicht folgen können. Ein Aufsatz mag noch so gut sein, wird er laut vorgelesen, kann man ihm nur schwer folgen. Und Howard Falklands Aufsatz war nicht gut. Aber Kate unterhielt sich trotzdem sehr gut, denn schon bald spürte sie, daß sie den Blick einfach nicht von Clarkville abwenden konnte. Er faszinierte sie – wie ein Kaninchen von einer Schlange fühlte sie sich zugleich von ihm abgestoßen und angezogen. Es bestand keine Gefahr, daß Clarkville ihre Blicke spürte, denn seine ganze Haltung, vor allem die leichte Schläfrigkeit seiner Gesichtszüge, schien vermeiden zu wollen, daß einer der Anwesenden seine Aufmerksamkeit erhaschte. Clarkville saß auf einer breiten Ledercouch, das heißt, sitzen konnte man es kaum nennen, denn seine Hinterbacken und die Couch hatten in einem dramatischen Moment zueinandergefunden, danach ließ er seinen großen plumpen Körper so weit nach hinten sacken, daß man mit einigem guten Willen gerade noch sagen konnte, er mache es sich bequem. Seine Augen waren zur Decke gerichtet und geschlossen. Aber er schlief nicht, nein, er lauschte. Dies wurde durch seine Taschenuhr bewiesen, die er aus seiner Weste gezogen hatte und an der langen Kette hin und her baumeln ließ – in so regelmäßigem Rhythmus schaukelte das runde Goldstück vor und zurück, daß Kate, die unentwegt hinstarrte, es als quälend empfand. Es war erstaunlich, wie belästigend eine so winzige Bewegung sein konnte und wie schwer es war, den Blick abzuwenden. Kate machte erst gar nicht den Versuch, und Howard Falkland, der sein Referat vom Blatt ablas, hatte diese Sorge nicht. Alle anderen starrten abwechselnd Howard, den Boden oder die Decke an. Kates Blick suchte Andys, und er zwinkerte ihr zu. Howard schwadronierte weiter. Und dies, sagte Kate zu sich selbst, ist der erlauchteste akademische Kreis Amerikas! Ihre Gedanken waren nicht bei Browning oder Fra Lippo Lippi, der diese Veranstaltung bestimmt noch alberner gefunden hätte als sie, nein, ihre Gedanken waren bei dem Freund des Freundes von Luellen. Dessen Name war, wie sollte es anders sein, Howard Falkland. Und sollte es in Zukunft noch mehr Adepten wie ihm erlaubt sein, sich über Brownings dramatische Monologe herzumachen, dann war die Browning-Forschung, dessen war sich Kate sicher, zum Untergang verurteilt.

Als der Vortrag endlich gnädig und keine Minute vor der festgesetzten Zeit vorüber war, erhob sich ein beifälliges und interessiertes Geraune, und im nächsten Moment bahnten sich alle, behutsam und nicht zu schnell, ihren Weg zum Buffet, das in der Tat beeindruckend war.

»Haben Sie all das Essen selbst zubereitet?« fragte Kate, als Andy sie Howard vorstellte. Wäre Reed dabei gewesen, hätte er sofort gemerkt, daß Kate beschlossen hatte, sich »damenhaft« zu geben, was immer ein gefährliches Zeichen war.

»Nein, ich nicht«, sagte Howard. »Eine meiner Bekannten hat das übernommen.«

»Natürlich«, sagte Kate. »Ich bin ja so beeindruckt von all den Gebräuchen hier in Harvard. Den reizenden Abend heute verdanke ich übrigens Andy Sladovski, er hat mich eingeladen.« Für diese Auskunft belohnte Howard Kate mit seinem schnellen Rückzug: eindeutig niemand, den man kennen mußte.

»Nun«, fragte Andy. »Wollte Howard Ihre Empfehlungsschreiben sehen?«

»Dazu kam es nicht«, sagte Kate. »Ich gab mich als Ihre unverheiratete Tante aus. Jahrelang«, sinnierte Kate, »war ich wirklich die unverheiratete Tante. Keine schlechte Rolle im Grunde, interessant, aber nicht anstrengend.«

»Glück gehabt. Aber da kommt Clarkville. Mal sehen, ob er Ihnen die unverheiratete Tante abnimmt oder ob er sich in den Kopf setzt, Sie seien meine Frau. Er hat Lizzy nur fünfmal gesehen.«

Zu Kates großer Enttäuschung war Clarkville jedoch wieder eingefallen, wer sie war. Er machte auf leutselig.

»Sie interessieren sich für Browning?« fragte er.

»Ich bin Professorin für viktorianische Literatur«, antwortete Kate milde.

»Ja, natürlich. Jetzt erinnere ich mich«, sagte er. »An irgendeiner Universität in New York.«

»Genau«, sagte Kate, »an irgendeiner.«

»Das hatte ich ganz vergessen«, sagte Clarkville. »Sonst hätte ich Sie natürlich eingeladen, sich unserem Harvard-Jamben-Kreis anzuschließen.«

»Das wäre sehr freundlich von Ihnen gewesen«, sagte Kate und fragte sich, wie lange sie dieses Spiel noch durchstehen würde. Andy hatte sich in Luft aufgelöst.

»Die Polizei ist offenbar nicht sehr glücklich über unseren, ehm, kleinen Zwischenfall in der letzten Woche«, vertraute Clarkville ihr an.

»Ach? Hat man Sie vernommen?«

»Nun ja. Lediglich ein paar Fragen fürs Protokoll, da ich die arme Frau ja nun mal gefunden hatte. Arme, arme Frau! Sie war so entwurzelt hier.«

In der Männertoilette oder der Fakultät? hätte Kate allzugern gefragt. »Entwurzelt?« echote sie aber nur und kam sich vor wie eine Figur aus einem Roman von Henry James.

»Nun, sehen Sie, neu hier in Harvard, neu an unserer Fakultät, dazu noch in einer fremden Stadt. Das Ganze war eine unglückliche Idee, eine sehr unglückliche Idee.« Er hätte wohl noch eine Ewigkeit so weitergebrabbelt, hätte Kate sich nicht entschuldigt, um sich einen Drink zu holen, den sie sich ihrer Meinung nach redlich verdient hatte.

Als sie später mit Andy auf dem Heimweg war, gestand Kate ein, wie verblüfft sie war, daß Clarkville nie von ihr gehört hatte. »Ich erhebe ja nicht den Anspruch, eine Berühmtheit zu sein«, sagte sie. »Aber in Fachkreisen habe ich schließlich einen Namen; davon bin ich zumindest bisher ausgegangen. Und wenn man vielleicht auch in Peoria oder Pocatello, Idaho, noch nicht von mir gehört hat, so doch immerhin an Orten, die sich mit auch nur einer kleinen Außenstelle einer großen Universität brüsten können. Ich wette, Clarkville hat schon von vielen Männern gehört, die weit unbekannter sind.«

»Meine liebe Kate«, sagte Andy. »Wenn Sie nicht in Harvard lehren, warum um Himmels willen soll man Sie zur Kenntnis nehmen? Außerdem, wer kümmert sich hier um eine Frau, außer, wenn er gezwungen ist, eine einzustellen? Was haben Sie denn geglaubt?«

»Ja, was?« sagte Kate.

Leighton freute sich ziemlich über die Einladung, am nächsten Abend mit ihrer Tante im Speisesaal des Dunster zu dinieren. Eine Gruppe von Leightons Freunden schloß sich ihnen an. Das Gespräch drehte sich, für Kate nicht überraschend, vor allem darum, wie absolut und unbeschreiblich schrecklich Harvard war, nicht, weil eine Frau hier ermordet worden war, sondern weil es alle hier eben schrecklich fanden.

»Aber warum«, fragte Kate nicht zum ersten und, wie sie fürchtete, nicht zum letzten Mal, »seid ihr alle hergekommen? Leightons Gründe verstehe ich. Sie suchte einen Ort, wo niemand irgendwie Notiz von ihr nimmt. Aber ihr könnt doch nicht alle gehofft haben, ignoriert zu werden.«

Darauf kamen die unterschiedlichsten Antworten: Cambridge und seine vielfältigen Annehmlichkeiten. Die Nähe zu Boston mit all seinen kulturellen Angeboten. Der Name. Einmal sagen zu können, man habe in Harvard studiert. Weil es Harvard eben gab – so wie den Mount Everest. Weil es an einer so großen Universität bestimmt Leute mit den gleichen Interessen gäbe.

»Und gab es die?« fragte Kate, den letzten Punkt aufgreifend. Sie richtete ihre Frage freundlich an ein ziemlich stilles, beinahe finster blickendes Mädchen ihr gegenüber. Irgend etwas an ihrem Ausdruck erinnerte Kate an Janet.

»Nein«, sagte das Mädchen, »ich habe sie nicht gefunden. Ich weiß, es ist meine Schuld; die andern sagen es mir ja ständig, aber mir kommen hier alle fürchterlich oberflächlich vor. Sie interessieren sich nur für ihre Noten oder für Sex, oder sie stecken in einer festen Beziehung, und die ist dann so konventionell, als hätten sie in einem Kitschroman nachgelesen, wie man das macht. Offen gesagt, ich finde die meisten hier stinklangweilig – und nur mit sich selbst beschäftigt. Ich weiß, Sie werden denken, daß auch ich nur mit mir selbst beschäftigt bin. Natürlich bin ich das. Aber ich würde es immerhin riskieren, mich für jemand zu interessieren, der nicht supercool und superglatt aussieht oder so wie das Centerfoto im ›Playboy‹.«

Kate war nicht bereit, sich durch den ›Playboy‹ ablenken zu lassen. »Aber darüber beschweren sich alle Studenten an allen Universitäten. Wer nicht auf der Welle seines Jahrgangs mitreitet, ist einsam und isoliert – es sei denn, er ist ein Genie, sehr reich oder sehr selbstsicher. Was ist anders in Harvard?«

»Hier ist niemand glücklich«, warf einer der Jungen ein.

»›Das Glück ist flüchtig wie der Wind, das Interessante jedoch bleibt.‹ Georgia O'Keeffe hat das gesagt. Und Georgia O'Keeffe wird schließlich von jedermann bewundert, sogar von Joan Didion«, fügte Kate hinzu, sich an den ›Times‹-Artikel erinnernd, aus dem Sylvia ihr vorgelesen hatte.

»Hab ich es euch nicht gesagt, daß sie ständig mit Zitaten um sich wirft!« sagte Leighton triumphierend. »Aber in letzter Zeit hat das nachgelassen«, fügte sie an Kate gewandt hinzu. »Leo sagt auch, du hättest dich verändert.«

»Neffen und Nichten glauben immer, daß man sich verändert hat, was aber nicht stimmt. Sie sind es, die sich verändern: sie werden erwachsen. Aber ich gebe es zu, ich zitiere weniger. Es scheint einfach nicht mehr so viele passende Zitate zu geben, zumindest nicht bei den Autoren, die ich mit meiner Establishmentbildung lese. Aber wo wir gerade darüber sprechen«, sagte Kate, »eins fällt mir doch ein.« Sie warf Leighton einen maliziösen Blick zu.

»Dann los, wenn du dich nicht bremsen kannst«, sagte Leighton mit gespielter Verzweiflung. »Ich hab die andern ja vorgewarnt.«

»Nun, in ›Die Gesandten‹ sagt Strether über eine andere Figur, was ich auch über dich sagen könnte, Leighton: ›Du bist meine Jugend, denn in meiner Jugend war nie etwas jung.‹ Janet Mandelbaum jedoch«, fuhr Kate fort, sich auf ihre Aufgabe besinnend, »wäre anderer Meinung gewesen. Hat jemand von euch sie gekannt?«

»Ich kannte sie«, antwortete ein junger Mann (ich muß aufhören, immer noch Jungen und Mädchen in ihnen zu sehen, dachte Kate). »Ich beschäftige mich mit Simone Weil und interessiere mich deshalb auch für Herbert. Professor Mandelbaum war mir da sehr hilfreich, obwohl sie natürlich immer in die Luft ging, wenn man Herbert mit Zeitgenössischem zusammenbrachte. Trotzdem, sie erklärte seine religiösen Auffassungen so gut, daß einem Simone Weil viel verständlicher wurde. Ich war ihr dankbar.«

»Wie war sie?« fragte Kate.

»Sehr sachlich, nicht so persönlich wie so viele der jüngeren Profs. Sie nannte mich nie beim Vornamen, und mir wäre im Traum nicht eingefallen, sie etwa Janet zu nennen. Ich weiß, das sagt weiter nichts aus. Aber trotzdem – bei all ihrer würdevollen Art und Reserviertheit hatte ich immer das Gefühl, daß sie sich freute, mich zu sehen.«

»Wußten Sie, warum?«

»Ja«, sagte der junge Mann und bewies, daß man immer noch Köpfchen brauchte, um es bis Harvard zu schaffen. »Mit mir hatte sie nicht das Problem, das sie mit den Studentinnen hatte: Ich wollte keine Unterstützung von ihr als Frau. Außerdem war ihr Kurs für mich nicht nur eine Pflichtübung, ich interessiere mich wirklich für das siebzehnte Jahrhundert, wenn auch nur im Zusammenhang mit Simone Weil. Mein Hauptfach ist Theologie, und das gefiel ihr. Und ihr gefiel wohl auch, daß ich sie behandelte, als...« Der junge Mann zögerte.

»...wäre sie ein Mann«, beendete Kate den Satz für ihn.

»Ja«, sagte er. »So war es wohl. Sie hatte etwas dagegen, sich immer nur als Frau zu sehen. Ich meine natürlich nicht...«

»Ich weiß genau, was Sie meinen. Sexuell, physisch und psychisch betrachtete sie sich natürlich nicht als Mann: das ist Freudscher Unsinn. Aber sie empfand sich als vollwertiges Mitglied der Bruderschaft der Professoren. Das war es. Und wissen Sie«, fügte Kate traurig hinzu, »ich glaube, das hat sie das Leben gekostet.«

»Judith kannte sie auch«, warf Leighton ein, um die Stille, die plötzlich eingetreten war, zu durchbrechen. »Ich hab sie an den Haaren herzerren müssen, damit du mit ihr reden kannst. Denn wenn Judith nicht gerade die Reporterin spielt, ist sie total schüchtern.«

»Ich arbeite für den ›Independent‹«, sagte Judith.

»Eine Zeitung?« bemerkte Kate ein wenig töricht.

»Ja. Die Wert darauf legt, nicht so arrogant aufzutreten, nicht so typisch Harvard, wenn Sie verstehen, was ich meine.«

»Ich werde sie mir beschaffen«, sagte Kate. »Es ist nicht leicht, sich in so kurzer Zeit einen Überblick über alles hier in Harvard zu verschaffen. Bisher ist mir nur die ›Gazette‹ unter die Augen gekommen.«

»Da steht nichts Interessantes drin – außer dem Veranstaltungskalender«, sagte Judith. »Na, jedenfalls schickte der ›Independent‹ mich los, die neue Professorin bei den Anglisten zu interviewen. Also rief ich Janet Mandelbaum an, sagte, ich würde gern mit ihr reden, weil meine Zeitung einen Artikel über sie als die erste Frau mit einem Lehrstuhl im Fachbereich Anglistik bringen wollte. Daß sie eine Frau sei, spiele da überhaupt keine Rolle, sagte sie sofort. Darüber wolle sie keinesfalls sprechen. Dann fragte ich sie, wie es ihr in Cambridge gefiele. Das war natürlich Quatsch, aber ich wollte unbedingt das Interview mit ihr, und sie, na, sie hielt mir gleich einen langen Vortrag darüber, daß die Frauen es nie zu etwas bringen würden, wenn sie nicht endlich aufhörten, sich gegenseitig unter dem Frauenstandpunkt zu interviewen. Wenn ich etwas von ihr wissen wolle, sagte sie, dann solle ich sie über ihre Arbeit befragen.«

»Und? Haben Sie es getan?«

»Nun, englische Literatur ist nicht mein Fach, und über das siebzehnte Jahrhundert weiß ich so gut wie gar nichts. Aber Leighton ist Expertin für ›Tristram Shandy‹.«

»Achtzehntes Jahrhundert«, konnte Kate sich nicht verkneifen zu sagen.

»Na, ist ja ungefähr dasselbe. Also fragte ich Leighton über ›Tristram Shandy‹ aus. Aber alles, was ich mir merken konnte, war, daß der Vater eine Uhr aufzog, ehe er fickte, und daß Tristram sich den Schwanz an einer Glasscheibe abschnitt. Und ich glaube wirklich nicht...«

»Er hat sich den Schwanz nicht abgeschnitten«, sagte Leighton streng und, wie Kate feststellte, mit vollem Ernst. »Er wurde beschnitten. Wenn du alles durcheinanderbringst, wie willst du da Reporterin sein?«

»Meiner Meinung nach ist das die Hauptvoraussetzung für diesen Beruf«, sagte Kate. »Und wollte Professor Mandelbaum über ›Tristram Shandy‹ sprechen?«

»Oh«, sagte Judith, »sie fing an, über Locke zu schwadronieren und ließ mir keine Chance, mit dem, was ich sie fragen wollte, zu Potte zu kommen. Lesen Sie meine Bücher, sagte sie. Jetzt frag ich Sie: Haben wir deshalb ein Komitee gegründet und für die Rechte der Frauen in Harvard gekämpft? Und haben wir deshalb die ›Sieben Schwestern‹ gegründet? Das ist auch eine Zeitung«, fügte sie hinzu, als sie Kates fragenden Blick sah. »Ihre Bücher sollte ich lesen! Bücher lesen kann ich von jedem, wenn ich Lust dazu hab und mich zufällig das Thema interessiert. Aber das ist doch kein Interview!«

»Verstehe«, sagte Kate.

»Da fällt mir gerade ein«, fuhr Judith fort, »ich könnte *Sie* doch interviewen.«

»Aber ich bin nur Lehrbeauftragte am Institut«, sagte Kate.

»Typisch weibliche Selbstunterschätzung«, räsonierte Judith. »Hat eine Lehrbeauftragte etwa nichts zu sagen?«

»Gut, Sie können Ihr Interview haben«, sagte Kate. »Jetzt gleich?«

»Ach, vielleicht lieber später – in einer etwas privateren Atmosphäre«, sagte Judith, die offensichtlich in ihr Nicht-reporter-Ich zurückfiel.

»Wann immer Sie wollen«, sagte Kate, und dann, an Leighton gewandt: »Und wie läuft's mit deinem Griechisch?«

»Wer denkt denn mitten im Semester, Monate vor den Prüfungen, an Griechisch?« war Leightons vernünftiges Argument.

»Gehst du nicht einmal zu den Kursen?«

»Doch, natürlich. Der Professor doziert vor sich hin, und ich träume, schlafe oder schreibe – je nachdem.«

»Und wie willst du durch die Prüfungen kommen?« fragte Kate. »Ich glaube, du hast es mir schon erzählt, aber ich habe es verdrängt.«

»Kein Problem«, sagte Leighton. »Bei den Prüfungen kommt immer nur ein Drama dran.«

»Ja?«

»Na, das lerne ich kurz vorher auswendig, übersetze es – sehr frei –, bekomme eine Eins, und dann vergesse ich das Ganze.«

»Für mich klingt das stark nach einer Riesenschlange, die ein Schwein verdaut«, sagte Kate.

»Genau so ist Harvard«, sagte Leighton. Das Dinner war vorüber.

Zwei Tage später, Kate wohnte immer noch im Dunster, schickte ihr Sylvia durch einen Boten den Polizeibericht oder genauer: Auszüge daraus. Kate machte sich gleich daran, sie zu lesen, und gab sich alle Mühe, das Gepolter im Treppenhaus, das Geschrei und die für das menschliche Gehör gefährlich laute Musik zu ignorieren. Sie hatte sich ein kleines Radio besorgt und ließ sich, wenn ihr danach war, von den Ergüssen des Harvard-Radiosenders berieseln – eine Erholung. Es gab nur Musik – gelegentlich Rock, aber meistens klassische. Zur Examenszeit, hatte Leighton ihr erzählt, fänden dort Orgien statt. »Orgien?« hatte Kate natürlich gefragt. »Ja«, hatte Leighton geantwortet und sich das Cape um die Schultern geworfen – sie gingen gerade spazieren –, »Orgien. Bach-Orgien, Mozart-Orgien, Dylan-Orgien. Vierzig Stunden am Stück. Meistens das Zeug, das dir gefällt. Angeblich soll man dabei besser lernen können.« Obwohl noch keine Orgienzeit war, bekam Kate heute Beethoven als Hintergrund zu dem Bericht über einen Mord geboten.

Als Kate einige Zeit später mit der Durchsicht des Dokuments fertig war und aufstand, stellte sie fest, daß die Polizei trotz aller Anstrengungen (und sie hatte sich angestrengt) auch nicht viel mehr wußte als sie. Die Herkunft des Giftes war nicht festzustellen gewesen, und dieser Tatsache maß die Polizei große Bedeutung bei: Entweder hatte es jemand schon sehr lange besessen oder es an einem weit entfernten Ort gekauft.

Das Opfer (lebende Personen spielten nie die Hauptrolle in einem Polizeibericht, dachte Kate) hatte im obersten Stock eines großen Hauses in Cambridge gewohnt, das Harvard gehörte. Ein Dekan der Universität bewohnte mit seiner Familie die anderen Stockwerke. Das Appartement im Obergeschoß war völlig separat und hatte einen eigenen Eingang. Trotzdem war der Polizei nicht entgangen, daß zur Familie des Dekans eine Tochter gehörte, die sich der Fotografie hingab und eine eigene Dunkelkammer besaß. Außerdem hatte das Haus einen großen Garten, bei dessen Durchsuchung einige alte Dosen zum Vorschein gekommen waren, die einst ein Unkrautvertilgungsmittel mit einer Zyankalibeimischung enthielten. Die Polizei glaubte aber nicht, daß das Gift aus einer der beiden Quellen stammte, obwohl das Fotolabor als vage Möglichkeit in Frage kam. Der Bericht wies darauf hin, daß Zyankali im Zweiten Weltkrieg leicht zu bekommen war und danach in vielen Spezialeinheiten der Armee zur Ausrüstung gehörte, jenen Kommandos also, bei denen große Gefahr bestand, daß sie in die Hand des Feindes fielen. Beispiel: Wenn ein Pilot verbotenes Territorium überflog und ein technischer Defekt ihn eigentlich zur Notlandung zwingen würde, hatte er den Befehl, das Gift zu nehmen und das Flugzeug abstürzen und explodieren zu lassen, damit der Feind nichts fand. Die Soldaten trugen das Zyankali in Form von Kapseln bei sich, und es gab Zeiten, in denen diese Kapseln sehr freizügig verteilt wurden. Trotz strengster Durchsuchung gelang es Hermann Göring, das Gift in seine Gefängniszelle zu schmuggeln, und kurz ehe er in Nürnberg gehenkt werden sollte, beging er Selbstmord. Viele Angehörige der Streitkräfte erhielten die Kapseln inoffiziell oder hatten leicht Zugang dazu. Das Ergebnis war, daß noch eine Menge von dem Zeug irgendwo herumlag. Das erleichtert die Sache natürlich immens, sagte Kate zu sich.

Daß Zyankali die Todesursache war, stand außer Zweifel: Die Obduktion hatte es bestätigt. Noch als Kate ankam, umgab der typische Geruch von Bittermandeln die Leiche. Außerdem hatte die Obduktion bestätigt, daß man die Leiche vom Tatort entfernt hatte, und zwar kurze Zeit nach Eintritt des Todes. Die Leichenstarre hatte schon eingesetzt, als Janet Mandelbaum in die Männertoilette geschafft wurde. Aber wo sie das Gift genommen hatte, darauf gab es keinerlei Hinweis. Jeder konnte es ihr zusammen mit Alkohol verabreicht haben. Jemand könnte ihr ein Glas gereicht und es dann ausgewaschen und abgetrocknet haben. Die Polizei hielt es auch nicht für ausgeschlossen, daß man Janet festgehalten und ihr das Gift mit Gewalt eingeflößt hatte, aber dann hätte sie sich gewehrt, und es gab keinerlei Spuren eines Kampfes.

Die Frage, wie die Leiche transportiert werden konnte, ohne daß irgend jemand etwas davon merkte, hatte die Polizei mit einer Hartnäckigkeit beschäftigt, die nur der Ergebnislosigkeit ihrer Untersuchungen gleichkam. Da die Leiche am Morgen gefunden wurde, ging man davon aus, daß sie im Dunkel der Nacht von einem Ort zum anderen geschafft worden war, wahrscheinlich zwischen drei und sechs Uhr morgens, offensichtlich die einzige Zeit, in der in Harvard so etwas wie völlige Ruhe einkehrte. In ihren ersten Tagen in Harvard war Kate einmal spät nachts von ihrem Mansardenzimmer noch einmal hinüber zum Fakultätsclub gegangen, und das hatte zu den gespenstischsten Erfahrungen ihres ja auch ansonsten nicht ereignislosen Lebens gehört. Sie mußte sich die Eingangstür selbst aufschließen. Keine Menschenseele war zu sehen. Das alte Haus knarrte und stöhnte. Jedes Geräusch hallte wider. Keine Frage, man hätte alles mögliche unbemerkt hier herumschleppen können.

Auch die Frage, wer Schlüssel zum Warren-Haus besaß, brachte sie nicht weiter: Zu viele Schlüssel waren im Umlauf, und Kopien konnten mit Leichtigkeit beschafft werden. Trotzdem – die Tatsache, daß wohl nur jemand, der im Besitz eines Schlüssels war, als Täter in Frage kam, war zweifellos belastend, denn sie wies auf ein Mitglied der anglistischen Fakultät hin und grenzte die Gruppe der Verdächtigen stark ein. Einem gründlichen Verhör unterzogen hatte man bisher nur die Sekretärinnen (natürlich, wen sonst! schimpfte Kate vor sich hin).

Dem Polizeibericht beigefügt war eine Beschreibung des Gifts, die Kate überflog: Der charakteristische Geruch von Zyankali, das auch unter dem Namen Cyanwasserstoffsäure und Blausäure bekannt ist, umgibt die Leiche noch geraume Zeit nach Eintritt des Todes. Es handelt sich um ein sofort wirksames Gift, qualvoll, aber schnell (auch das, murmelte Kate vor sich hin, ist keine Neuigkeit). Atembeschwerden, gefolgt von Krämpfen, und dann der Tod. All dies geschieht innerhalb von Sekunden. Ein grausamer Tod, aber der Mörder kann sicher sein, daß jede Hilfe zu spät kommt. Hatte Janet Mandelbaum ihren Todestrunk ganz geleert? Oder war die Mixtur so stark gewesen, daß ein einziger Schluck reichte? Aber dann hätte der Drink mehr als eine Kapsel enthalten müssen.

Warum die Männertoilette? Wenn man all den Anzeichen der Feindseligkeit gegenüber der ersten Professorin in dem bis dahin rein männlichen Fachbereich keine Aufmerksamkeit schenken wollte, und die Polizei beliebte, ihnen keine Aufmerksamkeit zu schenken (Kate schnaufte verächtlich), blieb der Fakt, daß die Männertoilette zwei unübersehbare Vorteile aufwies: Sehr viele hatten Zugang zu ihr, und sie lag im ersten Stock, während die Damentoilette im zweiten war – und an jenem Ort, diese Feststellung traf der Polizeibericht geradezu genüßlich, sei das Opfer zu einem anderen Zeitpunkt schon einmal in Bedrängnis geraten, ohne jedoch Schaden zu nehmen (zu dieser Feststellung kam Kate ein Kommentar über die Lippen, der weder schmeichel- noch damenhaft war). Außerdem wurde die Männertoilette später benutzt als die der Damen, denn als erste trafen immer die Sekretärinnen ein. Der Präsident, der Leiter der akademischen Stellenvermittlung und die anderen Herren kamen später und an manchen Tagen gar nicht.

Die Polizei hatte jeden vernommen, der je etwas mit Janet Mandelbaum zu tun hatte, dazu gehörten natürlich auch alle, die auf jener Party waren, die mit dem Badewannen-Zwischenfall geendet hatte. Vernommen wurden auch alle, die die Ermordete gekannt hatten, ehe sie nach Harvard kam, und sich zur Zeit des Mordes in Harvard aufhielten. Zu diesem Kreis zählte ihr früherer Ehemann, »Moon« Mandelbaum, von dem sie seit über zwanzig Jahren geschieden war. Daß sie nach all den Jahren gleichzeitig nach Harvard kamen, ordnete der Polizeibericht als klassischen Zufall ein. Auch der Besuch von Kate Fansler, die das Opfer vom Studium her kannte, sei als solcher zu sehen. Außerdem waren verhört worden: die Familie, bei der das Opfer sich eingemietet hatte. Sie wußten wenig über ihre Mieterin. Ferner: Alle Mitglieder von Harvards Fachbereich Anglistik, die ausnahmslos nur Bewunderung für das Opfer und ihr tiefes Bedauern über deren Tod ausdrückten (Kate entschlüpfte ein unflätiges Wort). Alle betonten die gute Arbeit, die Professor Mandelbaum geleistet habe. Die Sekretärinnen vom Warren-Haus sagten – mehr oder weniger – dasselbe. Außerdem hatte man die Professoren anderer Fakultäten befragt, die bei der einen oder anderen Gelegenheit mit dem Opfer zu tun gehabt hatten. Außer einigen Studenten und flüchtigen Bekannten waren noch vernommen worden: Luellen May, die in einer reinen Frauenkommune in Cambridge lebte; Howard Falkland, der auf der besagten Party im Warren-Haus gewesen war; John Lightfoot, der Luellen May vor Jahren im Harvard College kennengelernt hatte; die Frau, die die Wohnung des Opfers putzte. Kein besonders reichhaltiges Angebot an Verdächtigen, dachte Kate traurig, zumal die, die am verdächtigsten waren, die Herren mit Amt und Würden in der anglistischen Fakultät, von der Polizei wahrscheinlich erst gar nicht ernsthaft in Betracht gezogen wurden.

Und es war wirklich, das mußte sich Kate, wenn auch widerwillig, eingestehen, ziemlich unwahrscheinlich, daß einer der Anglistik-Professoren – als einziges Exemplar hatte Kate bisher Clarkville kennengelernt – der Täter war. Jemand aus diesen Kreisen hätte sich für einen langsamen Tod entschieden, hätte es nicht nötig gehabt, zu so krassen Mitteln zu greifen. Es hätte ausgereicht, Janet mit Verachtung zu strafen, sie zu isolieren und ihre Stellung zu untergraben, indem man den Studenten zu verstehen gab, daß Unterstützung für Frau Professor Mandelbaum nicht gerade der beste Weg sei, sich an den richtigen Stellen beliebt zu machen – und Janet hätte sich allmählich zurückgezogen. Einen Skandal heraufbeschwören, das hatte man nicht nötig.

Aber angenommen, sinnierte Kate, daß man an einem

anderen Fachbereich Harvards fürchtete, irgendein Millionär könnte sie als nächstes mit einem Lehrstuhl für eine Frau beglücken, und dann den Plan faßte, Janet zu ermorden, um das Thema ein für allemal aus der Welt zu schaffen. Hatten die womöglich die Leiche dem Warren-Haus aufgehalst und aufs Beste gehofft? Aber welche Fakultät könnte es sein? Es hatte in so vielen Fachbereichen nie eine Frau auf einem Lehrstuhl gegeben, daß man praktisch ganz Harvard hätte verdächtigen müssen. Nun, dachte Kate, für mich ist in der Tat ganz Harvard verdächtig.

In einer Notiz am Schluß des Polizeiberichts hieß es, befugten Personen sei die Einsichtnahme der Verhörprotokolle gestattet et cetera... Kurz, jetzt bin ich so schlau wie zuvor, und Harvard wird wieder einmal ungeschoren davonkommen, sagte Kate zu sich selbst und mahnte sich im nächsten Moment: Langsam wirst du wirklich paranoid, was Harvard angeht. Was hat diese Institution dir denn getan, außer daß sie dich ans Radcliffe-Institut eingeladen hat, und an diesem Institut gibt es weiß Gott nichts auszusetzen.

Wirklich, dachte Kate, als sie am nächsten Morgen in ihrem Arbeitszimmer saß, man konnte sich nicht beschweren. Mochten sich Frauen andernorts unwillkommen fühlen – hier nicht. Und noch mehr, sagte sich Kate, während sie aus dem Fenster blickte, man strengte sich wirklich an in Harvard. Ein Trupp von Männern räumte den Schnee fort. Das ganze Gelände war wunderbar gepflegt. Und kurz vor den Abschlußfeiern, hatte Leighton ihr erzählt, wurden Grassamen über den ganzen Campus geblasen, ja, *geblasen.* Es funktioniert, versicherte Leighton: Kurz darauf wächst überall der schönste Rasen. Kate freute sich darauf, es zu sehen – falls Leighton ihr Examen machte, falls sie selbst so lange blieb, falls das Leben weiterging.

Ein Klopfen an der Tür. Zum zweiten Mal stand die

unwillige Empfangsdame vor Kate, aber heute waren ihr Ärger und ihre schlechten Manieren mit einer leichten Spur Ehrfurcht vermischt.

»Wieder ein Anruf?« fragte Kate vorsichtig.

»Sie haben es erraten«, sagte die Empfangsdame und machte auf dem Absatz kehrt.

»Und natürlich wieder ein Mann«, sagte Kate, aber sehr leise. Wenn Clarkville noch eine Leiche gefunden hat, dann soll er sich, bitteschön, jemand anders suchen, um darüber zu reden.

Aber es war Moon. Man hatte ihn verhaftet. Als Mörder von Janet. Man gestattete ihm nur einen Anruf, und ob Kate sich um Anwalt und Kaution kümmern könne? Wenn nicht, hätte er natürlich Verständnis. Schließlich war er schon einmal im Gefängnis – im Süden, nach einem Friedensmarsch. Er hatte ihr nur Bescheid sagen wollen.

»Nur für den Fall, daß du dich das fragst«, sagte Moon. »Ich habe Janet nicht umgebracht.«

Acht

> Manchmal glaube ich wirklich, nur Autobiographie ist Literatur.
>
> *Virginia Woolf*

Während eines längst vergangenen Sommers, den sie in den Berkshires verbrachte, hatte Kate schon einmal Grund gehabt, einen Bostoner Anwalt um Beistand zu bitten. Er hatte mit Reed Jura in Harvard studiert, war dann Strafverteidiger geworden, und Kate beschloß, sich auch jetzt an ihn zu wenden. Es war natürlich nicht einfach, einen vielbeschäftigten Anwalt so plötzlich zu überfallen, aber schließlich waren sie Freunde geblieben, und er würde ihr zu Hilfe kommen, auch wenn Reed gerade in Lhambamamba unterwegs war.

»Das hätte ich mir denken können!« schnaubte John Cunningham, als Kate ihn am Telefon hatte. »Dieser Schlamassel in Harvard, dieses Durcheinander mit der ersten Professorin. Hätte mir gleich klar sein müssen, daß du darin verwickelt bist. Schließlich wußte ich, daß du in der Gegend bist. Aber selbst wenn nicht, hätte ich es mir denken können. Wer ist diesmal im Gefängnis? Hoffentlich nicht Reed.«

»Nein«, sagte Kate. »Reed ist unterwegs und hält Vorträge über Polizeimethoden. Er hat nichts damit zu tun. Aber ein Freund von mir wurde verhaftet. Man verdächtigt ihn des Mordes.«

»Stand er in irgendeiner Beziehung zu der Ermordeten?« fragte Cunningham.

»Nein«, sagte Kate. »Außer daß er vor einer Ewigkeit einmal mit ihr verheiratet war.

»Außer!« Cunningham hätte beinahe Kates Trommelfell zum Platzen gebracht. Dann entstand eine Pause, während der Cunningham seinen Kalender und seine Sekretä-

rin konsultierte. »Kannst du zu mir ins Büro kommen?« fragte er. »Dann versuchen wir, ihn auf Kaution freizukriegen. Die Polizei hätte ihn nicht festnehmen dürfen, da bin ich mir ziemlich sicher. Die haben nicht genug Beweise. Darf ich davon ausgehen, daß er noch nie vorher im Gefängnis war und keinerlei Vorstrafen hat?«

»Na ja«, sagte Kate widerwillig, »er hat im Süden mit Martin Luther King demonstriert, und später war er bei den Friedensmärschen dabei. Ich fürchte fast, er ist schon einmal im Gefängnis gewesen.« Kate ärgerte sich über sich selbst, weil sie so entschuldigend klang.

»Ausgezeichnet«, sagte Cunningham zu ihrer Überraschung. »Ausgezeichnet. Dann plädieren wir auf Voreingenommenheit, Mißbrauch von Polizeiakten und so weiter. Kein Problem. Komm nur her, meine Gute, komm nur her. Du weißt, wo ich zu finden bin.«

Als Moon – da die Zeit erfüllet war und auch das juristische Procedere – auf Kaution wieder in Freiheit war und mit Kate in Cunninghams Büro saß, behandelte dieser ihn streng und kühl. Kate gegenüber war er die ganze Zeit abwechselnd sachlich und beruhigend gewesen. Während Kate nun Moon betrachtete, wurde ihr klar, daß er, rein vom Typ her, Cunningham sehr wahrscheinlich nicht gefiel. Gleichzeitig versuchte sie, der Tatsache ins Gesicht zu sehen, daß es immerhin im Bereich des Möglichen lag: Moon könnte ein Mörder sein, zumindest könnte er Janet getötet haben. Daß Kate diese Möglichkeit bisher weit von sich gewiesen hatte, geschah aus rein persönlichen Gründen: Es war ausgeschlossen, daß sie sich vor vielen Jahren so von jemandem hätte angezogen fühlen können, der eines Mordes fähig war. Und bei den sporadischen Begegnungen in späteren Jahren – hätte ein potentieller Mörder es fertiggebracht, die alte Erotik immer wieder so aufflammen zu lassen, daß sie mit ihm ins Bett ging? Aber das war ihr persönliches Problem. War es denkbar, daß Moon einen erbitterten ehelichen beziehungsweise nachehelichen

Streit mit Janet hatte und ihm dabei sein sonst so unerschütterlicher Gleichmut abhanden gekommen war?

Cunninghams Gedanken liefen eindeutig in ähnlichen Bahnen, aber er hatte keinerlei persönliches Motiv, Moon für unschuldig zu halten.

»Aber welches Motiv hätte ich denn haben sollen?« fragte Moon.

»Wen interessiert denn das Motiv?« schrie Cunningham ihn an. »Mich nicht. Die Polizei nicht. Die Polizei interessiert die Gelegenheit zum Mord und die Mittel. Und selbst wenn sie sich für das Motiv interessierte – sobald man mit einer Frau verheiratet ist oder war, gilt das als Motiv.«

»Wenn die Ehe ein ausreichendes Motiv für Mord ist...«, begann Kate.

»Bitte, Kate, sei still. Du weißt genau, was ich meine. Die meisten Morde werden, wie jeder weiß, von Verwandten verübt, wobei Eheleute, geschieden oder nicht, allen andern den Rang ablaufen. Man braucht kein ausgeklügeltes Motiv, sondern nur einen heftigen Streit und viele bittere Erinnerungen und Vorwürfe.«

»Wir haben uns aber nicht gestritten«, sagte Moon, »weder heftig noch sonstwie, und wir hatten einander auch nichts vorzuwerfen. Das eine Mal, als wir uns trafen, hab ich kaum ein Wort mit ihr gewechselt. Wir hatten uns nichts zu sagen.«

»Sie und Kate hatten sich aber offensichtlich eine Menge zu sagen.«

»Das ist etwas völlig anderes«, sagte Moon. »Kate habe ich immer geliebt. Ich glaube, auch als ich Janet heiratete, habe ich eigentlich Kate geliebt.«

»Wir alle lieben Kate«, antwortete Cunningham. »Was zweifellos daran liegt, daß Kate einfach liebenswert ist, so liebenswert, daß ich den größten Teil meines Berufslebens damit verbringe, Kautionen für ihre unter Mordverdacht stehenden akademischen Freunde zu stellen. Wenn ich recht verstehe, war Kate aber nicht der Grund, weshalb Sie nach Harvard kamen, wohingegen Janet sehr wohl... unterbrechen Sie mich nicht, wir müssen die Dinge so betrachten, wie die Polizei das tut. Nun, wahrscheinlich waren Sie ebenso überrascht wie ich, als Sie erfuhren, daß Kate in Harvard ist.«

»Nein«, sagte Moon, »eigentlich nicht.«

»Was in Gottes Namen soll denn das nun wieder heißen? Ich möchte die ganze Geschichte hören, Mr. Mandelbaum. Alles, schön der Reihe nach und sofort. *Sofort*!«

»Ich auch«, sagte Kate.

»Du bist still«, sagte Cunningham. »Kate, dir muß doch klar sein, daß die Staatsanwaltschaft ihn verurteilen *will*, falls es zur Verhandlung kommt. Wir müssen dafür sorgen, daß die Polizei nicht genug Beweise hat. Und wie es im Augenblick aussieht, hatte die Polizei verdammt stichhaltige Beweise. Außerdem hat sie eine Menge Geld – dein Geld. Also, halt bitte deinen Mund.«

»Gut, ich gebe mir Mühe. Aber wenn mir eine wirklich schlaue Frage einfällt, kann ich sie doch stellen?«

»In Gottes Namen, ja. Aber jetzt halt uns nicht auf. Nun, Mr. Mandelbaum?«

»Mir wäre lieber, Sie würden Moon zu mir sagen. Jeder nennt mich so.«

»Ich bin aber nicht jeder, sondern ein außerordentlich teurer Strafverteidiger. Haben Sie promoviert? Ich nenne Sie Dr. Mandelbaum.«

»Mr. reicht völlig«, sagte Moon.

»Aber Sie haben promoviert?«

»Ja, hab ich.«

»Dann sind Sie gar Professor? Einer, der so tut, als wär er keiner? Ein Phantasiegebilde?«

»Mein Leben ist voller Phantasien, aber nicht, was meine Promotion betrifft. Ich habe promoviert. Kate kann es bezeugen. Und ich lehre an einer Universität, und zwar der von Minneapolis, wo ich Studenten guten Schreibstil beibringe.«

»Ich wünschte bei Gott, dort wären Sie geblieben.«

»Ich nicht. Trotz allem, ich wünschte es nicht.«

»Ich schlage vor, wir kehren zu der Frage von Gelegenheit und Mittel, Frau Professor Mandelbaum zu ermorden, zurück. Es sei denn, Sie möchten noch eine Weile über die Naturschönheiten Harvards plaudern.«

»Die Mittel hatte ich«, sagte Moon. »Zumindest hätte ich sie haben können.«

»Was soll das heißen – du hattest die Mittel?«

»Kate, halt den Mund.«

»Ja, Sir.«

»Das soll heißen«, sagte Moon, »daß ich, wie man so schön sagt, problemlosen Zugang zu Zyankali hatte. Als ich in der Armee war, im Zweiten Weltkrieg. Auf den Philippinen. Ich hatte sogar mehr als Zugang, wenn Sie die ganze Wahrheit wissen wollen... ich weiß, ich weiß, das wollen Sie! Wissen Sie, Sie sollten sich ein wenig entspannen. Versuchen Sie einfach, ein bißchen milder zu sein.«

»Ich bin aber nicht milde!« schrie Cunningham, wie Kate fand, unnötig laut. »Und ich wußte gar nicht, daß man in Minneapolis so furchtbar milde miteinander umgeht.«

»Tut mir leid«, sagte Moon. »Nach dem Krieg war es nicht schwer, das, was man hatte, einfach zu behalten. Soldaten stauben immer was ab, aus den eigenen Beständen oder denen des Feindes. Jedenfalls – ich hatte ein bißchen zu viel gesehen und wollte die Möglichkeit haben, Schluß zu machen, falls die Erinnerungen zu schlimm würden.«

»Wurde das Zeug an Sie ausgeteilt?«

»O ja. Wir waren an vorderster Front, und jeder wußte, was ihm blühte, wenn er dem Feind in die Hände fiel. Aber auch, wenn man das Zeug nicht in die Hand gedrückt bekam, jeder, der wollte, konnte es sich beschaffen. Und ich hatte es, ich kann es nicht leugnen, daß ich es hatte.«

»Wer wußte davon?«

»Das ist der springende Punkt, das ist mir völlig klar. Nachdem ich entlassen wurde, in der ersten Zeit, als ich wieder zu Hause war, wußten vielleicht ein paar Leute davon. Aber in all den Jahren danach – ich glaube kaum, daß jemand auch nur eine Ahnung hatte. Um die Wahrheit zu sagen: Ich schätze, daß überhaupt nie jemand davon wußte. Aber ich kann nicht beschwören, was ich damals, als ich aus dem Krieg kam, erzählt habe und was nicht.«

»Sie gingen dann wieder zur Universität?«

»Ja. Aber das war eine ganze Weile später. Nachdem ich mich wieder gefangen hatte. Ich wollte Theaterwissenschaft studieren – Dramen und Tragödien. Das schien mir passend. Dort traf ich Kate.«

»Das dachte ich mir. Kate, wußtest du, daß er Zyankali besaß?«

»Nein. Bis zu diesem Augenblick hatte ich keine Ahnung.«

»Haben Sie die Kapseln mit nach Harvard genommen?« fragte Cunningham.

»Natürlich nicht«, sagte Moon. »Warum zum Teufel hätte ich sie mitnehmen sollen? Schon gut, schon gut – ich weiß, eine ziemlich alberne Frage. Schließlich stehe ich unter Mordverdacht.«

»Und Sie hatten keine Ahnung, daß Ihre Ex-Frau, Janet, in Harvard sein würde?«

»Keine. Ich weiß, das ist ein heikler Punkt, aber es stimmt. Janet hat es mir sofort geglaubt. Und wie ich Kate schon sagte: Selbst wenn jemandem aufgefallen wäre, daß es zwei neue Professoren mit dem gleichen Nachnamen in Harvard gab – wer wundert sich in der Gegend um Boston schon über zwei Mandelbaums?«

»In Wirklichkeit«, sagte Cunningham, »gibt es nur ein halbes Dutzend Mandelbaums im Telefonbuch von Boston. Schlagen Sie selbst nach. Conollys und Kellys dagegen gibt es seitenweise. Sie haben die ethnischen Gruppen ein wenig durcheinandergebracht.«

»Janet jedenfalls wußte nicht, daß ich kommen würde, und ich wußte nicht, daß sie hier war. Wir haben uns dort nur ein einziges Mal getroffen.«

»Haben Sie sich unterhalten?«

»Kurz und förmlich.«

»Erinnern Sie sich noch an irgendeinen Satz von ihr?« fragte Cunningham.

»Ja. Abgesehen von den üblichen nichtssagenden Floskeln meinte sie: ›Ist doch komisch, Moon. Als wir Examen machten, war ich der Star, und du mimtest den Revolutionär. Danach schrieb ich ein wichtiges Buch, und du spieltest Gitarre. Und trotzdem paßt du besser hierher als ich. Ist das nicht komisch?‹«

»Was haben Sie ihr geantwortet?« fragte Cunningham.

»Ich sagte, vielleicht könnten die Leute hier einfach mit Männern eher etwas anfangen, leichter auf sie zugehen. Aber ich hätte keineswegs das Gefühl, daß ich gut hierher passe, wohingegen sie doch schon immer genau die Ideale hochgehalten hätte, die hier in Harvard gelten. Ich gab mir Mühe, es freundlich zu sagen.«

»Und was sagte sie?« Cunninghams schnelle Fragen erinnerten Kate, wohl nicht zu Unrecht, an ein Kreuzverhör.

»Sie sagte, sie hätte auch gedacht, daß sie dieselben Ideale hätte. Sie klang bitter. Dann trennten wir uns. Begegnet waren wir uns bei einer Dinnerparty zu Ehren von Eudora Welty, die aus ihren Büchern vorgelesen hatte. Normalerweise hasse ich solche Veranstaltungen, und ich bin nur hingegangen, weil ich Eudora Weltys Werk sehr bewundere.«

»Mr. Mandelbaum. Wie wär's, wenn wir, nur für den Augenblick, Ihr Vergnügen an Dichtung, Dramen und Eudora Welty beiseite lassen und Sie mir statt dessen sagen, warum Sie ›eigentlich nicht so überrascht‹ waren, Kate in Harvard zu sehen? Hatte sie Ihnen ihr Kommen angekündigt?«

»Nein. Sie wußte nicht, daß ich hier war.«

»Nein, ich hatte keine Ahnung«, sagte Kate, als Cunningham sie ansah. »Eines Tages, kurz nach dem Abend, als Janet bei mir hysterisch geworden war, tauchte er in meinem Arbeitszimmer im Institut auf. Und das war der erfreulichste Anblick, den mir Harvard bis dahin zu bieten hatte.«

»Woher wußten Sie, daß Kate da war?« fragte Cunningham Moon.

»Ich hatte es in der ›Gazette‹ gelesen, das habe ich Kate gesagt. Aber ich wußte es schon vorher. Um die Wahrheit zu sagen: In gewisser Weise hatte ich es arrangiert.«

»Arrangiert!« rief Kate aus.

»Kate, meine Liebe«, sagte Cunningham säuerlich, »wenn du nicht dauernd auf diese charmante mädchenhafte Art aufjuchzen und jede Silbe nachplappern würdest, die Mr. Mandelbaum von sich gibt, dann bestünde *vielleicht* die Möglichkeit, daß wir ein paar Fakten auf die Reihe bekommen, ehe die Dunkelheit über uns hereinbricht. Was haben Sie arrangiert, Mr. Mandelbaum?«

Moon seufzte. »Du wirst es mir nie verzeihen«, sagte er zu Kate. »Am Anfang ergab sich alles rein zufällig. Wirklich ganz zufällig. Ich kannte eine Frau aus den Tagen der Friedensbewegung. Sie wollte nach New York, ihren Bruder besuchen. Nun, eines Tages traf ich sie am Central Square, und wir schwatzten ein bißchen. Sie wohnte in einer Kommune, von der ich schon gehört hatte, und sie erzählte mir von diesem Zwischenfall in Harvard und daß eine ihrer Freundinnen, die ich auch von früher kannte, darin verwickelt sei. Sie habe Janet aus der Badewanne gefischt. Jedenfalls kam schließlich heraus, daß Janet dieser Frau gegenüber Kate erwähnt hatte. Und die erzählte der Frau davon, die ihren Bruder in New York besuchen wollte. Na, und ich hab ihr dann zugeredet, zu Kate zu gehen und sie zu überreden, nach Harvard zu kommen und Janet und allen anderen unter die Arme zu greifen.«

»Moon!« rief Kate. »Du kennst Jocasta!«

»Nicht gut«, sagte Moon. »Aber ich bin hingerissen von ihr.«

»John«, sagte Kate schnell. »Frag jetzt nicht, wer Jocasta ist, ich bitte dich darum. – Im Grunde hat Moon nur gesagt, daß er die Dinge ins Rollen brachte.«

»Ich dachte«, sagte Moon, »wenn es der Frau wirklich gelingt, dich herzuholen... na, wär doch schön, dich wiederzusehen. Ich halte mich nicht für jemanden, der irgendwelche Dinge ins Rollen bringt.«

»Für einen so überaus milden Menschen wie Sie haben Sie aber erstaunlich viele Dinge ins Rollen gebracht«, sagte Cunningham. »Und das mit beachtlichem Erfolg! Was haben Sie noch zu beichten, ehe ich euch beide hinauswerfe?«

»Das war wohl alles, wirklich«, sagte Moon. »Die Polizei weiß über das Zyankali Bescheid. Sie weiß, daß Janet und ich verheiratet waren und daß ich für die Mordnacht kein Alibi habe. Also wurde ich festgenommen. Außerdem spricht die Tatsache, daß ich früher mal ein ›Aufrührer‹ war, in ihren Augen für ihre Version.«

»Das war eine brillante Zusammenfassung Ihrer Lage, Mr. Mandelbaum. Nur noch eine Frage: Wo befindet sich das Zyankali, Ihrer Kenntnis nach, im Augenblick?«

»Ich nehme an, daß es in Minneapolis ist, in einer verschlossenen Metallkiste, zusammen mit ein paar anderen Sachen. Seit dreißig Jahren ist es in dieser Kiste.«

»Sie haben es nie herausgenommen, und, soweit Sie wissen, auch niemand anders?«

»Genau das.«

»Und Sie hätten nichts dagegen, daß man nachprüft, ob die Kapseln noch dort sind, was natürlich nicht heißt, daß es Ihnen viel helfen würde, wenn Sie was dagegen hätten.«

»Ich bin einverstanden, aber mir wäre lieber, wenn das nicht die Polizei übernimmt. Ich hab nicht gerade Urvertrauen zur Polizei, die Beweismaterial oft genug so manipuliert, wie sie es gern hätte. Wenn Sie jemanden haben, dem Sie vertrauen...«

»Ich hoffe, Sie laufen nicht herum und posaunen Ihre Meinung über die Polizei überall heraus. Das wäre in Ihrem Fall nicht sehr ratsam.«

»Natürlich nicht. Aber Ihnen kann ich doch sagen, was ich denke, oder nicht?«

»Selbstverständlich, selbstverständlich! Würde es Ihnen etwas ausmachen, eine Minute draußen zu warten, während ich ein Wort mit Kate rede?«

»Überhaupt nicht. Und vielen Dank, Mr. Cunningham.«

»Kate müssen Sie danken. Und ich hoffe nur, daß Sie auch noch Grund zur Dankbarkeit haben, wenn die Sache vorbei ist.«

Als Moon gegangen war, stand Cunningham auf, ging um seinen Schreibtisch, lehnte sich dagegen und sah Kate an.

»Ich bin auf jede Strafpredigt gefaßt«, sagte sie und griff nach einer Zigarette.

»Um so besser«, sagte John und gab ihr Feuer. »Wie gut kennst du Moon?«

»In mancher Hinsicht sehr gut, in anderer gar nicht. Ich weiß, was für eine Art Mensch er ist – ja, guck nur skeptisch, aber ich glaube wirklich, daß ich seinen Charakter sehr gut kenne. Aber wie jeder weiß, kann man sich darin täuschen. Über seinen Alltag weiß ich allerdings sehr wenig. Als wir Examen machten, sah ich ihn fast täglich, wir bereiteten uns zusammen auf die Prüfungen vor und stritten über Henry James. Ich mochte ihn, und Moon mochte ihn nicht. Damals hatte ich eine ungefähre Vorstellung davon, wie er seine Tage zubrachte, heute nicht mehr. Aber wenn du mir erzählen würdest, Moon wäre auf ein Motorrad gestiegen und hätte ein Kind überfahren oder er ginge auf die Jagd oder er hätte eine Frau vergewaltigt, dann würde ich dir nicht glauben, oder, wenn dir das lieber ist: Ich würde es für sehr unwahrscheinlich halten.«

»Und wenn jemand dir erzählte, er wäre in Rage über seine Frau geraten und hätte sie umgebracht?«

»Für einen so schlauen Rechtsanwalt stellst du manchmal ziemlich platte Fragen.«

»Und du schlaue Literaturprofessorin begehst manchmal den Fehler, sie nicht zu stellen. Im Augenblick hast du nur sein Wort, daß er und Janet sich nicht öfter trafen, sich nicht stritten und daß es keinerlei Probleme zwischen ihnen gab. Er hatte die Mittel, und er hatte die Gelegenheit, und wenn wir nur lang genug suchen, finden wir wahrscheinlich auch ein Motiv. Ich bitte dich nur, daß du das im Kopf behältst, wenn du dich wie ein freundlicher Bluthund auf Spurensuche begibst.«

»Hättest du nicht Lust, ein bißchen herumzuraten, was das Motiv sein könnte?«

»Ich rate nie. Das ist reine Zeitverschwendung. Ich bin gerade dabei nachzuprüfen, wie die Scheidung war – eine Trennung im gegenseitigen Einvernehmen oder ein erbitterter Ehekampf. Außerdem werde ich mir die Arrangements ansehen, die getroffen wurden. Vielleicht hat einer sich zu etwas verpflichtet und das dann nicht eingehalten. Aber auch, wenn alles so ist, wie Mr. Mandelbaum es darstellt – und ich bin ziemlich sicher, daß es so ist, denn egal, was Mr. Mandelbaum sein mag, ein Dummkopf ist er nicht –, so bedeutet das noch lange nicht, daß er nicht ein Motiv hatte, von dem wir nichts wissen. Vielleicht war Janet Mandelbaum kurz davor, dir zu erzählen, daß er, als sie verheiratet waren, nur mit ihr schlafen konnte, wenn er sich als Apachenfrau verkleidete, einen Tomahawk schwang und am Kronleuchter baumelte. Vielleicht wollte er nicht, daß du das erfährst.«

»John, du überraschst mich immer wieder. Was hast du nur für Gedanken im Kopf!«

»Hauptsache, du behältst einen klaren, meine Liebe. Starr nicht so stur von jemand fort, daß er sich von hinten anschleichen kann. Du bist doch nicht verliebt in ihn? Gut, gut, ich sehe, das bist du nicht. Aber dann sei vernünftig, was du, davon bin ich überzeugt, unter deiner kapriziös-exaltierten Oberfläche ja auch bist.«

»Normalerweise gelte ich als sehr gediegen«, sagte Kate und erhob sich würdevoll von ihrem Stuhl. »Kapriziös-exaltiert, das hat mir noch niemand gesagt.«

»Kate, meine Gute, gib auf dich acht. Und bleib in Verbindung mit mir. Ich laß dich wissen, was ich über die

Scheidung herausfinde. Du hältst mich auf dem laufenden und ich dich.«

»Danke, John. Wie ständen wir alle da ohne dich?«

»Und wir erst ohne dich, Kate! Du hast die Gabe, herauszuhören, was ein Mensch meint, und nicht nur, was er sagt. Das bewundere ich an dir.«

Kate, die Komplimente immer verwirrten, entschloß sich zu einem stummen Abgang. Von einer Telefonzelle im Erdgeschoß aus rief sie Leighton an und bat sie, Judith möglichst am nächsten Morgen wegen des Interviews zu schicken. Leighton fragte, ob sie nicht mitkommen könne und erhielt die energische Antwort, wenn sie Reporterin spielen wolle, dann solle sie bei einer Zeitung einsteigen. »Wie du siehst, bin ich wieder die schwierige Tante«, sagte Kate und hängte ein. Kapriziös-exaltiert, in der Tat.

Pünktlich am nächsten Morgen erschien Judith in Kates Arbeitszimmer. »Das ist wirklich super von Ihnen«, verkündete sie. »Meine Zeitung ist wahnsinnig interessiert an dem Interview mit Ihnen, was Sie über Frauen in Harvard zu sagen haben und auch sonst. Mein Redakteur war sehr beeindruckt, daß Sie nach mir verlangten.«

»Ich hab aus einem anderen Grund nach Ihnen verlangt«, sagte Kate. »Aber ich will fair sein. Sie sollen Ihr Interview bekommen. Aber zuvor möchte ich Sie interviewen – über Ihr Interview mit Janet Mandelbaum. Einverstanden?«

»O je«, sagte Judith. »Ich hoffe, ich kann mich noch daran erinnern. Ich bin noch nicht mal dazu gekommen, den Artikel vor ihrem Tod auszuarbeiten, aber wahrscheinlich wäre er sowieso nicht gedruckt worden.«

»Das ist mein Glück. Mir ist sowieso lieber, wenn Sie mir das Gespräch so wiedergeben, wie Sie es in Erinnerung haben. Geben Sie sich keine Mühe, alles in eine vernünftige Reihenfolge zu bringen. Wenn man sich an etwas erinnert, das schon eine Weile zurückliegt, dann fallen einem zuerst nur Bruchstücke ein, aber eins fügt sich dann zum andern, und zum Schluß hat man doch ein ganz gutes Bild. Reden Sie einfach drauf los.«

»Kann ich bei dem Interview mit Ihnen mein Tonband anstellen, das wäre viel leichter für mich.«

»Na gut. Aber eigentlich hasse ich diese schrecklichen Dinger – Janet auch, oder?«

»Sie erlaubte mir nicht, es anzustellen. Ich hatte sie gefragt. Sie schien Angst zu haben, das Band könnte irgendwie gegen sie verwendet werden. Sie traute mir nicht.«

»Es ist nicht so sehr eine Frage von Vertrauen als von Geschmack. Wenn Sie jemandem zusagen, ihn die Abschrift sehen und korrigieren zu lassen und ihm das Band zurückzugeben, wüßte ich nicht, wo da ein Problem sein sollte.«

»Sie schien einfach Angst zu haben«, sagte Judith. »Oder vielmehr nicht direkt Angst – sie war einfach auf der Hut, so, als wolle sie niemandem eine Chance geben, ihr eins auszuwischen. Mißtrauisch. Mir fällt das richtige Wort nicht ein. Jedenfalls durfte ich mir nur Notizen machen. Ich hätte sie mitgebracht, wenn Sie mir vorher Bescheid gesagt hätten.«

»Versuchen Sie einfach, sich zu erinnern. Vielleicht interessieren mich ja gerade die Dinge, die für den Zeitungsartikel ganz uninteressant gewesen wären. Was das sein könnte, weiß ich natürlich nicht.«

»O je«, sagte Judith. »Um elf hab ich ein Seminar.«

»Wenn wir heute nicht zu dem Interview mit mir kommen, dann holen wir das nach, sobald es Ihnen wieder paßt. Versprochen! Wie haben Sie Janet zu dem Interview bewegt? Fangen Sie ganz von vorn an, lassen Sie keine Einzelheit aus, keine einzige, auch, wenn sie Ihnen vielleicht albern vorkommt. Und haben Sie keine Angst, mich zu langweilen. Nutzen Sie die Gelegenheit, denn diese Chance gebe ich meinen Mitmenschen nur höchst selten.«

»Herrje. Also los: Ich rief sie in ihrem Büro an, sagte ihr meinen Namen und daß ich für den ›Independent‹ arbeite. Ob sie mir ein Interview geben würde. Und sie fragte, wie ich Ihnen schon neulich beim Dinner erzählte: Warum? Darauf ich: Weil sie die neue Professorin hier sei, die erste Frau mit einem Lehrstuhl bei den Anglisten. Darauf sie: Was hätte das denn damit zu tun, daß sie eine Frau sei? Darauf ich: Na, der sei doch eigens für eine Frau eingerichtet worden. Und da sagte sie, na gut, ich könne nach den Vorlesungen bei ihr im Büro vorbeikommen, wenn ich wollte. Also ging ich hin. Ihr Büro lag im Widener-Haus. Dann kam das kleine Techtelmechtel mit dem Tonband, von dem ich Ihnen gerade erzählt habe. Sie fragte mich nach meinen Hauptfächern und ich sagte: Biologie und Anthropologie. Darauf wollte sie wissen, wie ich zur Soziobiologie stehe, was einen übrigens jeder fragt, denn in dem Punkt spaltet sich Harvard in zwei Lager. Zu welchem Lager ich gehöre, wollte sie wissen, und ich sagte ihr, ich hielte nichts von der Soziobiologie. Aber sie hielte was davon, sagte sie, denn sie glaube an die Theorie, daß Eigenschaften wie zum Beispiel Altruismus in den Genen angelegt seien, um die Spezies zu erhalten. Und ich war sofort im Bild über sie, denn daran, wie sich Leute zur Soziobiologie stellen, kann man ziemlich genau ablesen, wie sie ansonsten denken. Können Sie mir folgen?«

»Ich glaube, ich verstehe«, nickte Kate. »Sagen wir so: Die Soziobiologen glauben, alles liege in den Genen, sei von Geburt an vorherbestimmt und programmiert. Und wer *davon* überzeugt ist, ist auch der Meinung, daß es keinen Sinn hat, die Menschen zu was Besserem erziehen zu wollen, als ihnen von Geburt an bestimmt ist. Im anderen Lager stehen die, die glauben, daß auch soziale und kulturelle Faktoren von Bedeutung sind, daß die Menschen veränderbar und formbar sind. Professor Mandelbaum gehörte also zu denen, die meinen, daß allein die Gene alles bestimmen.«

»Im großen und ganzen haben Sie's erfaßt. Na, ich hatte jedenfalls keine Lust, mich mit ihr darüber zu streiten, denn ich wollte sie ja zum Reden bringen. Also fing ich an: Wie großartig wir alle es fänden, daß es endlich bei den

Anglisten einen Lehrstuhl für Frauen gäbe. Daß es ein Skandal sei, daß das erst jetzt geschehe, denn schließlich seien gut fünfzig Prozent aller promovierten Anglisten Frauen. Sie wirkte ärgerlich.«

»Ärgerlich?«

»Ja, irgendwie gereizt. Sie sagte: Sicher, man habe eine Frau gewollt, aber letzten Endes habe sie den Lehrstuhl ihrer wissenschaftlichen Qualifikation wegen bekommen, und dafür solle man sich interessieren. Also tat ich ihr den Gefallen und fragte sie danach. Aber was sie dann erzählt hat, hätte ich auch im Harvard-Bulletin nachlesen können – in der Notiz, die zu ihrer Berufung erschienen ist. Um sie von ihrer ewigen wissenschaftlichen Qualifikation abzubringen, wollte ich wissen, wie es ihr in Harvard im Vergleich zu ihrer früheren Universität gefalle. Und sie sagte, das wisse sie noch nicht. Sie sagte, daß die Leute da, wo sie früher war, nicht dauernd darauf herumgeritten hätten, daß sie eine Frau ist. Sie sagte, es habe schon immer großartige Literaturwissenschaftlerinnen gegeben, deren Fachgebiet das siebzehnte Jahrhundert war. Von einer Rosamund Soundso sprach sie, glaube ich, und einer Helen Soundso und...«

»Rosamund Tuve, Helen White, Marjorie Hope Nicolson.«

»Haargenau«, sagte Judith. »Na, und dann sprach ich sie darauf an, was sie von feministischer Wissenschaft halte. Und sie sagte, das Ganze sei Unsinn, kompletter Unsinn, eine Modetorheit, so etwas gebe es gar nicht. Als Literaturwissenschaftlerin interessiere man sich dafür, ob die Lyrik, mit der man zu tun hat, gut ist, und für sonst gar nichts.

Sie merken bestimmt, daß das Interview alles andere als gut lief. Wie ihr das Leben in Cambridge gefalle, fragte ich sie dann. Leighton sagt immer, Cambridge sei so groß und blättrig. Den Ausdruck gebrauchte ich auch bei ihr, und ich nehme an, sie verstand, was ich mit blättrig sagen wollte, aber sie ging nicht drauf ein, sprach nur davon, wie zuwider ihr der Harvard Square sei, der Verkehr, die schreckliche Baustelle an der Metro, der Krach und all die jungen Leute – die ewigen Gruppen und Paare. In Harvard träten alle nur gruppen- oder paarweise auf, sagte sie, und niemand sei ernsthaft. Sie habe immer geglaubt, Harvard-Studenten wären ernsthaft. Sind Sie sicher, daß Sie das alles interessiert?«

»Erzählen Sie weiter.«

»Dann sagte sie, das solle ich aber nicht schreiben, und ich sagte, das würde ich auch nicht. Aber ob sie mir nicht doch etwas zu dem neuen Lehrstuhl sagen wolle, fragte ich sie noch einmal. Und dann, na, dann ging alles wieder von vorn los. Sie redete von der Zemurray-Stone-Professur, und warum ich nicht zu der Frau ginge, die sie im Augenblick innehabe, und die befrage. Warum ich mich ausgerechnet auf sie kaprizieren müsse. Darauf ich: Aber Frau Professor Mandelbaum, für uns ernsthafte Studentinnen sind Sie sehr wichtig. Sie verkörpern ein neues Rollenvorbild für uns. Wir studieren hier, wir bezahlen dieselben Gebühren wie die Studenten, arbeiten genauso hart wie sie und machen bessere Examen. Aber wenn wir uns unter den Professoren umsehen, entdecken wir kaum eine Frau.«

»Worauf sie sagte«, ergänzte Kate, als Judith Luft holte, »wenn sich mehr Frauen qualifizieren würden, gäbe es auch mehr Professorinnen an den Fakultäten.«

»Genau. Außerdem sagte sie noch, es gebe schließlich genug Colleges für Frauen, da könnten wir ja hingehen, wenn uns das lieber wäre, und den Ausdruck ›Rollenvorbild‹ wolle sie nie mehr hören. Aber wissen Sie«, sagte Judith nach einer Pause, »all diesen Quatsch hab ich schon oft gehört. Es gibt viele Frauen, die so daherreden. Als ich noch Kind war, gab's zum Beispiel viele Mütter, die froh waren, daß ihre süßen kleinen Mädchen in der Baseball-Jugendmannschaft mitspielen durften, wo früher nur Jungs zugelassen waren, aber trotzdem erzählten sie einem ständig, mit Emanzipation habe das überhaupt nichts zu tun. Was Janet Mandelbaum sagte, war zwar nichts Neues, aber ich fand es deprimierend, daß man sich immer noch so etwas anhören muß, noch dazu von jemand, der es so weit gebracht hatte wie sie. Aber irgendwie schwang bei ihr auch noch etwas anderes mit.«

»Was?«

»Ich weiß nicht. Sie hätte das Interview ja einfach abbrechen können. Andere Frauen tun das. Sie gab mir zwar nicht das Gefühl, daß sie sich unbedingt mit mir streiten wollte, aber...«

»... als wäre das Thema wie ein schlimmer Zahn für sie, an dem sie dauernd mit der Zunge herumspielen mußte – so ungefähr?«

»Ja, so etwa. Wenn ich jetzt darüber nachdenke – ich glaube, ehrlich gesagt, sie war sehr einsam.«

»Wurde noch mehr besprochen?«

»Nicht viel. Ich hätte natürlich aus dem Interview einen Artikel zusammenbasteln können, aber die wichtige Neuigkeit wäre negativ gewesen: ›Neue Professorin distanziert sich von der Frauenbewegung‹ oder so ähnlich.«

»Klingt nach Margaret Thatcher.«

»Genau das sagte mein Redakteur.«

»Eins ist mir aber immer noch rätselhaft«, sagte Kate. »Was erhoffte sie sich eigentlich von Harvard, von ihrem Leben hier?«

»Ich denke, ich weiß es. Sie hat mir von einem Besuch hier erzählt, ehe sie ihre Professur antrat. Sie war in Clarkvilles Vorlesungen über die Viktorianer. Er hält sie im Sanders-Hörsaal. Sie wissen ja, fünfhundert Leute passen da rein. Und seine Vorlesungen sind großartig.«

Nicht zum ersten Mal dachte Kate über das Rätsel der menschlichen Natur nach. Jemand, der Clarkville im Dozentenzimmer des Adams-Hauses erlebt hatte, oder gar im Warren-Haus, hätte es kaum für möglich gehalten, daß dieser Mann großartige Vorlesungen hielt!

»Ich glaube, sie wollte so sein wie er«, fuhr Judith fort. »Sie wollte, daß alle Welt zu ihren Vorlesungen kommt.

Aber das wäre ihr natürlich nie gelungen, nicht hier in Harvard. In der ersten Semesterwoche riechen die Studenten überall hinein. Aus reiner Neugier kamen auch viele zu ihr, aber nur sehr wenige belegten dann ihre Kurse. Die Leute waren nicht gerade gefesselt von ihr, und außerdem verlangte sie Referate.«

»Die Studenten hier sind ein schnöder Haufen«, sagte Kate. »Hat sie selbst all das angesprochen?«

»Nein. Ich weiß es von anderen Studenten. Sogar Leighton hat sich einmal in eine ihrer Vorlesungen gesetzt. Langweil-Ville war ihre Meinung.«

»Nicht Clarkville«, stellte Kate traurig fest.

Neun

> Bei dieser Aufgabe schien Miß – vor keiner Anstrengung zurückzuschrecken, meist griff sie, wenn immer sich eine Gelegenheit bot, zu dem natürlichen Hilfsmittel direkter Fragen.
>
> *Henry James*
> *›Bildnis einer Dame‹*

Nachdem George ein weiteres Mal im Morgengrauen entschwunden war, genossen Kate und Sylvia ihren Lunch in Sylvias Appartement. »Wie unglaublich ruhig es bei dir ist«, seufzte Kate, die endlich wieder dem Dunster mit seinem Ambiente lebhafter Jugend und dem damit verbundenen Krach entronnen war. Sie saßen im Wohnzimmer und löffelten Joghurt aus Plastikbechern.

»Die schreckliche Wahrheit ist«, sagte Sylvia, nachdem sie sich Kates Bericht über den Verlauf ihres Vormittags angehört hatte, »daß Janet wahrscheinlich in einem Harem glücklicher gewesen wäre, wo sie nur mit gelegentlichen Störungen durch den Sultan hätte rechnen müssen und die Hierarchien klar festgelegt sind. Sie hätte es eben gern gehabt, daß die Welt schön stillhält, damit sie sie durch ein Mikroskop betrachten konnte. Aber, armes Ding, sie war dazu verurteilt, in Zeiten zu leben und zu sterben, wo man nicht mal das Mikroskop stillhalten kann, ganz zu schweigen davon, die Welt darunter scharf in den Blick zu bekommen.«

»Und daß sie so schön war – alles umsonst«, sagte Kate. »Von all den Lügen, die über Charlotte Brontë erzählt werden, hasse ich eine ganz besonders: daß sie all ihr Talent dafür hergegeben hätte, schön zu sein. Natürlich hat das ein Mann in die Welt gesetzt, der keine Ahnung hatte. Manchmal denke ich, unscheinbare Mädchen haben es viel leichter im Leben: Sie kennen die Regeln und wissen, welches Spiel sie erwartet. Am Anfang mögen sie leiden, weil es ihnen nicht vergönnt ist, ihr Ego durch die Bewunderung der Männer zu streicheln. Aber so lernen sie jedenfalls, daß sie sich durch Leistungen behaupten müssen, wenn sie Anerkennung finden wollen. Und das wiegt den frühen Schmerz reichlich auf. Aber welches junge Mädchen würde einem das glauben? Herrje, ich schweife schon wieder ab. Ich glaube, mein Verstand läßt nach, oder es sind die Synapsen. Leighton behauptet das jedenfalls, und sie hat wohl recht. Eigentlich wollte ich nur sagen, Janet wäre besser dran gewesen, hätte sie nur eins von beidem gehabt: Verstand oder Schönheit. Daß sie beides hatte, brachte ihr nicht nur Einsamkeit, sondern auch den Tod.«

»Ihr Bruder kommt her, um ihre Sachen abzuholen«, sagte Sylvia. »Bei einem Notar in ihrer Heimatstadt hat sie ein Testament hinterlegt, sie will auf demselben Friedhof wie ihre Eltern begraben werden. Sie hat zwei Brüder. Ihr ganzes Geld hat Janet übrigens deren Kindern vermacht. Liegt dir daran, mit dem Bruder zu sprechen, wenn er kommt?«

»Mir läge mehr daran«, sagte Kate, »mich in Janets Wohnung umzusehen, *ehe* der Bruder kommt.«

»Das wird wohl kaum gehen. Die Polizei hat die Wohnung versiegelt. Versuchen wir lieber, daß dich der Bruder in die Wohnung läßt, während er da ist.«

»Ich nehme an, die Polizei hat sichergestellt, daß Janet niemanden zu Gast hatte, ehe sie starb, und daß ihr das Gift nicht in der Wohnung verabreicht wurde?«

»Darauf gibt es keinerlei Hinweise. Hast du irgendeine neue Idee? Falls nicht, müssen wir wohl der Tatsache ins Gesicht sehen, daß entweder Moon der Täter war, was du bestreitest, oder jemand, der Janet aus Motiven umbrachte, die überhaupt nichts mit ihr persönlich zu tun hatten – ein Verrückter, der seine Wut an Karrierefrauen auslassen oder Harvard vor Karrierefrauen bewahren wollte, was ja aufs selbe hinausläuft. Ich für meinen Teil halte diese Theorie allerdings für ziemlich unwahrscheinlich. Eine andere Möglichkeit, der du dich vielleicht auch stellen solltest, wäre natürlich, daß Luellen es war.«

»Sylvia, Luellen konnte durch jeden weiteren Kontakt mit Harvard doch nur verlieren. Deshalb verfiel sie ja auch darauf, der Polizei nichts von dem Anruf zu erzählen, mit dem man sie zu Janet an die Badewanne gelockt hat. Wie der Teufel würde sie davor zurückschrecken, sich noch tiefer in die Sache zu verstricken.«

»Das ist deine Meinung, meine Liebe. Aber nach dem, was du mir von ihr erzählt hast, ist sie doch ziemlich wütend. Ich kann mich an einige radikale Feministinnen erinnern, die bei öffentlichen Versammlungen kurz davor waren, einen Mord zu begehen, sich dann allerdings damit begnügten, alle um sie herum zu beleidigen, sogar ihre besten Freundinnen.«

»Das ist das reinste Klischee, Sylvia, und das weißt du genau. Wenn ich mich an die Klischeevorstellung von einem Mörder halten wollte, dann fiele mir eher Howard Falkland ein. Männer schreiben nur zu gern Bücher über mordende Frauen, das ist eine ihrer Lieblingsphantasien. Damit rächen sie sich dafür, daß man ihnen ihre Vorrechte streitig machte: sexuell, politisch und sozial.«

»Nimm es mir nicht übel, Kate, aber was Luellen betrifft, scheinst du deine gerühmte Objektivität zu verlieren. Wenn ich Luellen wäre, hätte ich wahrscheinlich fürchterliche Rachegelüste gegenüber jemand wie Janet, die alles erreicht hat, ohne je einen Gedanken an andere Frauen zu verschwenden.«

Kate schwieg eine Weile. »Darauf kann ich dir nur sagen: Ich habe Luellen kennengelernt und du nicht. Und ich glaube einfach nicht, daß Frauen wie Luellen andere Frauen töten. Natürlich ist mir klar, daß das für die Polizei kein Argument ist. Aber wenn du erlaubst, dann möchte ich, nur so zum Spaß, den Howard-Falkland-Faden weiter ausspinnen.«

»Meine liebe Kate, ich erlaube dir alles. Aber darum geht es nicht, sondern darum, daß du bestimmten Leuten gegenüber nicht die Augen verschließt. Also, spinn ruhig drauflos.«

Kate war froh, daß sie zu einem leichteren Ton zurückgefunden hatten. »Ich dachte mir«, begann sie, »wir könnten hier bei dir eine kleine Dinnerparty geben. Für Andy Sladovski, seine Frau Lizzy, Penny Artwright und Howard Falkland. Und wir beide sitzen einfach dabei und lassen sie reden.«

»Vielleicht haben sie keine Lust zu kommen?«

»Wenn ich Andy zu verstehen gebe, daß mir viel daran liegt, kommen die beiden sofort. Nur Howard wird nicht wissen, was er hier soll, aber wahrscheinlich wird er trotzdem kommen, weil man eine Einladung von einem vollbestallten Professor eben nicht ablehnt – auch wenn es eine Professorin ist und sie nicht einmal zu Harvard gehört.«

»Gut. Aber laß mich aus dem Spiel. Weißt du, was ich mich die ganze Zeit frage? Hatte Janet denn überhaupt keine Freunde? Irgend jemand muß es doch gegeben haben? Freunde hat doch schließlich jeder, oder nicht?«

»Sie hatte die männlichen Kollegen an ihrer alten Universität und war mit einigen jungen Männern befreundet, die bei ihr Examen machten. Die hofierten sie und gingen mit ihr aus. Ich glaube, alle waren verblüfft, daß sie sich plötzlich auf mich besann, aber inzwischen bin ich mir ziemlich sicher, daß sie einfach sonst niemanden wußte. Vielleicht hatte sie noch ein paar Jugendfreundinnen, aber die hätten ihr Problem ja nicht verstanden.«

»Liebe Kate«, sagte Sylvia plötzlich ungewohnt ernst und nachdenklich. »Ich möchte dir mal was sagen: Was Freundschaft bedeutet oder das Gegenteil davon, die Einsamkeit, das werden wir am Ende nur an dem erkennen, was durch sie in Bewegung gesetzt wurde. Und ob die Frauen ihr Schicksal verändern, wird davon abhängen, welche Art Freundschaften sie in Zukunft eingehen – ob sie, wie es bei Virginia Woolf heißt, etwas für sich finden, das vielfältiger ist als bloße Vertraulichkeit und deshalb beständiger.«

»Ich glaube, ich verstehe, was du meinst«, sagte Kate. »Auch Louise Bogan hat das sehr schön ausgedrückt: etwas zwischen Liebe und Freundschaft, das sich in Gesten ausdrückt, die keine Liebkosungen sind.«

Moons Verhaftung war den Zeitungen Cambridges eine Schlagzeile wert, aber das schien die Studenten seiner Kurse nicht abzuschrecken, im Gegenteil, er hatte noch mehr Zulauf. Jedenfalls hatte er seine Arbeit wieder aufgenommen und seinen Studenten vorgeschlagen, falls sie seine Festnahme interessant fänden, eine Geschichte daraus zu machen – zuerst eine von ihrem eigenen Blickwinkel aus, dann eine vom Blickwinkel des verhafteten Mannes. Eine gute Übung! Als er mit Kate Ende Februar über den Mount Auburn Friedhof ging, beteuerte er, daß er Janet nicht umgebracht habe, sie, Kate, aber unbedingt herausfinden müsse, wer es getan hatte. Er bezweifelte, daß die Polizei große Anstrengungen unternähme, gab aber zu, daß er, was das Thema Polizei betraf, nicht frei von Vorurteilen war.

Auf Anweisung ihrer Bostoner Kollegen hatte die Polizei von Minneapolis Moons derzeit untervermietetes Haus durchsucht und die Zyankalikapseln dort gefunden, wo Moon angegeben hatte. Als Moon das Haus bezog, hatte er sie zum letztenmal gezählt, und sie waren noch vollständig da. Die Kapseln waren beschlagnahmt worden, wahrscheinlich, weil die Polizei nachprüfen wollte, ob sie wirklich Zyankali enthielten. Moon hatte Cunningham gesagt, er wolle sie zurück, sie seien sein Eigentum. Cunninghams Antwort war, er solle sich keine falschen Hoffnungen machen.

Es irritierte Kate, daß sie keine Ruhe geben konnte und Moon ständig über Janet ausfragte. Janets Tod ließ sie nicht los. Mochte Cunningham sagen, was er wollte – es mußte ein Motiv geben für den Mord. »Ich möchte einfach verstehen, was schiefgelaufen ist in eurer Ehe. Daß du danach noch zweimal verheiratet warst, läßt ja vermuten, daß es nicht allein ihre Schuld war.«

»Noch mehr spricht natürlich gegen mich, daß du schon als junge Göre schlau genug warst, mich nicht zu heiraten.«

»Ich verstehe immer noch nicht, warum du nicht mit ihr auskommen konntest. Hast du es denn überhaupt versucht?«

»Zum Schluß nicht mehr, nein. Sie wollte ständig jemand anderen aus mir machen; wahrscheinlich wollte sie einen Ehemann aus mir modellieren, der ihren Eltern gefallen hätte – jemand, der sie unauffällig dominiert, einen Erfolgsmann und guten Versorger – na, du kennst das Ideal ja besser als ich.«

»Aber warum hat sie dich dann geheiratet?«

»Ich hab doch schon versucht, es dir zu erklären. Ich wollte nur sie. Ihr Leben für sie in die Hand zu nehmen, dazu war ich nicht geeignet und hatte auch keine Lust. Außerdem darfst du nicht vergessen, wie schön sie war; die Männer begehrten sie.«

»Warum hat dann sonst niemand versucht, sie an sich zu fesseln?«

»Ich glaube, die meisten Männer hatten Angst vor ihr. Sie war zu klug. Sie wollte zwar gern weiblich wirken, aber sie konnte nie leugnen, daß sie ihre eigene Meinung hatte. Mir gefiel das, aber wir beide wissen ja, wie außergewöhnlich ich bin.« Moon grinste.

»Und hat ihr das wirklich nichts ausgemacht, daß du hier in Harvard warst? Tut mir leid, daß ich immer wieder von vorn anfange. Ich möchte hinter etwas kommen, aber ich weiß nicht, hinter was.«

»Am Anfang fürchtete sie wohl, ich könnte überall von uns erzählen. Sie hat immer viel auf das gegeben, was andere Leute dachten. Aber ich glaube, im Grunde war ihr klar, daß ich meinen Mund halten würde. Und selbst wenn – sie stand ja gut da. Meine nächsten beiden Ehen sind schließlich auch schiefgegangen. Kate, wenn ich wüßte, hinter was du kommen willst, würde ich es dir sagen, bestimmt, das weißt du.«

Kate hatte sich gegen eine Dinnerparty entschieden. Sie hätte sich zwar damit auf nette Weise für das schöne Abendessen bei den Sladovskis revanchiert, aber wenn Leute gut gegessen haben, werden sie leicht schläfrig, reden diffus daher und erzählen sich nur Anekdoten. Wenn sie dagegen zu Hause gegessen haben und gewappnet sind, den Abend sozusagen in eine zweite Runde gehen zu lassen, dann konnte man das Gespräch in eine halbwegs vernünftige Richtung lenken und gleichzeitig Howard Falkland mit Alkohol und Provokationen zusetzen.

»Irgendwelche Instruktionen?« hatte Andy gefragt, als sie den Abend durchsprachen.

»Da Sie schon so gewitzt fragen«, sagte Kate, »ja. An irgendeinem Punkt fangen Sie an, Clarkville herunterzumachen. Werfen Sie ihm vor, was immer Ihnen gerade einfällt, aber machen Sie es nicht zu plump. Ich hau dann irgendwann in dieselbe Kerbe. Und Penny kann Clarkville ja sowieso nicht ausstehen.«

»Ist Ihnen klar, daß Sie zwei vielversprechende Karrieren aufs Spiel setzen, sollte das Ganze unserem guten Clarkville zu Ohren kommen?«

»O Andy. Dann tun Sie es bitte nicht. Wir werden Clarkville mit keinem Wort erwähnen.«

»Ich mache doch nur Spaß, Kate. Howard erzählt Clarkville sowieso, was ihm in den Kram paßt und nicht, was wirklich gesagt wurde. Außerdem bleibe ich nicht mehr lange in Harvard. Lizzy kann's hier nicht ausstehen, das ist der eine Grund, und ich nicht mehr aushalten, das ist der andere. Und was Penny betrifft, die kann erfreulicherweise gut auf sich selbst aufpassen. Denken Sie an Pennys geselligen Abend mit Bridge bei dem Professor! Also, keine Sorge!«

Sylvias Appartement, das man über eine kleine Treppe betrat, wirkte an diesem Abend fast dramatisch. Die großen Fenster mit Blick auf den Fluß lenkten von dem die Phantasie wenig beflügelnden modernen Design der Wohnung ab und verliehen ihr eine Spur Geheimnis. Die Möbel waren bestes skandinavisches Hartholz, und Howards Abwehrhaltung wurde sichtlich schwächer, als er erkannte, daß hier Geld im Spiel war. Wahrscheinlich hätte man sehr tief in Howards Psyche herumwühlen müssen, bis man ihn dazu gebracht hätte, dergleichen einzugestehen. Aber Kate, die dieser Reaktion schon oft begegnet war, wußte Bescheid. Sie hatte immer nur einen Vorteil darin entdecken können, die eigene Umgebung so zu gestalten, daß sie andere Leute beeindruckte: sie wurden gefügig. Was der Grund war, warum ihre eigenen Räume so wenig beeindruckend aussahen. Und vor allem nicht in Cambridge lagen. Einen Moment lang dachte Kate sehnsüchtig an ihre New Yorker Wohnung, an Reed und ihr verwaistes Büro in der Universität. Wie bin ich nur hierhergekommen, dachte sie. Und dann hatte der Abend begonnen.

Alle waren gleichzeitig eingetroffen, offensichtlich auf Howards Wunsch hin. Kate fragte sich, welche Vorstellung er sich wohl von ihr machte – nun, wahrscheinlich eine Mischung aus Clarkvilles Sicht und Andys und den üblichen Gerüchten. Kate lehrte lange genug an einer Universität, um zu wissen, daß man sich darin, wie Studenten einen beschrieben, kaum wiedererkannte.

Glücklicherweise bekam man ihre Versionen selten zu Ohren. Während Kate so meditierte, kam ihr die Idee, genau dieses Thema sei ein guter Einstieg in den Abend.

»Ich glaube, wir alle könnten es nicht ertragen, wenn wir wüßten, was die Studenten wirklich von uns halten«, begann sie, während sie die Drinks und »Schmatzhäppchen« – Sylvias Ausdruck – herumreichte. »Bei all unserer Selbstsicherheit – gespielt oder echt –, der Schock würde uns umhauen, meint ihr nicht?«

»Als ich einmal gerade auf dem Klo saß«, sagte Penny, »kamen ein paar Studentinnen in die Toilette und fingen an, über mich zu sprechen. Es war entsetzlich. Ich traute mich nicht hinaus, und sie wichen einfach nicht; stundenlang, so kam es mir jedenfalls vor, kämmten sie sich und plapperten und plapperten. An einem Punkt war ich fast entschlossen, doch hinauszugehen – zum Horror aller Beteiligten –, aber dann verzogen sie sich schließlich.«

Eines spürte Kate sofort: Howard fühlte sich unbehaglich. Nicht nur, weil Penny die Damentoilette erwähnt hatte, sondern auch, weil ihr um Bestätigung suchender Blick zu den beiden anderen Frauen ihm klarmachte, daß er sich in einem Raum mit drei Frauen und nur zwei Männern befand, von denen einer auch noch er selbst war. Eine Proportion, die für Howard ebenso ungewohnt wie unerfreulich war. Eine überzählige Frau empfand schließlich jedermann als Peinlichkeit, zumindest in Howards Weltbild. Kate segnete Penny insgeheim für den brillanten Anfang.

»Was du sagst, zeigt doch bloß, wie neu ihr Frauen noch in den hehren akademischen Gefilden seid«, sagte Andy. »Wir Männer vergewissern uns seit jeher, daß kein Student in der Nähe ist, ehe wir wagen, Wasser zu lassen. Das Dumme mit den meisten Studentinnen ist, daß sie im Grunde immer noch nicht glauben können, daß es Professorinnen gibt, geschweige denn, daß sie pinkeln.«

»Immer noch besser als Clarkville«, sagte Penny, »der nicht glauben will, daß Professorinnen denken.«

»Penny«, sagte Kate, »meinst du nicht, daß du Clarkville unrecht tust? Schließlich strömen fünfhundert Studenten zu seinen Vorlesungen über die Viktorianer. Das finde ich beeindruckend.«

»Seine Vorlesungen sind in Ordnung, keine Frage«, sagte Penny. »Und er ist wirklich ein guter Wissenschaftler. Er liest alle Sprachen, die George Eliot las, was keine Kleinigkeit ist. Clarkville versteht es wunderbar, tiefer und tiefer in eine Materie einzutauchen. Andere Meinungen gelten zu lassen, versteht er dagegen nicht. Außerdem hat er keine Vorstellung davon, wie George Eliot sich gefühlt haben mag.«

»Glaubst du, es gibt überhaupt einen Mann, der sich das vorstellen kann?« fragte Lizzy.

»O ja. Einigen ist es gelungen. Denk an Joseph Barry, sein Buch über George Sand. Clarkville kann und will sich nicht in eine Frau hineinversetzen. Ich glaube, im Grunde findet er es jammerschade, daß George Eliot eine Frau war, wo sie doch einen so *männlichen* Geist hatte.«

»Sagt, was ihr wollt«, fiel Howard ein. »Ich bin lange genug Tutor bei Clarkville. Ich kenne ihn besser, und seine Vorlesungen sind einfach genial. Wenn ihr meint, ihr könnt es besser, bitte, dann versucht's doch, ihr alle.« Das war auf Penny und Andy gemünzt, galt aber auch ihr, spürte Kate deutlich.

»Was mich betrifft, ich habe gar keine Lust, es zu probieren«, sagte sie und stand auf, um die Gläser nachzufüllen. Als sie Howard seinen Bourbon mit Soda reichte, hatte sie den Eindruck, daß er kurz vor dem Siedepunkt war. Sie hoffte es, wenn auch ein wenig schuldbewußt.

»Daß er Fähigkeiten hat, will ich ja gar nicht bestreiten«, sagte Andy. »Aber seien wir ehrlich. Seine Vorlesungen sind in Harvard inzwischen schon Tradition. Jeder weiß, wie die Prüfungen laufen, er verlangt keine Referate, und wenn man seinen Tutoren oder Tutorinnen genug Honig um den Mund schmiert, dann korrigieren sie einem noch die Examensarbeiten. Ich gebe ja zu, es kommen so viele zu seinen Vorlesungen, weil sie teuflisch gut sind, unterhaltsam und manchmal sogar ergreifend.«

»Und vergessen wir auch den Tag nicht«, sagte Penny, »als Clarkville einmal verhindert war und die einzige Frau unter seinen Tutoren beauftragte, die Vorlesung für ihn zu halten. Als sie auf das Podium trat und ihre Absicht verkündete, standen die Studenten einfach auf und gingen.«

»Dafür kann doch Clarkville nichts«, sagte Howard und kippte seinen Bourbon.

»Bedienen Sie sich bitte«, sagte Kate und wies auf den Tisch mit den Getränken. Howard erhob sich.

»Aber er hat darüber kein Wort verloren seinen Studenten gegenüber«, meinte Andy. »Er hätte sie anmeckern, ihnen eine kleine Lektion in Sachen Höflichkeit erteilen können, aber er dachte nicht daran. Und erzähl mir jetzt niemand, er hätte nichts davon gewußt. Warum mußte er überhaupt unbedingt die Frau beauftragen?«

»Hätte er's nicht getan, würdest du ihm vorwerfen, er diskriminiere die Frauen«, sagte Howard. »Leuten wie euch kann man es nie recht machen.«

»Findest du nicht, Clarkville hätte den Studenten ins Gewissen reden sollen?«

»Nein, das finde ich nicht. Er hat seiner Tutorin eine Chance gegeben, und sie hat sie verpatzt.«

»Glaubst du, bei dir wären sie nicht aufgestanden und gegangen?« fragte Lizzy. In ihrer Frage lag keine Feindseligkeit, nur Neugier.

»Um die Wahrheit zu sagen: Ich glaube, ein Teil wäre geblieben«, sagte Howard. »Nun, vielleicht haben wir ja bald Gelegenheit nachzuprüfen, ob ich recht habe.«

»Ich bin sicher, daß dir Clarkville bald die Gelegenheit dazu gibt«, sagte Andy. »Er hält ja offenbar sehr große Stücke auf dich.«

»Und warum zum Teufel sollte er das nicht? Was ist mit euch beiden überhaupt los? Worauf wollt ihr eigentlich hinaus?«

Da Kate es für möglich hielt, daß Penny oder Andy oder beide die Frage ehrlich beantworten würden, schritt sie ein. »Ich glaube, die beiden fragen sich, welche Rolle Sie bei dem Stück gespielt haben, in dem Janet in der Badewanne landete.«

»Wie kommen Sie darauf, daß ich da überhaupt eine Rolle gespielt habe?«

»Weil du dort warst«, sagte Lizzy.

»Woher weißt du denn, ob ich dort war?«

»Von mir«, sagte Kate. »Luellen hat es mir gesagt. Und von ihr weiß ich auch, daß sie Sie über John Lightfoot kennengelernt hat.«

Howard stöhnte. »Das ist also eine Falle hier. Sie haben mich eingeladen, um mich in die Falle zu locken.«

»Das stimmt nur zum Teil«, sagte Kate. »Ich habe Sie

eingeladen, weil ich Sie kennenlernen wollte. Ich habe neulich abends Ihren Vortrag gehört. Außerdem habe ich ein gewisses – wenn auch zugegebenermaßen nicht gerade überschwengliches – Interesse an Harvards anglistischer Fakultät. Schließlich lehre ich selbst im gleichen Bereich, und Vergleiche sind immer aufschlußreich. Aber die Tatsache, daß Sie auf jener Party waren, plus der Tatsache, daß Janet jetzt tot ist, waren auch Motive für die Einladung. Das will ich nicht leugnen.«

»Na, eins hab ich kapiert: Ihr seid offenbar alle ganz wild darauf klarzustellen, daß es keinen Punkt gibt, an dem wir einer Meinung sind.« Howard füllte sein Glas von neuem. Er gehörte, das sah Kate deutlich, zu der Sorte Männer, die nach ein paar Gläsern aus der Rolle fallen. »Und ihr habt recht«, fuhr er fort. »Ich teile eure Ansichten wirklich nicht. Ich sitz also in der Falle, in einem Raum voll von Emanzen. O. K. Ich bin ein Chauvi-Schwein. Ich glaub immer noch, daß Frauen glücklicher sind, wenn sie zu einem Mann aufsehen können und Kinder kriegen, denn genau das hat die Natur für sie vorgesehen.«

»Aber du hast nichts dagegen, daß sie Studiengebühren bezahlen, um sich deine Kurse anzuhören«, sagte Penny.

»Natürlich nicht. Es schadet gar nichts, wenn sie sich ein bißchen bilden. Schließlich müssen wir Männer ja mit ihnen zusammenleben. Natürlich, all diese Emanzen wollen lieber ein Leben ohne Männer. Sollen sie! Vor denen hütet sich sowieso jeder Mann mit ein bißchen Verstand!«

Kate sah überrascht aus, und das war sie auch. Es wunderte sie, daß Howard so schnell die Fassung verlor. Daß er so leicht wütend wurde, war zweifellos interessant. Lizzy empfand das offenbar genauso, denn sie begann, auf Howard einzureden. Kate fand es faszinierend, wie Howard Lizzy mit einer Bereitschaft zuhörte, die er weder ihr noch Penny gegenüber gezeigt hätte. Es lag an Lizzys unbedrohlicher Art, ihrer Sanftheit. Sie war Krankenschwester und keine Akademikerin und fiel dadurch für Howard offenbar sofort in die Kategorie: fraulich/nichtintellektuell.

»Für Akademiker sind härtere Zeiten angebrochen, Howard«, sagte Lizzy. »Und weder ich noch die anderen machen dir einen Vorwurf daraus, daß du sauer bist, weil du jetzt nicht mehr nur die Konkurrenz anderer Männer zu fürchten hast, sondern auch die von Frauen. Man ist heute überall stärker als früher daran interessiert, Frauen einzustellen, das weiß ich.«

»Dann weißt du mehr als ich«, sagte Penny. »Harvard ist alles andere als daran interessiert. Und an tausend anderen Stellen erzählen sie einem, sie hätten schon ihre Frau, bei ihnen sei die Frauenquote mehr als erfüllt. Das Ganze ist doch nur eine Ausrede gegenüber den Männern, denen man einen Job nicht geben will. Denen sagt man dann eben, man wäre leider gezwungen gewesen, eine Frau einzustellen.«

»Ich weiß, Penny«, sagte Lizzy. »Trotzdem, sogar Andy und ich ärgern uns manchmal, daß bei den begehrten Jobs die Konkurrenz viel größer ist als früher. Der gesetzliche Schutz von Minderheiten bringt die weißen Arbeiter immer wieder gegen Schwarze auf. Howard spricht nur offen aus, was viele Leute denken.«

»Das stimmt«, sagte Kate besänftigend, jedenfalls hoffte sie, so zu klingen. Aber entweder war man von Natur aus besänftigend, wie Lizzy, oder man war es nicht. Daß Lizzy andererseits nicht bissig, schlagfertig und provozierend ist, hat ihr natürlich noch niemand zum Vorwurf gemacht. Man will die Frauen eben immer noch als die gute, nährende Mutter, dachte sie und sagte zu Howard: »Ist ja verständlich, wenn man jemand aus dem Feld schlagen will, aber ihm dann gleich etwas in den Drink zu tun, um ihn außer Gefecht zu setzen, das geht doch ein bißchen zu weit, egal, wie hart die Zeiten sind. Außerdem war Janet ja gar keine wirkliche Konkurrenz für Sie, ganz im Gegenteil. Mit ihr hatte Harvard ja schon die Quotenfrau mit

Professur; es bestand also keine Gefahr, daß noch mehr, gar jüngere Frauen eingestellt würden.«

»Wissen Sie«, sagte Howard. »Sie sehen das Ganze völlig falsch. Ich gebe ja zu, daß ich mich nicht gerade nobel verhalten habe. Aber mir lag nicht daran, Janet aus dem Feld zu schlagen. Natürlich habe ich die Situation ein wenig ausgenutzt. Ich hätte ihr keinen stärkeren Drink geben sollen als sie wollte, und ich hätte auch nicht sagen sollen, sie sei eine von Luellens ›Schwestern‹. Das weiß ich selbst, aber Sie tun ja gerade so, als hätte ich ihr sonstwas in den Drink getan.«

»Genau das haben wir auch gedacht«, sagte Andy.

»Was zum Teufel soll das heißen?« schrie Howard. »Das habt ihr auch gedacht! Was zum Teufel willst du damit sagen?« Howard war aufgesprungen und stand vor Andy, so, als wolle er ihn am Kragen packen und hochziehen. Konnte Howard so wütend werden, daß er jemandem Zyankali verabreichte, einen Mord plante? Kate hielt es für möglich. Aber vielleicht, mahnte sie sich, *will* ich es nur für möglich halten.

»Howard«, sagte sie. »Bitte, setzen Sie sich. Ich möchte Sie etwas fragen. So ist's gut, schön sitzen bleiben. Nur nicht aufregen! Beantworten Sie mir nur eine Frage: Haben Sie an jenem Abend im Warren-Haus, der mit dem Badewannen-Zwischenfall endete, Janet etwas ins Glas getan?«

»Ja, das habe ich, nämlich Wodka. Na, und? Ich hab damit ja schließlich keinen Anonymen Alkoholiker ins Unglück gestürzt. Ich meine, sie trank kein Ginger Ale oder Mineralwasser. Sie trank Campari, und ich hab ihr halt noch einen Schuß hochprozentigen Wodka dazugetan. Gut, gut – ich hätt's nicht tun sollen, das weiß ich. Ich wollte einfach sehen, wie Alkohol bei ihr wirkt. Und ich muß schon sagen, sie übertraf meine kühnsten Erwartungen. Es haute sie einfach um. Sie wurde leichenblaß und war total wacklig auf den Beinen. Und dann ging sie zur Toilette. Mehr hatte ich mit der Sache nicht zu tun.«

»Und was geschah dann?« fragte Kate. »Bitte, Howard, erzählen Sie, wie's weiterging. Schritt für Schritt, und ich verspreche Ihnen, wir werden unser möglichstes tun, damit die Geschichte in Vergessenheit gerät. Aber Janet wurde ermordet. Sie müssen verstehen, daß wir Klarheit haben müssen.«

Howard hatte jetzt das rührselige Stadium erreicht, er war zerknirscht und bereit, alles zu gestehen. Kate wünschte, es bliebe ihr erspart, seine Beichte zu hören. Aber das blieb es nicht.

»Ich hatte ein Mädchen mit auf die Party genommen«, begann Howard. »Ein nettes Mädchen, keine von diesen Emanzen. Im Grunde war es ihre Idee gewesen, Janet einzuladen. Sie und ein paar ihrer Freundinnen hatten den Plan ausgeheckt. Sie wollten sich wohl auf Janets Kosten amüsieren und sagten mir, ich solle ihr einen schönen starken Drink mixen. Ich will mich damit nicht rausreden; ich fand die Idee auch gut. Ich glaube, insgeheim spekulierte ich darauf, daß es Clarkville freuen würde, wenn diese Janet Mandelbaum sich zum Narren machte. Na, alle sahen, wie schlecht ihr war, und als sie dann auf der Damentoilette verschwand, gingen die Mädchen ihr nach. Sie wußten nicht, was sie tun sollten, also legten sie sie in die Badewanne. Sie waren furchtbar erschrocken, hatten Angst, Janet hätte einen Anfall, denn sie war ganz steif – ihr werdet doch nicht versuchen, die Mädchen da hineinzuziehen? Sie hatten wirklich Angst und erzählten mir alles, und ich habe ihnen mehr oder weniger versprochen...«

»Wir werden sie aus dem Spiel lassen, wenn wir jetzt die ganze Geschichte zu hören bekommen, aber wirklich die *ganze* Geschichte«, sagte Kate streng. In der Rolle der strengen Tante machst du dich gar nicht schlecht, sagte sie zu sich, bleib dabei!

»Na, als Janet dann in dieser Riesenwanne lag, drehten die Mädchen die Dusche auf und hofften, das würde sie wieder zu sich bringen. Im Grunde glaubten sie wohl aber selbst nicht daran, daß das was nützen würde. – Na ja, das Ganze war einfach von Anfang bis Ende dämlich, ein blöder Erstsemesterstreich. Aber wir haben Janet kein Gift oder sonstwas in ihren Drink getan – das müßt ihr einfach glauben. Sie hatte Alkohol im Glas, und wir haben ihr noch ein bißchen mehr Alkohol dazugetan.«

»Und was geschah dann?«

»Wir bekamen es mit der Angst. Ich schlug vor, die Party abzubrechen, und alle machten sich ziemlich schnell aus dem Staub.«

»Und jeder dachte natürlich«, sagte Kate, »Professor Mandelbaum hätte sich total betrunken, sei umgekippt und suhle sich nun in der Badewanne.«

»Na ja, mehr oder weniger.«

»Wirklich, sehr löblich! Und dann beschlossen Sie, dem Ganzen noch die Krone aufzusetzen und Luellen anzurufen.«

»Ich hasse Lesbierinnen«, sagte Howard. »Ich wußte, daß diese Luellen einen Sorgerechtsprozeß führte, und ich bin der Meinung, Lesben sollten keine Kinder großziehen. Als sie mir davon erzählte, bekamen wir fürchterlichen Streit, es war einfach ekelhaft. Ihre Argumente brachten mich zur Weißglut.«

»Was bestimmt ebenso selten wie erheiternd anzusehen war«, sagte Andy. Kate warf ihm einen drohenden Blick zu.

»Also dachten Sie sich, wär doch lustig, Luellen in die Sache hineinzuziehen. Das würde ihr schaden, und Janet würde als Lesbierin gelten – und alle ringsherum wären zufrieden und glücklich. So ungefähr war es doch?« fragte Kate.

»Sie haben wirklich eine Art, die Dinge beim Namen zu nennen«, sagte Penny. »Ich bewundere Sie.«

»Wann hatten Sie diesen Streit mit Luellen?« fragte Kate.

»Der liegt schon eine Weile zurück. Wir haben einen gemeinsamen Freund. Als sie ihn einmal besuchte, schneite ich zufällig herein. Beide schwelgten gerade in alten Zeiten. Ich weiß nicht mehr, wie der Streit begann. Jedenfalls gerieten wir uns in die Haare. An allem, was beschissen ist auf der Welt, gab sie den Männern die Schuld. Da ging ich natürlich in die Luft. Diese Art Frauen löst bei mir Kotzgefühle aus.«

»Vielleicht solltest du lieber sagen: Angst«, sagte Penny.

»Na gut, vielleicht machen sie mir auch angst. Was denen fehlt, ist, daß sie mal...«

»Sagen Sie es nicht«, schnitt Kate ihm das Wort ab. »Ich warne Sie. Ich bin dafür, den Abend mit einer nicht allzu schrillen Note ausklingen zu lassen, falls das möglich sein sollte.«

»Und was dir fehlt...«, sagte Penny.

»*Penny*!« bellte Kate, ganz die empörte Tante.

»Nun«, sagte Howard. »Das war alles. Ich rief Luellen vom Warren-Haus an und sagte, eine ihrer Schwestern stecke in der Patsche.«

»Daß sie gleich kam, um einer Freundin zu helfen, hat dich nicht weiter beeindruckt?« fragte Andy.

»Daß sie wie das kleine dumme Mädchen im Märchen dem Bösewicht in die Falle ging? Was soll mich daran beeindrucken?« sagte Howard.

»Gibt es irgend jemand auf der Welt, dem du zu Hilfe kommen würdest?« sagte Andy. »Ich frage aus reiner Neugier.«

»Clarkville«, sagte Lizzy. »Das weiß doch jeder. Wenn also jemand Howard eins auswischen wollte, brauchte er nur anzurufen und sagen, Clarkville stecke in der Klemme.«

»Da gibt es aber einen gewissen Unterschied«, betonte Penny.

»Den wir, schlage ich vor, *nicht* näher erforschen«, sagte Kate. »Was glauben Sie, Andy, welche Chancen haben die Red Sox in der nächsten Saison?«

»In Harvard«, sagte Andy, »interessiert man sich nur für das diesjährige Spiel gegen Yale oder das vom nächsten Jahr. Wer schert sich hier um die Red Sox? Also wirklich, Kate!«

Zehn

> Doch hatte es die schale Note des Behelfsmäßigen, wie es so oft in modernen Wohnungen anklingt. So leicht, wie man dazu gekommen war, könnte man sich auch wieder davon trennen.
>
> *E. M. Forster*
> *›Wiedersehen in Howards End‹*

Der Dekan, in dessen Haus Janet gewohnt hatte, wartete ungeduldig darauf, daß ihre Sachen fortgeschafft würden, damit er das Appartement weitervermieten konnte. Aber Janets Bruder ließ den Dekan warten, und das fast zwei Wochen lang, wie Sylvia Kate erzählte. Kate hatte gemischte Gefühle wegen dieser Verzögerung. Einerseits amüsierte es sie, daß Janets Bruder sich nicht um die Wünsche von Harvard scherte und offenbar auch niemandem aus dieser ehrwürdigen Institution so weit traute, Janets Dinge zu packen und zu verschicken. Dieser Bruder trat stellvertretend für seine und seines Bruders Kinder auf, die Janet zu ihren Erben gemacht hatte. Wie es aussah, wollte er also höchstpersönlich dafür sorgen, daß sie auch alles bekamen, was ihnen zustand. Und das ist einer der Gründe, faßte Sylvia zusammen, warum die Polizei sich weigert, irgend jemand in Janets Wohnung zu lassen.

Das Warten auf Janets Bruder, das sich bis Ende Februar hinzog, war John Cunningham nur recht. Wie er Kate sagte, gab das den Detektiven, die er auf die Sache angesetzt hatte, Zeit, möglichst viele Beweismittel aufzuspüren. Kate dagegen empfand jene Ungeduld, die typisch ist für Situationen, in denen alles nach einer Lösung schreit, irgend etwas sie aber verhindert. Sie wußte, daß solche Ungeduld bei einem Mordfall sehr gefährlich war. Sie verleitete zu voreiligen Schlüssen und, nur allzu oft, zur Beschuldigung falscher Personen. Unter solchen Umständen war Moon verhaftet worden und, dank Cunningham, zwar wieder auf freiem Fuß – jedoch keineswegs frei von Verdacht. Mit Erleichterung stellte Kate fest, daß seine glückliche Natur ihn davor bewahrte, von Ängsten und Befürchtungen zermürbt zu werden.

Bei Luellen lagen die Dinge nicht so einfach. Nachdem die Polizei Moon nicht mehr als Hauptverdächtigen im Visier hatte, richtete sie ihr Augenmerk nun hoffnungsvoll auf Luellen. Und Kate, der vor Luellens Wut und Bitterkeit graute, nahm es trotzdem auf sich, mehrmals in das Café zu gehen und Luellen, wenn schon keinen Trost, dann wenigstens ein willkommenes Ventil für ihre Wut zu bieten. Der Polizei gegenüber hatte sich Kate für Luellen eingesetzt, was wohl der Hauptgrund dafür war, daß nicht auch Luellen voreilig verhaftet wurde. Daß sie ihr weiterhin die bittersten Vorwürfe entgegenschleuderte, nahm Kate ihr nicht übel. Denn Luellen, das wurde ihr immer klarer, konnte in ihr nur die Frau sehen, die ein Leben lang unverschämtes Glück gehabt hatte.

Trotzdem, Luellens bittere Attacken gegen Kate und Harvard waren schwer zu ertragen, und ihre Neigung, beide in einen Topf zu werfen, genauso. »Mag ja sein, daß man in Harvard keinen besonderen Respekt vor Ihnen hat, weil Sie eine Frau sind«, polterte sie oft los, »das kann Sie doch nicht wundern, noch dazu, wo sogar Sie ab und zu das Wort Feminismus in den Mund nehmen. Aber man verschafft Ihnen einen Lehrauftrag am Institut. Sie brauchen bloß mit den Fingern zu schnippen, und schon bekommen Sie ein wunderbares Appartement. Ihre Familie hat Harvard wahrscheinlich Millionen gespendet, und das ist bestimmt sehr hilfreich« – voller Unbehagen fragte sich Kate, ob das bloße Vermutung oder eine Tatsache war – »woher wollen Sie wissen, wie es ist, wieder und wieder verhört zu werden, ohne daß einem ein einziges Wort geglaubt wird? Wenn die einem das Gefühl geben, man wäre 'ne Laus! Am wütendsten macht mich, daß diese Bullen, die nur so viel an ihre Familien denken, wie sie unbedingt müssen, die wahrscheinlich überall rumbumsen und ihre Kinder höchstens fünfundzwanzig Minuten am Tag zu Gesicht kriegen – daß die herkommen und mir Vorträge über intaktes Familienleben halten! Als ob sie alle Heilige wären! Und mich behandeln sie wie den letzten Abschaum!«

»Ich besorge Ihnen einen Anwalt«, wiederholte Kate bei solchen Gelegenheiten wohl zum zwanzigsten Mal und machte sich auf die unvermeidliche Abfuhr gefaßt.

»Oh, die große mildtätige Dame! In der Rolle gefallen Sie sich wohl. Wenn Sie's genau wissen wollen: Ich weiß nicht mal, wo ich das Geld für den Anwalt im Sorgerechtsprozeß hernehmen soll. Und ich werde mich hüten, noch einen zu nehmen. Die wollen einen doch bloß abkassieren. Wozu brauche ich überhaupt einen Anwalt? Ich habe diese schreckliche Frau nicht umgebracht. Ich hab noch nie jemand etwas getan, und ich hab keinen Anwalt nötig, der das für mich sagt. Die Polizei soll mich bloß endlich in Ruhe lassen!«

Während solcher Diskussionen saß Joan Theresa beklommen dabei und versuchte, Luellen damit zu trösten, daß die Polizei sich ja offenbar damit begnüge, sie zu schikanieren und sie, im Gegensatz zu Moon, nicht verhaftet habe. Joan schien unbehaglich dabei zu sein, aber sie tat ihr Bestes, Luellen zu beschwichtigen. Im ›Vielleicht nächstes Mal‹ machte sich inzwischen eine Atmosphäre angestrengten Optimismus breit, die dem hoffnungsvollen Namen des Cafés auf verquere Weise gerecht wurde. Nur Jocasta, die – Hunde waren im Café nicht erlaubt – Kate jedesmal vor der Tür begrüßte, schien von allem unberührt.

Schließlich verkündete Sylvia, deren Geschick, ihre Informanten auf Trab zu halten, allmählich beängstigend wurde, der Bruder sei eingetroffen, packe in Janets Appartement ihre Sachen ein und sei bereit, Kate zu empfangen, damit sie sich dort umsehen könne – aber nur, das hatte er deutlich gemacht, unter seinem gestrengen Blick.

In den ersten Märztagen öffnete Janets Bruder also Kate die Tür zu Janets Wohnung.

Er war ein echter Sportsfreund. Das war Kate klar, sowie er ihr seine große Hand zur Begrüßung entgegenstreckte. Es war die Sorte Hand, die Kate insgeheim als Pranke bezeichnete – ein haariges, schweres Etwas, das man kaum mit den Fingern umschließen konnte. »Kommen Sie herein, Kate, kommen Sie nur herein. Ich heiße Bill. Ich darf Sie doch Kate nennen? Auch wenn Sie eine so bedeutende Professorin sind? Schließlich war meine Schwester ja auch eine sehr bedeutende Professorin, obwohl ich nie begriffen habe, was sie davon hatte. Sie sehen doch auch nicht schlecht aus. Sie und Janet – ihr hättet es beide nicht nötig gehabt, euch an diesen öden Universitäten rumzudrücken.«

»Ja, bitte, nennen Sie mich Kate«, sagte Kate. Sich an die neue Begeisterung für Vornamen zu gewöhnen, hatte sie sich ja fest vorgenommen. Aber davon abgesehen, begriff sie sofort, daß Bill zu der Kategorie Männer gehörte, die erwarteten, daß man mit ihnen tändelte und herumschäkerte, kurz, auf eine Art umging, die Kate verabscheute. Sie hatte schon vorausgesehen, daß sich die Pranke bald auf ihre Schulter legen würde. Und genau da lag sie jetzt. Wie ein und derselbe Bauch diesen Knaben und Janet hatte produzieren können, war einfach ein Wunder, eins, dem Kate allerdings schon öfter begegnet war. Nun, in gewisser Weise erklärte Bill sogar, warum Janet so war, wie sie war.

»Ich weiß, daß Sie gern einen Blick auf die Sachen unserer armen Janet werfen wollen, ehe ich sie einpacke«, sagte Bill. »Irgendein Mann aus Boston – oder Harvard, ich weiß nicht mehr, jedenfalls tat er sehr wichtig – hat es mir angekündigt. Ich sehe zwar nicht ganz ein, wieso ein Fremder in Janets Sachen herumschnüffeln soll, ehe ihre Familie sie gesehen hat, aber wir dürfen wohl nicht vergessen, daß unsere arme Janet keines normalen Todes gestorben ist. Wo möchten Sie denn beginnen, Kate?« Kate befreite sich so graziös wie möglich aus der Umklammerung seines Armes.

»Ich werde mir Mühe geben, Ihnen nicht zur Last zu fallen«, sagte sie bescheiden. »Wenn es Ihnen lieber ist, können wir Janets persönliche Dinge ja gemeinsam durchsehen.« Sie hoffte, sie klang nicht zu einladend. »Ich möchte mir die Wohnung vor allem deshalb ansehen, um Janet besser zu verstehen. Ich möchte einfach eine Vorstellung davon bekommen, wie sie hier gelebt hat«, fügte sie in etwas bestimmterem Ton hinzu. »Seit der Nacht oder dem Morgen ihres Todes wurde nichts angerührt. Bis auf den Staub und die abgestandene Luft hat sich also nichts verändert.«

»Teufel, ja«, sagte Bill und riß ein Fenster auf. »Zum Ersticken hier drin. Sehen Sie sich bloß all die Bücher an«, sagte er und sah sich im Raum um. Alle Wände waren mit Regalen zugestellt. »Wie's scheint, haben die ihr auch nicht weitergeholfen, wie?«

»Nun«, sagte Kate, »das können wir schließlich nicht wissen, oder?« Sie mußte lächeln. Wenn jemand, der viele Bücher um sich hatte, in Bedrängnis kam, dann schienen all die Leute ringsherum, die keine Bücher besaßen, regelrecht Trost darin zu finden, daß die Bände sich nicht en masse erhoben hatten, um dem Unglücklichen beizustehen.

»Ich will Ihnen mal meine Meinung sagen«, tönte Bill. »Hätte Janet gelebt wie eine ganz normale Frau, dann wäre das alles nicht passiert. Ich hab gar nichts dagegen, wenn Frauen einen Beruf haben – vorausgesetzt, Heim und Kinder kommen zuerst. Außerdem bin ich der Meinung, daß eine Frau, die keine Kinder hat, das Schönste im Leben verpaßt. Meinen Sie nicht auch?«

»Wenn ich das auch meinte, müßte ich zugeben, das Schönste im Leben verpaßt zu haben. Und das können Sie nicht von mir erwarten«, sagte Kate; sie hoffte, es klang leichthin.

»Na, manche können ja nichts dazu«, sagte Bill. »Der

Tochter von 'nem Bekannten von mir mußten sie alles rausnehmen, Krebs! Da kann sie natürlich nur Kinder adoptieren. Aber es geht ja ums Prinzip. Und ich frage Sie: Was ist das Leben ohne Kinder?«

Kate hütete sich, ihm das zu erzählen. Das Leben mit Kindern hatte gewiß seine schönen Seiten, aber manchmal wünschte sich Kate, die Eltern freuten sich lieber im stillen daran. Zu oft hatte Kate den Eindruck, daß sie sich mit ihren lauten Entzückensschreien selbst überzeugen mußten. »Ich glaube«, sagte sie, »daß Janet sich für das Leben entschied, das ihr lag. Vielleicht stellte es sich als schwieriger heraus, als sie angenommen hatte, aber das kann einem mit Kindern ja auch passieren, oder nicht?«

»Ich will ja nur sagen, Janet hatte nichts anderes im Kopf als ihre Karriere. Sie wollte unbedingt eine berühmte Professorin werden – und dann, na, dann wurde sie ja auch tatsächlich nach Harvard berufen. Ich muß ehrlich gestehen, wir alle zu Hause waren baff. Ich hab zu meiner Frau gesagt: ›Stell dir vor, unsere gute alte Janet in Harvard, und nur Kerle um sie herum. Dabei kam sie noch nicht mal mit mir und Nick zu Rande, als wir Kinder waren.‹ Nick ist der andere Bruder. Janet war die Älteste und wollte natürlich das Heft in der Hand haben, und es machte sie rasend, daß sie's nicht schaffte. Und da sagt meine Frau doch zu mir: ›Vielleicht wollte Janet ja bloß deshalb unbedingt so hoch hinaus, weil ihr, du und Nick, als Kinder so böse zu ihr wart.‹ Und dann meinte meine Frau noch, Janet wäre wohl irgendwann zu dem Schluß gekommen, daß alle Männer Schurken sind, na, und darauf ich zu ihr: So unrecht hätt sie damit ja gar nicht gehabt, unsere Janet.« Bill schien die letzten Worte mit einem Klaps auf Kates Rükken begleiten zu wollen, dem Kate aber geschickt auswich.

»Janet war für die Ehe nicht geschaffen«, fuhr Bill fort. »Und als sie dann heiratete, mußte es unbedingt ein Jude sein. Nicht, daß man bei uns zu Hause was gegen Juden hätte! Aber das war eben typisch Janet. Gleich und gleich gesellt sich gern, sag ich immer. Ein Mädchen sollte nicht jemand heiraten, der ihrer Familie wildfremd ist. Wenn eins meiner Mädchen ankäm und wollt 'nen Juden heiraten, würd ich aus der Haut fahren, und ich hab keine Angst, das auch laut zu sagen. Auf jeden Topf der richtige Deckel – die Ehe ist schon schwer genug ohne solche Sperenzchen.«

»Damit haben Sie vermutlich recht«, sagte Kate. Diese Antwort gab Mencken allen Leuten, die ihn in hirnrissige Diskussionen verwickeln wollten. »Haben Sie etwas dagegen«, fragte Kate mit unschuldigem Lächeln, »wenn ich einfach ein bißchen herumwandere und versuche, mich inspirieren zu lassen?«

»In der Küche wird's wohl am wenigsten geben, was Sie, wie ich Sie einschätze, inspiriert. Fangen wir also dort an. Sie müssen verstehen, ich will die Sache schnell hinter mich bringen. Schließlich warten zu Hause wichtigere Geschäfte auf mich.«

»Tut mir wirklich leid«, sagte Kate, »daß ich Ihnen lästig fallen muß. Lassen Sie mich schnell einen Blick in die Küche werfen, dann überlasse ich sie Ihnen, damit Sie die Töpfe und alles einpacken können. Einverstanden?« Kate wußte wirklich nicht, was sie dort zu finden hoffte, aber mit so wenig in der Hand durfte man nichts auslassen.

Die Küche bot jedoch keinerlei Hinweise. Sie war zum Wohnzimmer hin offen – ideal, um Gäste zu bewirten. Kate, die selbst keine große Köchin war, erkannte sofort, ob in einer Küche oft gekocht wurde oder nicht. Diese übermäßig ausgestattete Küche hatte in Janet niemanden gefunden, der sie zu schätzen wußte. Der Kühlschrank war so gut wie leer – bis auf eine Tüte inzwischen saurer Milch, einen angebrochenen Joghurtbecher und einen Rest fettarmen Käses, alles, wie Kate nicht entging, bei Sage erstanden, Cambridges teuerstem Feinkostladen. Weder in der Küche noch im Wohnzimmer gab es irgendwelche Hinweise auf Besucher, die Janet gehabt hatte, ehe sie starb. Natürlich hätte jemand alle Spuren beseitigen können. Aber das Haus des Dekans war sehr hellhörig –

jemand, der eine Leiche von hier hätte fortschaffen wollen, hätte äußerst vorsichtig sein müssen. Nein – Kate spürte es einfach –, hier war Janet nicht gestorben. Noch mehr, man fühlte, daß sie nicht einmal gelebt hatte hier.

»Traurige Küche, nicht wahr?« sagte Bill wie ein Echo ihrer Gedanken. »Kein Zeichen von Leben. Ich mag Küchen, in denen was passiert, wo es dampft und brodelt.«

Kate hätte Bill am liebsten gebeten, sich irgendwo hinzuhocken und sie ihren Streifzug fortsetzen zu lassen, ohne seinen klobigen Schatten im Genick. Aber der Mann hatte schließlich Rechte und Kate wahrscheinlich halb im Verdacht, etwas vor ihm zu verstecken oder heimlich mitgehen zu lassen. Nun, dachte Kate, sollte ich wirklich auf etwas Interessantes stoßen, dann kann es nur etwas sein, das für Janets Erben nicht den geringsten Wert hat. Aber das einem Mann von Bills Kaliber zu erklären – die Mühe wollte sie nicht auf sich nehmen.

Was Kate im Wohnzimmer am meisten interessierte, waren die Bücher. Von Cunningham wußte sie, daß die Polizei die Regale von oben bis unten durchsucht hatte, um sicherzugehen, daß nichts hinter oder in den Bänden versteckt war – Gift, zum Beispiel, oder Drohbriefe. Aber Janets Bücher waren, zumindest was das anbetraf, für unschuldig befunden und alle wieder an ihren Platz zurückgestellt worden. Kate war im Gegensatz zu Bill überrascht, wie wenig Bücher Janet besaß – das heißt, wenig für eine Professorin für englische Literatur. Literaturprofessoren können einfach nicht dagegen an – bei ihnen sammeln sich Bücher an wie Algen unter dem Bug eines Schiffs. Ein mit Literatur befaßter Akademiker kommt so wenig an einer Buchhandlung vorbei wie ein Alkoholiker an einer Bar. Aber hier gab es keine Anzeichen dieser Buchmanie. Die meisten Bände befaßten sich mit dem siebzehnten Jahrhundert und waren fast alle älteren Datums. Einige Neuerscheinungen standen im unteren Teil des Regals – wahrscheinlich hatte man sie Janet zugeschickt, mit der Bitte, sie zu besprechen. Bestimmt, sagte sich Kate, waren alle

Zeichen rühriger geistigen Lebens – jene Zeichen, die den Tod überdauern – in Janets Arbeitszimmer zu finden.

Aber auch da gab es keine. Eins der beiden Schlafzimmer des Appartements hatte Janet in ihr Arbeitszimmer umgewandelt. Die zugedeckte Schreibmaschine stand auf einer großen Platte, die Janet offenbar als Schreibtisch gedient hatte. Neben der Schreibmaschine standen zwei Drahtkörbe, einer mit abgehefteten Artikeln, die gelesen werden wollten, und einer mit Briefen, die auf Beantwortung warteten. Kate kannte das System. Als Akademikerin ohne Privatsekretärin war man entweder ein hoffnungslos chaotisches Wesen mit dickem Fell, stapelte Papierberge auf dem Schreibtisch und an allen möglichen sonstigen Ekken und ließ die Berge unbeantworteter und oft ungeöffneter Post immer höher werden, in der Hoffnung, irgendwann überkäme einen ein plötzlicher Schub, in dem man in einem Ruck »klar Schiff machte«. Oder man war wie Janet und Kate und blieb dran – hatte eine aggressive Einstellung zu den lästigen Arbeiten: ging auf sie los und schaffte sie sich vom Hals. Aber auch hier wunderte sich Kate. Janet war nicht auf dem laufenden mit ihren Briefen, die Kate gerade sichtete, während Bill ihr auf die Finger sah. Bitten um Empfehlungsschreiben, Gutachten für Doktoranden lagen, als Janet starb, seit Wochen unbeantwortet da. Kate nahm an, daß das nicht typisch für sie war. Vielleicht war der Arbeitsdruck in Harvard noch ungewohnt und zuviel für sie gewesen. Sich in neue Verhältnisse einzufinden, brauchte immer seine Zeit.

Als Kate die Schreibtischschubladen aufzog, entdeckte sie nichts, was darauf hingewiesen hätte, daß Janet mit der Vorbereitung einer größeren neuen Arbeit beschäftigt war. Wissenschaftler, besonders solche von Janets Ruf, stecken normalerweise immer mitten in irgendeinem neuen Projekt. War es denkbar, daß jemand Janet ermordet hatte, um eine Arbeit, an der sie gerade saß, an sich zu reißen und als seine auszugeben? Kate hielt das für unwahrscheinlich, aber ganz ausschließen wollte sie es nicht.

Es wäre immerhin der erste Hinweis auf ein Motiv das nichts mit Moon oder Luellen zu tun hatte. Und war Howard Falkland nicht alles zuzutrauen?

Kein Brief war nach Janets Tod gekommen. Wahrscheinlich waren diese an ihre Familie weitergeleitet worden, nachdem man geprüft hatte, ob sie irgendwelche Hinweise enthielten, die mit Janets Tod in Zusammenhang stehen könnten. Bill bestätigte es, als sie ihn danach fragte. Er stand brummig neben ihr. Offenbar brauchte er ein paar Hätscheleinheiten. Kate tat ihm den Gefallen. Ob es viele Beileidstelegramme gegeben habe, fragte sie teilnahmsvoll.

»Ja«, sagte Bill, froh, wieder reden zu können. »Sehr viele.« Er habe Danksagungskarten drucken lassen, sehr schöne, auf Büttenpapier, und seine Frau habe die Adressen geschrieben. Drauf gestanden habe: »Hiermit drückt die Familie von Janet Needham Mandelbaum ihren aufrichtigen Dank für das ihr ausgesprochene Beileid aus«, oder so ähnlich. Kate schüttelte es innerlich. Gedruckte Botschaften waren ihr ein Greuel, aber sie gab sich immerhin Mühe zuzugestehen, daß sie manchmal, wenn es sehr viele Briefe zu beantworten galt, ganz zweckmäßig waren.

»Wie viele Schreiben waren es?« fragte Kate. »Nur so ungefähr.«

»Oh, viele«, sagte Bill. »Fünfzig vielleicht. Das sagt Betty jedenfalls. Aber sie hat sich schon immer leicht verzählt.«

Freunde und Bekannte Bills hatten ihm persönlich geschrieben, um ihr Mitgefühl dafür auszusprechen, daß er seine Schwester auf so entsetzliche Weise verloren hatte. Die meisten Schreiben waren jedoch einfach an »Die Familie Janet Mandelbaums« gerichtet. Darin zeigte sich die Hilflosigkeit all derer, vor allem Janets früherer Kollegen und Studenten, die gern ihr Beileid aussprechen wollten, aber nicht recht wußten, wem. Kate selbst wäre es nie eingefallen, an Janets Familie zu schreiben, die diese kaum je erwähnt hatte.

»Wie ich gehört habe, hat Janet alles ihren Nichten und Neffen hinterlassen«, sagte Kate.

»So ist es.« Bill war eindeutig verärgert über diesen letzten Willen seiner Schwester. »Ich versteh nicht, warum sie sich entschlossen hat, eine Generation zu überspringen...«, brummelte er. »Nick meinte, sie hätte uns zwei nicht leiden können. Und als Kinder haben wir ihr das Leben wirklich schwer gemacht. Na, aber es bleibt ja in der Familie. Immerhin hat sie gewußt, daß Blut dicker ist als Wasser.«

»Welches Wasser?« fragte Kate.

»Huh?« Bill sah verwirrt drein, fast ängstlich.

»Das Wasser, das dünner ist als Blut. Was ist das für ein Wasser?«

»Was? Na ja, halt Wasser! Das Gegenteil von blutsverwandt.«

»Dann sind also Freunde durch Wasser miteinander verbunden?«

»Eine so dämliche Frage können nur Professoren stellen«, sagte Bill. »Was mit dem Ausdruck gemeint ist, weiß doch jeder.«

»Entschuldigung«, sagte Kate. »Mir war das noch nie klar. Also, auf ins Schlafzimmer«, fügte sie hinzu und ließ Bill stehen, der ihr nachstarrte, wobei er, wie Kate hoffte, keine gewalttätigen Gedanken wälzte.

Die Polizei hatte das Bett auseinandergenommen und nicht wieder zusammengebaut, wofür Kate dankbar war. So, wie sie Bill einschätzte, mußte er beim Anblick eines Bettes einfach Witze reißen. Die Durchsuchung des Bettes hatte nichts ergeben. Die Durchsuchung des Arzneischranks ebensowenig. Neben den üblichen Dingen enthielt er eine noch fast volle Flasche Schlaftabletten. Am Datum sah Kate, daß Janet sie sich erst kurz vor ihrem Tod hatte verschreiben lassen. Abgesehen vom Bett war nichts im Schlafzimmer angerührt worden. Kates Scherzrätsel hatte Bill eindeutig einen Dämpfer versetzt. Er stand verdrossen neben ihr und verströmte Ungeduld.

Auf dem Nachttisch lag ein Buch. Nur eins. Wiederum wunderte sich Kate. Neben dem Bett einer Literaturprofessorin hätte wohl jeder ein ganzes Sammelsurium von Büchern erwartet – wenn schon nicht neuere Romane oder Science-fiction, so doch zumindest etwas Literaturtheoretisches. Das einzige Buch auf dem Nachttisch sah neu aus. Kate nahm es hoch. Es war ein Band aus der Reihe kritischer Ausgaben des Norton Verlags mit dem Titel ›George Herbert and the Seventeenth Century Religious Poets‹. Aus irgendeinem Grund hatte Janet den Band erst vor kurzem erhalten, obwohl er, wie Kate sah, schon 1978 erschienen war. Vielleicht hatte Janet ihn für eins ihrer Seminare im Sinn gehabt. Kate ließ den Daumen über die Blätter fahren, und das Buch öffnete sich auf Seite 69. Der Buchrücken war an dieser Stelle leicht geknickt, so daß das Buch, wenn es auf dieser Seite aufgeschlagen wurde, flach liegenblieb. Nur ein Gedicht stand auf dieser Seite. Es hieß ›Liebe‹ (III) 1. Die hochgestellte Zahl verwies auf eine Fußnote. Kate ließ ihre Augen zum Fuß der Seite wandern, wobei ihr nicht entging, daß Bill zu explodieren drohte. Die Fußnote war ein Bibelzitat: »Selig sind die Knechte, die der Herr, wenn er kommt, wachend findet. Wahrlich, ich sage euch: Er wird sich aufschürzen und wird sie zu Tisch setzen und zu ihnen treten und ihnen dienen« (Lukas 12,37). Kate überflog das darüber stehende Gedicht. Irgendwann hatte sie es schon einmal gelesen. Die (III) bedeutete wahrscheinlich, daß Herbert drei Versionen geschrieben hatte.

Die Liebe hieß mich eintreten, aber meine Seele wich zurück
  Beladen mit Staub und Sünde war sie
  Aber die weise Liebe, als sie mein Zögern sah vor dem Glück, als rief es von innen zu mir, flieh!
  fragte mich sanft und trat zu mir hin
  »Was quält deinen Sinn?«

»Einen Gast säh ich gern«, antwortete ich, »der es wert ist hier zu sein.«

Die Liebe sagte, »du bist er, komm nur herein, mußt nimmer flehn«

»Ich, der Unfreundliche, Undankbare? Ach du Holde, nein

Ich wag nicht dich ansehn.«

Die Liebe nahm meine Hand, und lächelnd antwortete sie mir

»Wenn nicht ich, wer gab deine Augen dir?«

»Wahr, bei Gott, aber ich habe sie verdorben, laß meine Scham

hingehen in Satans Nischen«

»Dann weißt du nun«, sagte die Liebe, »wer die Freude dir nahm?«

»Ach du Holde, dann will ich dir nun auftischen.«

»Setze du dich und koste meine Speisen. Dein Grübeln laß.«

So setzte ich mich und aß.

»Was in Teufels Namen gucken Sie denn so lange an?« fragte Bill schließlich.

»Ein Gedicht«, sagte Kate. »Von einem Dichter, über den Janet viele Vorlesungen hielt. Möchten Sie es lesen?«

Bill warf einen kurzen Blick darauf. »Ich versteh nicht, worum's geht«, sagte er. »Gedichte sagen mir nichts.«

»Es wurde vor dreihundert Jahren geschrieben«, sagte Kate.

»Warum soll man sich dann heute noch damit abgeben? Was soll es denn mit Janet zu tun gehabt haben?«

»Tut mir leid, daß ich Sie aufhalte«, sagte Kate. »Wollen Sie nicht schon in der Küche zu packen anfangen, oder im Wohnzimmer? Ich brauche hier nur noch einen kleinen Moment.« Aber Bill hatte nicht die Absicht, von ihrer Seite zu weichen.

»Wollen Sie auch die Schubladen des Sekretärs durchsehen?« fragte er. »Da hat sie wahrscheinlich ihren Schmuck aufbewahrt.«

»Nein, machen Sie das doch bitte. Und diesmal guck ich Ihnen über die Schulter.« Froh, etwas zu tun zu haben, fiel Bill mit beängstigender Energie über die Schubladen her. Kate sah ihm eine Weile zu.

»Hätten Sie etwas dagegen, wenn ich dieses Buch mitnehme?« fragte sie Bill, der gerade Janets Schmuckschatulle habhaft geworden war. »Ich hätte gern eine Erinnerung an Janet. Ich erstatte Ihnen natürlich, was es gekostet hat. Janets ganzer Besitz gehört ja Ihnen; deshalb ist es nur korrekt, wenn ich Ihnen das Geld gebe. An dem Buch selbst wird Ihnen wohl kaum liegen.«

»Na gut«, sagte Bill nach einer langen Pause. »Sie hat doch nichts hineingeschrieben, oder?« fügte er dann mißtrauisch hinzu. »Ich meine, irgendwas Persönliches?«

»Mir ist nichts aufgefallen«, sagte Kate. »Sehen Sie doch am besten selbst nach.«

Bill nahm das Buch, konnte aber nichts Handschriftliches darin entdecken. Mit einem Nicken gab er es ihr zurück. Kate schrieb einen Scheck über den Preis des Buches plus einem kleinen Zuschlag aus (Buchpreise steigen mit alarmierender Geschwindigkeit) und überreichte ihn Bill. »Vielen Dank, daß ich mich umsehen durfte«, sagte sie. »Vielen Dank für Ihre Großzügigkeit.«

»Keine Ursache.« Jetzt, wo abzusehen war, daß Kate bald gehen würde, strahlte Bill wieder. Kein Zweifel, Kate war für ihn keine Frau, um die es sich lohnte, Aufhebens zu machen. »Falls Sie mal in den Mittelwesten kommen – besuchen Sie uns doch. Alles Gute!«

Während Bills leere Phrasen ihr noch durch den Kopf hallten, floh Kate fort von Janets vorübergehendem Heim und die Treppe hinunter. Sie hatte das Gefühl, zu verstehen, warum Janet, die mit solchen Brüdern aufgewachsen war, später eher förmliche Beziehungen zu Männern vorzog. Bill, das mußte Kate zugeben, war dazu angetan, einem für den Rest des Lebens die Lust auf Sex zu nehmen.

Elf

> Während der drei Jahrhunderte seines Bestehens hat sich Harvard von einem konfessionell gebundenen College für junge Männer zu einer angesehenen Universität entwickelt – ist dabei immer eine männliche Bastion geblieben, die sich sehr schwer tut, zu erkennen, daß sich in der Auffassung der Geschlechterrollen einiges verändert hat.
>
> *Bericht des Komitees zur Untersuchung über den Status von Frauen an der Geisteswissenschaftlichen Fakultät*

»Ich habe dich hergebeten, Kate«, sagte John Cunningham am nächsten Tag, »weil die Detektei, die du unbedingt haben wolltest, etwas herausgefunden hat – aber nichts, was uns viel weiterhilft«, fügte er schnell hinzu, als er Kates erwartungsvollen Blick sah.

»Trotzdem«, sagte er, »ich glaube nicht, daß das Geld zum Fenster hinausgeworfen ist. Die Detektei hat einen guten Ruf, und ob du es glaubst oder nicht, einer ihrer Angestellten war früher Philosophieprofessor. Irgendwann beschloß er dann zu leben, anstatt über das Leben nachzudenken, erzählte er mir. Und da er sich an Universitäten auskennt, gab ich ihm den Auftrag. Harvard habe ich übrigens informiert, daß er sich dort ein bißchen umsehen wird. Schließlich wollen wir uns nicht mehr Unannehmlichkeiten einhandeln als unbedingt nötig.«

»Und Harvard hatte nichts dagegen?«

»Sagen wir so: Ich habe den Rektor mit großem Zeremoniell darum gebeten. Außerdem darfst du natürlich nicht vergessen, daß ich ein berühmter und erfolgreicher Zögling von Harvards juristischer Fakultät bin, dieser Universität jährlich eine großzügige Spende zukommen lasse und darüber hinaus mit großem Erfolg ein Treffen meines Jahrgangs organisierte, bei dem nicht nur der 25. Jahrestag unseres Examens gefeiert wurde, sondern auch die Spenden so großzügig flossen wie der Alkohol.«

»*Und* du hast damals Harvards ›Juristische Rundschau‹ herausgegeben. – Sag mir eins«, sagte Kate, »angenommen, du wärst kein so herausragender Absolvent gewesen, sondern einfach guter Durchschnitt, hättest dich irgendwo als Anwalt niedergelassen und trätest meistens als Pflichtverteidiger vor Gericht auf – zum Beispiel von inhaftierten Frauen –, hättest also nie viel Geld gemacht und Harvard nie mehr als zehn Dollar im Jahr gespendet. Weiter angenommen, eine der Frauen, die du vertrittst, stände wie Moon unter Mordanklage. Hätte Harvard dir dann die Erlaubnis gegeben, dort herumzuschnüffeln?«

»Kate, wir beide sind reich und privilegiert, dein Problem ist nur, daß du, im Gegensatz zu mir, deswegen Schuldgefühle hast. Denn hättest du in Harvards juristischer Fakultät studiert, wärst auch du Herausgeberin der ›Juristischen Rundschau‹ gewesen und hättest jedes Jahr einen Batzen gespendet. – Willst du nun hören, was die Detektei herausgefunden hat oder nicht?«

»Entschuldige John. Ich fühl mich im Augenblick nicht gerade tipptopp, wie die Engländer sagen würden.«

»Warum um Himmels willen sollten die Engländer so was sagen? Erklär es mir bitte nicht! Kommen wir lieber auf den Fall zurück, der uns beide so fieberhaft beschäftigt und bei dem sich folgendes herausgestellt hat: In der fraglichen Nacht, der Nacht, ehe Janets Leiche in der Männertoilette des Warren-Hauses gefunden wurde, beschloß eine große Zahl von Erstsemestern, die ganze Nacht aufzubleiben und zu feiern. Was genau sie zu feiern hatten, weiß ich nicht, aber das ist ja auch unwichtig. Jedenfalls begannen sie im Weld-Haus, dann zogen sie durch einige der anderen Häuser; irgendwann meinten sie wohl, etwas frische Luft würde ihnen guttun und ließen sich ziemlich bekifft unter irgendwelchen Bäumen nieder. Für uns interessant daran ist, daß in jener Nacht so viele Kids auf dem

Campus waren. Und egal, wie bekifft oder betrunken sie gewesen sein mögen, unser Detektiv hält es für ausgeschlossen, daß ihnen entgangen wäre, wenn jemand eine Leiche von irgendwoher ins Warren-Haus geschleppt hätte. Moment«, sagte Cunningham und hob die Hand. »Ich weiß, was du sagen willst. Ich hab es auch gesagt: Wenn man bedenkt, was Studenten heutzutage alles in der Öffentlichkeit tun, in welchem Zustand sie waren und daß sich junge Leute heute sowieso über gar nichts mehr wundern und grundsätzlich nichts ungewöhnlich finden – wie hätten sie da etwas merken sollen? Na, ich sag's dir.«

»Bitte«, sagte Kate.

»Es hat sich nämlich herausgestellt, daß zwei Studentinnen just auf den Stufen vorm Warren-Haus die Nacht verbrachten. Daß unser Detektiv sie aufstöberte, war zum Teil Glück, vor allem aber seiner Geschicklichkeit zu verdanken. Jedenfalls kam unserem gewitzten und hochgebildeten Detektiv die Idee, zu prüfen, ob es in jener Nacht irgendwelche Beschwerden gab. Und es hatte welche gegeben, wiederholte sogar, von zwei Studentinnen, die im Weld wohnen. Und diese beiden sind nun wirklich interessant, denn sie paßten von Anfang an nicht ins Computerbild... unterbrich mich nicht... ich erklär's dir schon. Um möglichst zueinander passende Studenten zu finden, die sich hier in einem der Häuser ein Zimmer teilen, verschickt die Harvard-Verwaltung Fragebögen an die frisch immatrikulierten Studenten. ›Kann keinen Rauch vertragen, spiele nur Punk-Rock‹ und dergleichen. Klingt wie ein Alptraum, was? Aber das ist ja Gott sei Dank nicht unser Problem. Jedenfalls hatten diese beiden Mädchen als einzige eingetragen: muß RUHE haben, hasse Rockmusik und Lärm, will in Frieden arbeiten. Natürlich hat der Computer sie als Gespann ausgespuckt. Und bald waren sie das berüchtigte Paar vom Weld-Haus, das immer um Ruhe bat. Ich weiß nicht recht, ob die beiden die einzigen geistig gesunden Wesen in Harvard sind oder ob sie in einem Kloster besser aufgehoben wären. Aber ich fürchte fast, sie wären hier wie dort fehl am Platz.«

»So abwegig kann ich die beiden nicht finden«, sagte Kate. »Als ich studierte, was weiß Gott entsetzlich war, hatte man wenigstens nachts seine Ruhe. Glaub mir, ich bin schon zu jeder Tages- und Nachtzeit über den Campus gegangen, und immer kam aus irgendwelchen Fenstern laute Musik oder anderer Lärm. Manchmal spielen die Kids ihre Platten mit voller Lautstärke regelrecht zum Fenster *hinaus.* Die beiden mögen ja langweilige Musterschülerinnen sein, aber wieso soll heute niemand mehr sein Recht auf Ruhe einklagen dürfen? Ich habe einmal mit meiner Nichte Leighton darüber gesprochen, worauf sie meinte, wer Ruhe haben will, soll sich Ohropax in die Ohren stecken. Ich fand es angebrachter, die Diskussion nicht fortzusetzen.«

»Was mich sehr erstaunt bei dir«, sagte Cunningham. »Jedenfalls gaben die beiden die Hoffnung auf, Schlaf zu finden, gingen hinüber ins Studentenhaus und spielten Billard. Sie sind wirklich ein bemerkenswertes Paar, das muß man ihnen lassen. Später gingen sie dann zum Warren-Haus und verbrachten den Rest der Nacht auf der Treppe. Sie schwören, sie hätten die ganze Zeit über das menschliche Schicksal meditiert und nicht geschlafen. Sie sind felsenfest davon überzeugt, daß niemand das Warren-Haus hätte betreten können, und schon gar nicht mit einer Leiche, ohne daß sie es gemerkt hätten. Sie saßen dort bis zum Morgengrauen, bis der Verkehr begann. Und außer ihnen waren noch all die anderen Studenten auf dem Campus. Deshalb ist unser Detektiv überzeugt, daß die Leiche nicht in der Nacht transportiert wurde. Das läßt zwar keine konkreten Schlüsse zu, aber doch einige Mutmaßungen.«

»Welche?« fragte Kate.

»Wirklich Kate, was ist nur mit dir los? Früher warst du schneller von Begriff. Na, daß Janet Mandelbaum höchstwahrscheinlich im Warren-Haus gestorben ist. Clarkville fand ihre Leiche früh am Morgen. Und der Bursche von der Detektei sagte zu mir: ›Versuchen Sie mal, um die Zeit eine Leiche von irgendwo anders dorthin zu schaffen. Sie müßten sie in ein Auto laden, durch die Straßen fahren, vor dem Eingang an der Quincy Street oder Prescott Street parken und die Leiche dann zu Fuß über den Campus tragen oder schleifen. Unmöglich.‹ Jedenfalls schwört er, daß es so nicht gewesen sein kann. Was heißt, daß Janet Mandelbaum ins Warren-Haus ging und dort starb. Das bringt uns natürlich auch nicht viel weiter«, fügte Cunningham hinzu, »da es unzählige Leute gibt, die Schlüssel haben. Aber mutmaßen kann man einiges Kate, sehr viel sogar.«

»Sieht schlecht aus für die anglistische Fakultät.«

»Das hast du gesagt, nicht ich«, schloß Cunningham.

Wieder rief Kate von der Telefonzelle im Foyer aus an. Clarkville war in seinem Büro. Er hatte gerade eine Fachbereichssitzung hinter sich gebracht. Ja, er würde sich freuen, Kate zu sehen und im alten Salon des Warren-Hauses auf sie warten. Als Kate einige Zeit später aus der U-Bahn-Station am Harvard Square kam und in Richtung Warren-Haus ging, mußte sie an die beiden Mädchen denken, die die Nacht auf der Vordertreppe zugebracht hatten. Vielleicht waren die beiden ja wirklich ein bißchen zickig, aber die Stille von Ziegen war für die Umwelt schließlich eine geringere Zumutung als das Gebrüll von Jungstieren. Den Spruch muß ich demnächst bei Leighton anbringen, dachte Kate, als sie das Warren-Haus betrat und die Treppen hinaufstieg.

Zum ersten Mal erlebte Kate Clarkville in seiner Normalform – nicht als den aufgeregten Mann, der gerade eine Leiche gefunden hatte, nicht als das schlafende Walroß bei einem literarischen Kreis und auch nicht als den vermeintlich brillanten Redner über den viktorianischen Roman, sondern als einen großgewachsenen Mann, der Entschlossenheit und – nicht zu verleugnen – auch Charme ausstrahlte. Kates Erstaunen über Clarkvilles durchaus menschliche Züge war nicht verwunderlich – ein solcher Schock ist wohl unvermeidlich, wenn jemand zuvor hauptsächlich als Phantom in der eigenen Vorstellung existiert hat.

»Eine schreckliche Angelegenheit«, sagte Clarkville. »Wirklich schrecklich. Haben Sie bei Ihren Nachforschungen irgendwelche Fortschritte gemacht?«

»Einen kleinen, ja«, sagte Kate. »Ich hoffe, meine Rolle bei all dem stört Sie nicht allzusehr. Aber da die Polizei jemanden verhaftete, von dem ich ziemlich sicher bin, daß er nicht der Täter ist, konnte ich nicht untätig zusehen.«

»Schließlich habe ich Sie an dem Morgen angerufen, als ich ihre Leiche fand«, antwortete Clarkville. »Da finde ich es nur natürlich, daß Sie Anteil an der Sache nehmen.«

»Und da es außerdem so ist«, sagte Kate, »daß Janet Mandelbaums Tod sehr viel über die Lage von Professorinnen an unseren Universitäten ganz allgemein aussagt, ist es vielleicht auch nicht abwegig, wenn ich als Professorin gern wissen möchte, was hier wirklich geschah. Ich habe das Gefühl, Professor Clarkville, daß Sie Professorinnen nicht mögen. Stimmt das? Denken Sie jetzt bitte nicht, ich wollte damit sagen, daß Sie deshalb gleich eine umbringen würden. Für so töricht halten Sie mich hoffentlich nicht. Aber trotzdem, vielleicht können Sie mir einfach sagen, was Ihre Einwände gegen lehrende Frauen in Harvard sind.«

»Ich fürchte, meine Abneigung gegen Professorinnen wird maßlos übertrieben«, sagte Clarkville. »Eins gebe ich allerdings ganz offen zu: Ich wäre glücklicher gewesen, wenn uns das – verzeihen Sie mir – ganze schreckliche Theater um den Frauenlehrstuhl erspart geblieben wäre. Aber es gibt viele Leute, denen das Ganze weit mehr zu schaffen machte als mir. Nun, und da wir uns schon eine Frau aufladen mußten, wollten wir zumindest keine haben, die unseren Fachbereich mit diesen modischen Semantik- und Dekonstruktivismusseminaren überflutet. Deshalb entschieden wir uns für eine, die sich auf das siebzehnte Jahrhundert spezialisiert hatte, und ich habe Janet Mandelbaum von Anfang an für die beste Expertin gehalten, die wir hätten bekommen können. Wenn ich ehrlich sein soll, so hat mich der ganze Aufruhr eher amüsiert als erschreckt. Hätte ich die Wahl gehabt, wäre es mir natürlich lieber gewesen, keine Frau an unseren Fachbereich zu holen. Es konnte ja nur Probleme schaffen, das liegt einfach in der Natur der Dinge. Aber ich bin nicht so radikal gegen Professorinnen eingestellt wie manch anderer. Hier in Harvard, wie überall sonst, bringen die Studentinnen oft weit bessere Leistungen als die Studenten, und da ist es schließlich nur recht und billig, wenn sie in jedem Fachbereich zumindest eine Vertreterin ihres Geschlechts vorfinden. Außerdem war ich selbstverständlich froh, daß Janet keine Feministin war – eine von denen, die immer gleich beleidigt sind, wenn man ihnen die Tür aufhält.« Er lächelte.

»Ich glaube, keine Frau fühlt sich dadurch beleidigt«, lächelte Kate zurück. »Ehrlich gesagt: Es sind immer die dümmsten Männer, die ihre Witze darüber machen – halten einem die Tür auf und sagen dann scheinheilig, sie hofften, man würde es ihnen nicht falsch auslegen und sie gleich als Chauvi-Schweine beschimpfen. Wie öde! Finden Sie es schwierig, sich mit mir zu unterhalten? Wenn ja, sagen Sie es bitte, dann erspare ich Ihnen meine Theorien.« Kate hatte nämlich mittlerweile das Gefühl, daß Clarkvilles menschliche Züge keiner größeren Belastungsprobe gewachsen waren.

»Ich finde Sie nicht schwierig. Keine Sorge. Würden Sie allerdings anfangen, Frauenforschung zu propagieren, säh's vielleicht anders aus.«

»Davon halten Sie also nichts?«

»Ich glaube einfach nicht, daß es so etwas wie feministische Wissenschaft gibt. Wie Sie wissen, halte ich Vorlesungen und Seminare über George Eliot. Und wenn es eine andere Herangehensweise an sie – oder eine andere Romanschriftstellerin – gäbe, würde ich mich nicht dagegen sträuben, solche neuen Aspekte miteinzubeziehen. Den Kurs dann aber gleich als ›feministische Literaturwissenschaft‹ zu etikettieren, dagegen würde ich mich allerdings wehren.«

»Sie wären also bereit«, sagte Kate, »Ihre bisherigen Schwerpunkte zu verlagern. Nichts anderes will ja der Feminismus! Schließlich werden auch die Erkenntnisse von Marx und Freud und Einstein berücksichtigt. Selbst Samuel Johnson kommt heute in Freudschem Licht besser weg.«

»Nun, wie Sie es ausdrücken, klingt es ganz vernünftig. Mag sein, daß das Wort feministische Wissenschaft ein rotes Tuch für mich ist. Wollten Sie mich übrigens sprechen, um über George Eliot und Feminismus zu diskutieren? Wenn dem so ist – ich bin bereit.« Clarkville schlug die Beine übereinander. »Ich hätte nur gern gewußt, was auf der Tagesordnung steht.«

»Ich wollte Sie sprechen, um eine Theorie mit Ihnen zu erörtern«, sagte Kate.

»Eine literarische?« Vernahm Kate einen Anklang von Hoffnung in seiner Stimme?

»Nein. Eine Theorie über Janets Leiche. Ich glaube, sie starb im Warren-Haus. Ich bin davon überzeugt, daß ihre Leiche nicht von woanders hierhergebracht wurde, denn das zu tun, ohne daß jemand es bemerkt hätte, war so gut wie unmöglich. Aus welchem Grund hätte man sie auch hierher bringen sollen, wenn sie woanders starb?«

»Ich verstehe«, sagte Clarkville. »Und was kann ich für Sie tun?«

»Von Ihnen möchte ich zuallererst hören, was sich hier an dem Abend vor Janets Tod zutrug. Ich möchte Sie wirklich bitten, offen zu sein, mir alles zu erzählen und nichts auszulassen. Und falls mein gut beleumundeter Charakter und meine weithin bekannte Aufrichtigkeit Sie nicht dazu bewegen können – ich habe auch noch eine kleine Erpressung parat. Bisher hat es in Harvards Fachbereich Anglistik nie größere Schwierigkeiten gegeben. Sie sind zwar der einzige Lehrstuhlinhaber, den ich bisher kennengelernt habe, aber wenn nicht die ganze Wahrheit über Janets Tod ans Licht kommt, verspreche ich Ihnen, daß die ganze Fakultät große Probleme bekommen wird. Wenn wir andererseits herausfinden, was geschah, dann wird es für alle Beteiligten weit weniger peinlich werden. Vielleicht läßt es sich sogar vermeiden, daß einige Fakultätsmitglieder endlosen und lästigen Verhören ausgesetzt werden.«

»Gibt es irgendeinen Grund, warum Sie annehmen, ich wäre bereit oder in der Lage, Ihnen zu erzählen, was an jenem Abend geschah?«

»Drücken wir es so aus«, sagte Kate. »Da Sie mich einweihten, als Sie die Leiche fanden, möchten Sie vielleicht, daß ich Sie in meine Theorie einweihe.«

»Wissen Sie«, sagte Clarkville, stand auf und begann, durch den Raum zu wandern, »das Problem ist, daß eine Wahrheit sozusagen zur nächsten führt, die man vielleicht, auch wenn sie noch so wahr ist, lieber verbergen möchte. Wenn Sie verstehen, was ich meine.«

»Ich verstehe vollkommen. Ihrer Logik stimme ich allerdings nicht zu. Wenn einige wenige Leute eingeweiht sind, können bestimmte Tatsachen besser geheim gehalten werden, als wenn viele Leute, die nichts wissen, wild herumspekulieren. Und man wird anfangen zu spekulieren, Professor Clarkville, das kann ich Ihnen versprechen. Auch ich werde natürlich jedermann erzählen, was ich weiß und vor allem, was ich vermute.«

»Was Sie bisher noch nicht getan haben?«

»Nein, noch nicht. Beginnen wir also mit dem Nachmittag. Noch niemand ist in den Sinn gekommen, sich darüber Gedanken zu machen. Was geschah an dem Nachmittag vor Janets Tod?«

»Wir hatten eine Fachbereichssitzung.«

»Hier?«

»Ja. Hinten im Konferenzraum, wo wir immer tagen. Nicht die ganze Fakultät war anwesend, nur die Vollprofessoren, also natürlich auch Janet Mandelbaum. Die Sitzung zog sich ziemlich in die Länge.«

»Fiel irgend etwas vor, wovon Sie meinen – nun, ich möchte Ihnen nichts in den Mund legen.«

»Wir sprachen über die anstehenden Neueinstellungen und Beförderungen. Um dergleichen geht es wohl immer bei solchen Sitzungen, aber das kennen Sie ja selbst. Fürs kommende Jahr werden wir einige neue Dozenten einstellen müssen, und wir überlegten, für welche Gebiete sie am dringendsten benötigt werden. Dann erwähnte der Vorsitzende, daß die Studentinnen erneut einen Antrag gestellt hätten, im Fachbereich Anglistik feministische Studiengänge einzurichten. Unser Vorsitzender ist, gelinde ausgedrückt, nicht gerade angetan von all diesen feministischen Ideen. Wie ich schon angedeutet habe, halten die meisten an unserer Fakultät das Ganze für eine alberne Mode, die bald vergehen wird. Andererseits wurden aber in fast allen anderen Fakultäten Harvards solche Studiengänge eingerichtet, und die anglistische Fakultät konnte schlecht so tun, als ginge das alles sie nichts an. Unser Vorsitzender schlug vor, jeden, der Lust zu einem solchen Kurs hätte, gewähren zu lassen. Einer der Professoren meinte dann, wir sollten zu diesem Zweck eine Assistenzprofessorin anheuern, worauf ein anderer entgegnete, warum immer Assistentinnen solche Kurse geben sollten. Ihm war natürlich bewußt, daß keiner der vollbestallten Professoren an unserer Fakultät auch nur im Traum daran dachte, sich auf so etwas einzulassen. Tja, und alle sahen dann erwartungsvoll Janet an.«

Clarkville machte eine Pause. Kate wartete, denn sein Verhalten machte deutlich, daß er noch etwas sagen wollte. Aber er sagte es nicht. »Ja?« ermunterte Kate ihn schließlich.

»Na, und sie, sie...« Offenbar wollte Clarkville seine Worte geschickt auswählen, »...na, bei ihr knallten alle Sicherungen durch. Sie regte sich fürchterlich auf. Sagte, warum ausgerechnet sie sich so etwas aufladen solle. Sie sei

Expertin fürs siebzehnte Jahrhundert. Vielleicht gäbe es ja eine feministische Sichtweise von Donne oder Marvell oder Milton. Sie jedenfalls könne sich beim besten Willen nicht vorstellen, wie die aussehen solle. Kurz, sie tat die ganze Idee als völlig lächerlich ab.« Clarkville hielt wieder inne. »Das alles«, fuhr er fort, »war natürlich ziemlich peinlich. Wir sind keine Szenen gewohnt, jedenfalls keine von der Sorte. Aber das Ganze hätte man einfach übergehen und zum nächsten Tagesordnungspunkt kommen können, wenn nicht einem der Professoren – seinen Namen möchte ich, zumindest im Augenblick, nicht nennen – eingefallen wäre, Janet zu attackieren: ›Da Sie Ihren Lehrstuhl hier in Harvard letzten Endes genau diesen Anhängerinnen feministischer Studiengänge zu verdanken haben, Frau Professor Mandelbaum, verstehe ich nicht ganz, weshalb Sie jetzt so empörte und hochfahrende Töne anschlagen. Natürlich ist die ganze Idee feministischer Wissenschaft Unsinn – der reinste Quatsch. Genauso wie der gesetzliche Schutz von Minderheiten und wohl das meiste, was heutzutage passiert; der Staat mischt sich in den Lehrbetrieb ein und so weiter. Aber da man Sie uns nun schon einmal aufgehalst hat, Frau Professor Mandelbaum, ist doch das mindeste, was wir von Ihnen verlangen können, daß Sie sich um dieses Problem kümmern.‹«

Kate starrte Clarkville an. »Mannomann – das hätte jedenfalls eine junge Reporterin gesagt, die ich neulich kennenlernte.«

»Tja«, fuhr Clarkville fort. »Wir fanden es natürlich alle nicht richtig, daß er das gesagt hatte. Er vertritt ziemlich extrem konservative Ansichten – Verzeihung, so etwas wie ziemlich extrem gibt es natürlich nicht, ich fürchte, die Anspannung der letzten Zeit macht sich bemerkbar –, und Taktgefühl ist seine Sache nicht. Was er sagte, war aber nicht nur taktlos. Es stimmte auch nicht. Schließlich waren wir alle mit der Entscheidung des Berufungskomitees einverstanden gewesen, eine Frau herzuholen, von der wir in punkto Feminismus nichts zu befürchten hatten. Rückblickend würde ich sagen, das war vielleicht ein Fehler. Während wir anderen unsere Einwände vorbrachten, fing Janet zu weinen an. Ganz leise. Jeder sah, daß sie nicht dagegen an konnte, aber alles darum gegeben hätte, nicht zu weinen. Frauen sind sich bewußt, daß Männer nicht in aller Öffentlichkeit in Tränen ausbrechen. Ich fürchte, das Ganze war ziemlich...«

»Peinlich«, half Kate ihm aus.

»Ja, es war peinlich. Keiner wußte recht, wie er sich verhalten sollte. Alle schienen nur darauf zu warten, daß sie aufstand und den Raum verließ. Aber das tat sie nicht. Sie saß einfach da, und die Tränen liefen ihr übers Gesicht. Schließlich schlug der Diskussionsleiter vor, die Sitzung zu vertagen, und alle standen auf, ziemlich hastig, fürchte ich. Während dann einer nach dem andern ging, saß sie immer noch da. Ich überlegte, zu ihr zu gehen, ihr irgend etwas Freundliches zu sagen, aber man konnte nicht wissen, ob es ihr recht gewesen wäre. Und das«, schloß Clarkville, »war das letzte Mal, daß wir alle sie lebend sahen. Außer natürlich ihrem Mörder, muß man wohl traurigerweise hinzufügen.«

»Der Polizei haben Sie natürlich kein Wort davon erzählt.«

»Die Polizei war äußerst zurückhaltend in ihren Fragen an uns. Na, und wir dachten, Reden ist Silber – Schweigen ist Gold, wie meine gute Mutter zu sagen pflegte. Falls es Ihnen ein kleiner Trost ist: Wir wissen alle, daß wir uns schlecht benommen haben – sehr schlecht sogar. Aber schließlich sind wir es nicht gewohnt, Frauen im Kollegium zu haben. Außerdem wirkte Janet so stark, keiner hätte damit gerechnet, daß sie mitten in einer Sitzung in Tränen ausbricht.«

Sie saßen eine Weile schweigend da. Dann sprach Kate: »Professor Clarkville, ich glaube Ihnen ohne weiteres, daß Sie Janet an jenem Nachmittag zum letzten Mal lebend gesehen haben, aber ich bin davon überzeugt, es war nicht das letzte Mal, daß Sie sie überhaupt sahen – ich meine abgesehen von dem Moment, wo Sie ihre Leiche in der Männertoilette fanden.«

»Was wollen Sie damit sagen?« sagte Clarkville.

»Damit will ich sagen, daß Sie am fraglichen Morgen ins Büro des Vorsitzenden gingen und Janet dort fanden. Das wissen auch die Sekretärinnen.« Langes Schweigen folgte.

»Wie sind Sie darauf gekommen?« fragte Clarkville schließlich.

»Zuerst habe ich nachgedacht und dann geraten. Die Männertoilette erschien mir nie logisch, obwohl dieser Ort ein so sinniger Hinweis darauf war, daß in Harvard für Frauen kein Platz ist. Aber wir wissen, daß sie nach dem Tod transportiert wurde, um genau zu sein: nachdem die Leichenstarre schon begonnen hatte oder in vollem Vollzug war – falls das der richtige Ausdruck ist. Die Leichenstarre tritt kurz nach dem Tod ein und vergeht nach vierundzwanzig Stunden. Soviel habe ich inzwischen gelernt. Warum hätte jemand die Leiche in die Männertoilette schaffen sollen? Nun, wenn man sich's genau überlegt, war es fast naheliegend. Jeder weiß, daß der Tod durch Zyankali qualvoll und von Krämpfen begleitet ist. Ich vermutete, daß die Leiche die Beine angezogen hatte, sozusagen in Sitzhaltung war, und da kamen Sie auf die Idee, sie einfach auf die Toilette zu setzen. Denn sie im Büro des Vorsitzenden zu lassen, hätte den erlauchten Herrn in ein schiefes Licht gebracht. – Natürlich werden Sie sich fragen, warum ich so sicher bin, daß Sie es waren, der sie in dem Büro fand. Auch da habe ich geraten. Die einfachste Erklärung ist oft die richtige. Sie fanden sie, sie schafften sie fort, und dann ›entdeckten‹ Sie die Leiche. Warum aber Janet im Büro des Vorsitzenden starb, dazu fällt mir keine Erklärung ein. Ich gehe davon aus, daß Sie sie nicht getötet haben. Warum ich davon ausgehe? Weil Sie ein hochintelligenter Mann sind – Sie hätten sie weder in dem Büro noch sonstwo umgebracht. Aber Sie waren verstört, nachdem Sie die Leiche fortgeschafft hatten. Und deshalb riefen Sie nicht nur die Polizei an, sondern auch mich, um Ihre Geschichte an jemandem zu testen, dem Janets Tod naheging. Das war nicht gerade ein Akt großer Freundlichkeit – oder Galanterie, wenn Ihnen das lieber ist.«

»Ich wußte ja, daß sie tot war«, sagte Clarkville. »Und es stimmt, was Sie sagen: ihr Körper war mehr oder weniger in Sitzhaltung erstarrt. Mein erster Gedanke war, sie aus dem Büro zu schaffen. Zunächst dachte ich an die Damentoilette, da hätte ich sie nicht die Treppe hinuntertragen müssen, und außerdem: da sie dort schon einmal gefunden worden war, hätte das Ganze leicht nach einem Komplott ausgesehen. Aber das wollte ich den Sekretärinnen nicht antun, deshalb entschied ich mich für die Männertoilette. Und – ob Sie es glauben oder nicht – Sie rief ich an, weil ich jemanden da haben wollte, der Janet nahestand. Mir fiel sonst niemand ein, und ich hatte gehört, daß Sie Freundinnen sind.« Kate spürte deutlich, daß sich hinter Clarkvilles ruhiger Gelassenheit Furcht verbarg.

»Wir kannten uns«, sagte Kate. »Enge Freundinnen waren wir nicht.«

»Ich hoffe, Sie glauben mir, daß ich sie nicht getötet habe.«

Kate ignorierte dies. »Wer immer sie getötet hat«, sagte sie, »war mit ihr in dem Büro und zwang oder überredete sie, ihren Zyankalidrink zu leeren. Er beseitigte alle Spuren, ehe er sich fortmachte. Nur bei Sherlock Holmes hinterlassen Mörder Tabakkrümel. Sie haben nicht zufällig, außer der Leiche, sonst noch etwas fortgeräumt?«

»Um Himmels willen, nein. Nur ihre Handtasche, die ich neben die Leiche gelegt habe. Mein einziger Gedanke war, sie aus dem Büro zu schaffen. Offen gesagt, dachte ich – ich weiß natürlich, daß das kein gutes Licht auf mich wirft –: Wenn ihre Leiche dort gefunden wird, dann ist es mit der Ruhe an unserem Fachbereich für immer vorbei. Die Männertoilette erschien mir als neutrales Territorium. Interessant dabei ist jedoch«, räsonierte Clarkville jetzt, beinahe so, als wälze er ein wissenschaftliches Problem, »wie schnell und ruhig der menschliche Verstand in Notlagen arbeitet.«

»Ich nehme an«, sagte Kate, »daß hier, wie an meiner Universität, ein Schlüssel für alle Türen paßt?«

»Ja«, sagte Clarkville. »Wir haben zwar kürzlich erwogen, das zu ändern. Es hat einige Diebstähle gegeben, wissen Sie...«

»Würden Sie etwas für mich tun?« fragte Kate.

»Wenn ich kann, gern. Werden Sie jetzt mit der ganzen Geschichte zur Polizei gehen?«

»Nur, wenn ich keine andere Wahl habe. Ich würde mir gern Janets Büro ansehen. Ich weiß, die Polizei hat es gerade freigegeben, damit die Fakultät es wieder nutzen kann. Dürfte ich einen Blick hineinwerfen, ehe es ausgeräumt wird?«

»Natürlich«, sagte Clarkville und erhob sich. »Ihr Büro ist im Widener-Haus. Man wird Sie dort einlassen. Ich möchte lieber hier auf Sie warten. Wenn Sie dort fertig sind, holen Sie mich doch bitte ab, wenn es Ihnen nichts ausmacht, und wir gehen zusammen fort. Ich würde gern hören, was Sie gefunden haben.«

»Danke«, sagte Kate und nahm den Schlüssel. Sie blieb einen Moment stehen, und ihr Blick begegnete Clarkvilles. Niemand konnte ausschließen, daß dies eine Falle war und Clarkville ein Verrückter und Mörder, aber Kate bezweifelte es. Sie beschloß, es darauf ankommen zu lassen. Clarkville trat mit ihr auf den Flur, knipste das Licht an, damit sie den Weg zur Treppe und zum Ausgang fand. Kate ging an der berüchtigten Damentoilette vorüber. Hier hatte alles begonnen, dachte sie, während sie das Warren-Haus verließ.

Kate war überrascht. Janets Büro sah bewohnter aus, zeigte mehr Spuren von Leben als ihr Appartement. Hier lagen mehrere Bücher herum, die nach Freizeitlektüre aussahen. Janet mußte viel Zeit in ihrem Büro verbracht haben, mit Warten vielleicht oder mit Arbeit. Kate setzte sich in Janets Schreibtischstuhl und blickte sich um. Auf dem

Schreibtisch lag ein Buch, es war aufgeschlagen; offenbar hatte Janet zuletzt darin gelesen. Es war der zweite Band der Biographie über Eleanor Marx von Yvonne Kapp. Andere Biographien und Neuerscheinungen lagen in Stapeln über den Raum verteilt; nur dieser eine Band lag auf dem Schreibtisch. Es war kein Text, den Kate je mit Janet in Verbindung gebracht hätte. Ebensowenig hätte sie sich vorgestellt, daß Janet sich in ihrem Büro ihrer Freizeitlektüre hingab. Hatte sie sich hier mehr zu Hause gefühlt als in ihrer Wohnung, war hier der Ort, wo irgend etwas Erfreuliches hätte geschehen können? Kate zügelte ihre Phantasie und schloß nur, daß Janet hier offenbar viel Zeit verbracht hatte.

Als Kate zum Warren-Haus zurückkehrte, wartete Clarkville dort auf sie, wo sie ihn verlassen hatte. »Ich habe ein Buch aus Janets Büro mitgenommen«, sagte Kate. »Glauben Sie, irgend jemand hätte etwas dagegen? Ich habe schon eins von ihren Büchern erstanden, aus ihrem Erbe, auch ein Paperback, und bin bereit, noch eins zu kaufen. Ich würde es gern lesen, um zu sehen, was Janet an Eleanor Marx interessierte.«

»Bitte, nehmen Sie es«, sagte Clarkville. »Ich weiß nicht viel über Eleanor Marx, nur daß sie ›Madame Bovary‹ übersetzt hat. Diese Übersetzung benutzen die meisten meiner Studenten heute noch. Ich wäre allerdings nie auf die Idee gekommen, daß Janet sich für Eleanor Marx interessieren könnte. Wie wenig wir doch voneinander wissen.«

»Da Sie gerade davon sprechen – wie gut kennen Sie Howard Falkland?« fragte Kate. »Ist er ein Lieblingsstudent von Ihnen?«

»Wie meinen Sie das?« fragte Clarkville schroff.

»Ich meine«, sagte Kate und ihre Blicke begegneten sich, »würde er jemandem, der nicht viel Alkohol verträgt, hochprozentigen Wodka in einen Drink tun, nur weil Sie ihm zu verstehen gegeben haben, daß Sie das für eine gute Idee hielten?«

Clarkville starrte Kate mindestens eine Minute an. Dann knipste er die Lichter aus und geleitete sie zur Eingangstür hinaus auf die Treppe.

»Howard Falkland«, sagte Clarkville, als sie die Stufen hinabstiegen, »ist ein Narr.«

Zwölf

… daß es ihr seither leichter fiel, das Gefühl zu unterdrücken, als die Folgen auf sich zu nehmen, falls sie ihren Gefühlen freien Lauf ließ.

George Eliot
›Middlemarch‹

Am nächsten Tag verkroch sich Kate in ihr Arbeitszimmer. Sie las, dachte nach und wanderte in dem kleinen Raum auf und ab. Gegen Mittag machte sie einen Spaziergang durch Cambridge. Aber jetzt, da der Winter zu Ende ging, waren so viele Menschen unterwegs, daß man sich selbst im Gänsemarsch kaum die Brattle Street hochkämpfen konnte. Kate gab auf und kehrte zu ihren Büchern zurück: ein Roman, zwei Biographien und der Gedichtband von Herbert aus Janets Appartement. Sie hatte Bill einen Scheck für Band II der Biographie von Eleanor Marx geschickt. Wie es aussah, hatten die Verwandten keinen Gedanken an Janets Büro verschwendet, aber in Geldangelegenheiten war Kate sehr genau, um nicht zu sagen heikel: Sie konnte jemandem eine große Summe leihen und wissen, daß sie sie nie wiedersehen würde, aber sie mochte nicht auch nur den kleinsten Betrag schuldig bleiben. Sie wußte, genau das gehörte zu den Dingen, die sie in den Augen der Frauen im Café in der Hampshire Street so bieder erscheinen ließ.

Herberts Gedicht ›Liebe‹ konnte Kate inzwischen auswendig. Sie hatte auch alle anderen Gedichte Herberts, die in dem Band zusammengestellt waren, gelesen. Sie hoffte, ein anderes Gedicht zu finden, das Janet ebenso beschäftigt hatte. Aber wie es schien, war nur das ›Liebe‹-Gedicht wieder und wieder gelesen worden. Während Kate die Seiten wohl zum zwanzigsten Mal durchblätterte, fiel ihr Blick plötzlich auf etwas, das sie viele Male zuvor übersehen hatte: eine kleine Anmerkung in Janets ordentlicher Handschrift. Auf Seite VIII des Inhaltsverzeichnisses, unter dem letzten Gedicht von Herbert, hatte Janet einen anderen Titel hinzugefügt: ›Hoffnung‹. Natürlich stand keine Seitenzahl daneben, weil das Gedicht ja nicht in der Auswahl dieses Bandes enthalten war. Kate war der Zusatz bisher entgangen, da Janet ihn in so sauberen Buchstaben geschrieben hatte, daß er sich von dem Gedruckten kaum abhob. Wieder verließ Kate ihr Arbeitszimmer, überquerte den Radcliffe Campus und rannte förmlich die Garden Street hinauf zur Hilles Bibliothek in der Shepherd Street. Kate mochte diese Bibliothek, die, außer zu Examenszeiten, kaum frequentiert war. Hier war nichts von dem Eifer der Erstsemester zu spüren, der die Lamont Bibliothek auf dem Harvard Campus erfüllte, wo sich die Studienanfänger tummelten. Kate kannte sich inzwischen gut aus in der Hilles.

Sie lief die moderne Holztreppe hinauf zur Etage, die die englische Literatur beherbergte, und machte sich auf die Suche nach jeder verfügbaren Sammlung mit Gedichten Herberts, alt oder neu. Es gab viele, und Kate brauchte nicht lange, bis sie entdeckte, daß Herbert in der Tat ein Gedicht mit dem Titel ›Hoffnung‹ geschrieben hatte und daß es kurz war:

> Ich schenkte der Hoffnung eine Uhr von mir, aber sie, o Trug,
> schickt mir einen alten Krug.
> Mein Gebetbuch ich ihr als nächstes laß
> und sie gibt mir ein Augenglas.
> Dann schenk ich ihr ein Amulett mit einer Träne
> und sie schickt mir aus ihrem Haar ’ne graue Strähne.
> Ach, Undankbare, nie mehr ich dir etwas bring,
> auf was ich hoffte, war ein Ring.

Kate setzte sich an einen der Tische und las das Gedicht wieder und wieder; dann schrieb sie es auf ein Blatt Papier ab, um das sie einen Studenten bitten mußte, da sie ihr Arbeitszimmer so überstürzt verlassen hatte. Nachdem sie das Buch ins Regal zurückgestellt hatte, machte sie sich auf den Weg zu Moon. Spät nachmittags war er meistens zu Hause.

Moon bot Kate ein Bier an und war bereit, über Janet zu sprechen. »Bist du weitergekommen?« fragte er. »Mir liegt daran, daß du das Geld für die Kaution zurückbekommst, mir liegt auch daran, Cunningham zu zahlen, was ich ihm schulde, wofür ich mir wahrscheinlich Geld leihen muß; außerdem liegt mir daran, meinen Kurs hinter mich zu bringen, aber vor allem will ich so schnell wie möglich von hier verschwinden. Und da du die einzige bist, die mir dazu verhelfen kann, rede ich so viel über Janet, wie du willst. Aber ich wünschte, ich könnte irgendeinen Sinn darin sehen. Versuch mich zu verstehen, Kate. Ich hab die Frau fast zwanzig Jahre lang nicht gesehen, und ich halte es für sehr unwahrscheinlich, daß sich in meiner ziemlich getrübten Erinnerung irgendein Hinweis darauf findet, wer sie hätte umbringen wollen und aus welchem Grund. Um die Wahrheit zu sagen: Die Erinnerung an meine Zeit mit Janet war schon zehn Minuten nach der Scheidung so gut wie erloschen.«

»Was hieltest du von ihrer Familie? Ich habe gerade einen ihrer Brüder kennengelernt. Eine Erfahrung, die man nur einmal im Leben machen möchte.«

»Um ihre Familie habe ich mich nie geschert, und ich glaube, Janet im Grunde auch nicht. Sie hatte diese beiden jüngeren Brüder, die offenbar darum wetteiferten, den Orden für das langweiligste Mitglied im örtlichen Elk Club zu bekommen. Ich weiß, das hört sich snobistisch an, aber so meine ich es gar nicht. Ich will nur sagen: Gäbe es Clubs, bei denen die Aufnahmebedingung darin bestünde, daß alle Mitglieder so spießig wie nur möglich sind, ihre Brüder hätten einen solchen gegründet.«

»Ihr beide, du und Janet, habt nicht über ihre Familie gestritten?«

»Nie. Ich war mit der kirchlichen Trauung einverstanden, weil ihre Familie schon genug daran zu knabbern hatte, daß sie einen Juden heiratete. Aber diese kirchliche Trauung war die letzte Konzession, die sie an ihre Familie machte. Gott weiß, daß es Janet nicht leichtfiel, sich von herkömmlichen Vorstellungen zu lösen, aber ich glaube, als wir heirateten, hatte sie es doch geschafft, ihre Kleinmädchenträume nicht mit der Wirklichkeit zu verwechseln. Wahrscheinlich war das der Grund, warum wir überhaupt geheiratet haben.«

»Hatte sie deiner Meinung nach eine glückliche Kindheit?«

»Keine Spur glücklich. Aber sie hatte immer das Gefühl, daß sie für ihre trostlose Kindheit irgendwie entschädigt werden würde – mir fällt das richtige Wort nicht ein –, daß sie es ihrer Familie beweisen würde. Das Dumme bei solchen Familien ist bloß, daß man ihnen beweisen kann, was man will – man wird die Klassenerste, macht das beste Universitätsexamen, und alles, was ihnen dazu einfällt, ist die Frage: Wann heiratest du? Ich glaube, Janet wollte gar nicht heiraten, aber ihre Familie sollte nicht denken, sie bekäme keinen ab. Gleichzeitig wollte sie keinen, der ihrem Clan gefallen hätte. Ich glaube, ich kam gerade recht, weil ich ständig hinter ihr her war, mich zu heiraten und endlich mit mir ins Bett zu gehen. Gott, wie ich die Fünfziger hasse.«

»Moon«, sagte Kate nach einer langen Pause, während der beide freudlosen Erinnerungen an die fünfziger Jahre nachgehangen hatten, »wenn du aufgrund des Bildes, das du von Janet hast, entscheiden solltest, ob jemand sie aus persönlichem Haß umbrachte oder wegen dem, was sie verkörperte, worauf würdest du tippen?«

»Ob jemand sie umbrachte, weil sie Janet war oder weil sie eine bestimmte Sorte Person war? Meinst du das? Nach dem, was ich von ihr weiß – ich tippe, ohne zu zögern, auf letzteres. Ich glaube einfach nicht, daß jemand sie ermordet hat, weil er sich von ihr beleidigt oder verletzt fühlte.

Sie wurde ermordet, weil sie etwas Bestimmtes verkörperte. Womit natürlich klar ist, daß ich nicht der Täter sein kann, wie du ja schon herausgefunden hast und bestimmt auch bald beweisen wirst.«

»Ich weiß, du haßt Henry James, Moon, aber du besitzt genau die Eigenschaft, die sein Lieblingsheld Strether in ›Die Gesandten‹ am meisten bewundert: die herrliche Gabe, die Dinge auf sich zukommen zu lassen.«

»Ich behaupte nicht, daß James keinen tiefen Einblick in die menschliche Seele hätte. Mir ist nur seine Syntax zu verschlungen und kompliziert. Es stimmt, ich nehme die Dinge, wie sie kommen, aber Janet konnte das nie. Weißt du, was sie im Grunde wollte? Sie wollte dem Schicksal zur Hand gehen. Sie wollte irgendeine großartige Aufgabe erfüllen, die Gott der Allmächtige, oder sein Äquivalent, für sie vorgesehen hatte. Aber das Schicksal läßt sich von niemandem ins Handwerk pfuschen. Wenn wir uns im klaren sind, was wir wirklich wollen, hilft es vielleicht manchmal ein wenig nach. Janet mochte das siebzehnte Jahrhundert so, weil es da einen Gott gab, der erschien und sagte: Vertrau auf mich, mein Kind, und alles wird gut.«

»Moon, hast du Janet je erzählt, wie du dich im Krieg fühltest?«

»O ja. Das waren unsere besten Zeiten, wenn wir darüber redeten, wie wir uns fühlten, als wir jung waren. Dann verstanden wir uns immer am besten und waren uns am nächsten. Sie machte sich nie viel aus Sex, was ich wohl schon erwähnt habe. Aber manchmal hatte sie es gern, mit mir im Bett zu liegen und einfach zu reden. Am liebsten wollte sie dabei in die Arme genommen werden. Wahrscheinlich hat es mir mehr geholfen, mit ihr zu reden, als umgekehrt.«

»Jetzt habe ich nur noch eine Frage, Moon. Denk gut nach, sehr gut, ehe du antwortest.« Und sie fragte ihn.

Schließlich fuhr Kate nach Boston, um John Cunningham alles auseinanderzusetzen. Einige Tage zuvor waren beide übereingekommen, die Detektive zurückzurufen. Sie hatten gute Arbeit geleistet, aber das Ergebnis war negativ. Kate hatte John gegenüber bemerkt, das Dumme am Universum sei – »Mein Gott, verschone mich!« hatte Cunningham aufgestöhnt –, daß das Negative nie genügend gewürdigt, belohnt oder verstanden würde. »Wir alle schreien hurra, wenn jemand etwas *tut*, selbst wenn es sich hinterher als die bekloppteste, wie Leighton sagen würde, Sache der Welt herausstellt. Aber jemand, der etwas vermeidet, hat noch nie Beifall bekommen. Kein Applaus, kein Lob, kein Hurra.« Worauf Cunningham erwidert hatte, er wünsche bei Gott, Kate würde ihn nicht während seiner Bürostunden in derartige Gespräche verwickeln. »Du bist schlimmer als meine Frau«, sagte er, »die mich mitten in einer Besprechung anruft und mit den Wünschen der Kinder behelligt. Aber das tut sie nur, damit ich nicht lange mit ihr herumdiskutiere und zu allem ja sage.«

Diesmal war Cunningham einverstanden gewesen, sich nach dem Büro mit Kate zu treffen. Und noch mehr: Er hatte sich sogar bereit erklärt, sie zum Dinner ins ›Locke-Ober‹ auszuführen, ein Restaurant, von dem er behauptete, Kate möge es nur, weil es, wie Harvard, bis vor kurzem Frauen den Zutritt in seine geheiligten Hallen verwehrt hatte. Kate stritt das ab. Was sie dort möge, seien der Rahmspinat und die Art der älteren Kellner, die fast alle taub und sehr galant waren.

»Ich bin nur mit diesem Restaurant einverstanden gewesen«, versicherte Cunningham ihr, als sie Platz genommen hatten, »weil sich das Essen hier so in die Länge zieht, daß du genügend Zeit hast, mir deine ganze, wie ich sicher bin, groteske Geschichte zu erzählen. Übernächste Woche kommt übrigens Mr. Mandelbaums Fall vor Gericht. Ich hoffe, er kommt und erspart mir die Aufgabe, Reed – der dich schließlich deines Geldes wegen geheiratet hat, einen anderen Grund konnte es ja kaum geben, du redest zu viel und warst damals schon nicht mehr die

Jüngste – zu erklären, warum ich zugelassen habe, daß du für jemand die Kaution stellst, der sie den Bach runtergehen läßt.«

»Ich verspreche dir, daß Moon sich nicht nach Pago Pago absetzt.«

»Das glaube ich dir ohne weiteres. Denn sogar Moon wird wissen, daß Pago Pago amerikanisches Territorium ist und er jederzeit dort greifbar wäre. Ich weiß nicht, warum die Leute heutzutage so viel Geld, ja ganze Vermögen, für die Bildung ihrer Töchter ausgeben, die dann am Ende nicht mal über die elementarsten Geographiekenntnisse verfügen. Was möchtest du trinken?«

»Zur Strafe«, sagte Kate, nachdem sie die Weinkarte studiert hatte, »werde ich mir eine Flasche Vouvray, Clos de Nouys 1971 bestellen. Hier steht zwar halbtrocken, da aber der 71er zufälligerweise ein ganz hervorragender Jahrgang ist, fühle ich mich inspiriert, einmal von meiner Vorliebe für sehr trockene Weine abzuweichen.«

»Na gut. Aber trink vorher einen Scotch. Zwei Scotch«, sagte er zu dem Kellner. »Sie wissen welche Marke, und stecken Sie den Wein in einen Eiskübel. Am besten kühlen Sie gleich noch eine Flasche vor, denn ich habe die düstere Ahnung, daß uns ein langer Abend bevorsteht.«

»John, ich weiß, du kannst Frauen wie mich nicht leiden, aber spielst du nicht selbst für deine Begriffe heute ein wenig zu sehr den Macker? Ist irgend etwas nicht in Ordnung?«

»Natürlich ist irgendwas nicht in Ordnung. Du wirst mir nämlich gleich erzählen, daß einer der renommiertesten Professoren von Harvard eine Kollegin ermordet hat, nur weil er den Gedanken nicht ertragen konnte, daß in seiner Fakultät eine Frau in einer hohen Position ist. Ich werde mich mit der ganzen verdammten Harvard-Hierarchie anlegen müssen. Ich werde wegen dieses lächerlichen Lehrstuhls Krach bekommen, den, wenn du meine Meinung wissen willst, nur ein irregeleiteter Halbverrückter Harvard einbrocken konnte. Die Tatsache, daß besagter Professor schwul ist, wird an die Öffentlichkeit kommen, und wir werden einen Haufen psychologischer Gutachter bei Gericht sitzen haben, die sich darüber streiten, ob Homosexualität dazu verleitet, Frauen zu ermorden oder nicht, und da fragst du mich, ob irgendwas nicht in Ordnung ist.«

»Du glaubst also, Clarkville war es?«

»Nein. Ich glaube, daß du glaubst, daß er es war. Am Telefon hast du gesagt, daß Janet im Büro des Vorsitzenden gestorben ist.«

»Ja, stimmt. So war es. Und Clarkville hat ihre Leiche fortgeschafft. Ich zweifle zwar keine Sekunde daran, daß er sie, zumindest in manchen Augenblicken, gern umgebracht hätte, aber er hat es nicht getan. Er hatte weder die Gelegenheit noch die Mittel, um bei deinem *sine qua non* zu bleiben, und er hatte noch nicht einmal mein *sine qua non*: ein Motiv. Denn Clarkville ist immerhin schlau genug, zu wissen, daß seine Fakultät jede Art von Publicity um den Frauenlehrstuhl nicht gebrauchen konnte – es sei denn, Janet hätte sich der Bewegung ›Rettet-das-alte-Frauenbild‹ angeschlossen und die Frau als Dienerin inklusive der geschnürten Füße propagiert. In dem Falle wäre ihnen größte Publicity natürlich recht gewesen.«

»Mein Gott, bin ich erleichtert! Du glaubst also nicht, daß Clarkville es war. Und auch kein anderer Harvard-Professor, Kate? Du hast mir doch nicht eine schreckliche Aussicht genommen, um mich mit einer anderen, vielleicht noch schlimmeren zu konfrontieren?«

»Nun, ich gebe zu, daß jemand von der anglistischen Fakultät sie umgebracht hat. Nur ein einziger Professor kommt überhaupt in Frage.«

»Ja?« Cunningham ließ seinen Blick nicht von Kate, während er hektisch nach dem Kellner und einem zweiten Scotch winkte. »Ja?«

»Janet selbst«, sagte Kate. »Sie hatte Gelegenheit, Mittel und Motiv – und die tatkräftige Hilfe ihrer Kollegen und außerdem noch die eines ziemlich bedeutenden Dichters, ebenfalls tot, namens Herbert.«

Als sie beim Vouvray angelangt waren, sah Cunningham aus, als könnte der morgige Tag es möglicherweise wert sein, halbwegs nüchtern zu bleiben. »Erzähl mir«, sagte er, »erzähl mir alles. Ich spendier dir zwei Essen und fünf Flaschen von allem, was es hier gibt, wenn du mich davon überzeugst, daß das stimmt.«

»Fangen wir ganz von vorn an«, sagte Kate. (John stöhnte mitleiderregend, Kate ignorierte ihn.) »Warum tippte die Polizei auf Moon als Mörder? Ich wußte zwar von Anfang an, daß er kein Mensch ist, der jemand umbringt, schon gar nicht die arme Janet, aber von solchen Überlegungen läßt sich die Polizei ja nicht leiten. Irgendwann ließ sie ihn als Hauptverdächtigen fallen und versteifte sich statt dessen auf die arme Luellen May. Was alle verwirrte, war eben, daß so viele Leute in die Sache verstrickt schienen, die im Grunde gar nichts damit zu tun hatten. Ich meine, ich und Moon beispielsweise, wir gehörten beide zu Janets Vergangenheit. Und daß wir beide hier waren, ließ auf irgendwelche Verbindungen schließen, die es in Wirklichkeit gar nicht gab. Moons Anwesenheit hier war reiner Zufall, aber das wollte die Polizei einfach nicht glauben, zumal sich herausstellte, daß er Zyankali besaß. Luellen May wurde verdächtigt, weil man sie neben der Badewanne an Janets Seite angetroffen hatte. Und ich verdächtigte Clarkville oder jemand, der auf sein Geheiß hin handelte. Schönes Wort, ›Geheiß‹, nicht wahr? Typisches Überbleibsel aus einer Kindheit, die damit verbracht wurde, anständige Bücher zu lesen. Schon gut, keine Angst, ich hör schon auf. Außerdem verdächtigte ich Howard Falkland, ein Handlanger Clarkvilles zu sein – und andere ungenannte Professoren, die sich im Hintergrund hielten.«

»Kate, du solltest lieber ein paar Beweise auf den Tisch legen, denn das Ganze klingt allmählich genau wie die Sorte Geschichten, die die Polizei selbst in ihren bestgelaunten Momenten nicht besonders lustig findet.«

»Geduld, Geduld, mein Lieber. Wo war ich stehengeblieben? Ach ja, bei meinen Verdächtigen. Zuerst die Geschichte mit der Badewanne. Nun, Howard Falkland benahm sich ganz als der Idiot, der er ist; im strengen Sinn des Begriffs beging er aber kein Verbrechen. Er goß hochprozentigen Wodka in den Drink einer Frau, die nur selten Alkohol trank...«

»Im Gegensatz zu manch anderer, die einem einfallen könnte.«

»Wenn du auf billige Beleidigungen aus bist – ganz wie du willst...«

»Ich bitte demütigst um Verzeihung und nehme alles zurück. Erzähl weiter, meine Gute, erzähl weiter.«

»Er hat wahrscheinlich übertrieben. Aus einem Campari schmeckt man Wodka kaum heraus. Howard Falkland hatte keine Ahnung, daß Janet hohe Dosen eines starken Schlafmittels einnahm. Sie hielt nichts von Tranquilizern, gestattete sich aber ein ehrliches, altmodisches Mittel, das die gleiche Wirkung hatte, viel billiger war und in ihrer Jugend von vielen Leuten genommen wurde.«

»Wieso muß heutzutage eigentlich jeder Tranquilizer schlucken?«

»Wenn du Zeit hast, erklär ich dir, welche Rolle die Pharmaindustrie dabei spielt. Nun, jeder weiß, daß eine Überdosis Schlaftabletten tödlich ist. Sich dagegen mit Tranquilizern umzubringen, ist gar nicht so einfach.«

»Warum hat sie dann nicht einfach zu viele von ihren Pillen geschluckt und uns eine kleine Notiz hinterlassen? Warum das Büro des Vorsitzenden? Warum Zyankali?«

»Hetz mich doch nicht so. Ich muß die Dinge selbst erst noch in meinem Kopf ordnen. Du brauchst dir das alles natürlich nicht anzuhören.«

»Wieso glaubst du, ich hätte noch die Wahl, nachdem du mich in den Fall eingeschaltet hast? Erzähl weiter.«

»Der Alkohol plus eine wahrscheinlich höhere Dosis Schlaftabletten führten zu der kleinen Episode in dem berühmten Mahagonibadezimmer des Warren-Hauses. Dort setzte Howard seinem albernen Studentenstreich die

Krone auf, indem er eine Frau herbeirief, von der er wußte, daß sie eine radikale Feministin und lesbisch ist. Janet war entsetzt, Luellen May, ohnehin in Schwierigkeiten, bekam noch erheblich größere, und mir fällt es sehr schwer, Howard Falkland letzten Endes nicht als Mörder anzusehen. Daß Janet auf dieser Party umkippte, sich dann auf einem Polizeirevier – oder jedenfalls etwas Ähnlichem – an der Seite dieser Frau wiederfand, war für sie, fürchte ich, nicht nur peinlich – es stürzte sie in Verzweiflung. Das Ganze hatte noch etwas anderes zur Folge: Janet rief nach mir. Selbst ich, die ich bei dieser Geschichte von Anfang bis Ende nicht besonders schlau war, spürte bei unserer ersten Begegnung, wie einsam sie war. Arme Janet. Sie gehörte nirgendwohin. Und sie wandte sich an mich und Sylvia um Hilfe. Sylvia erklär ich dir gleich. Und anstatt ihr zu sagen, du bist eine Heldin, ein großartiges Mädel, mach weiter so, und die ganze Männermannschaft wird gar nicht anders können, als deine Qualitäten irgendwann anzuerkennen, hämmerten wir ihr ein, sie müsse sich endlich um die Sache der Frauen kümmern, es sei ein Fehler von ihr, die Frauenbewegung zu ignorieren. Was natürlich stimmte, aber wenig tröstlich war für Janet, die doch so gern zum Männerclub gehören wollte und über den Feminismus nur die Achseln zucken konnte.«

»Und wo kommt Sylvia, wer immer sie ist, in die Geschichte?«

Kate erzählte ihm von Sylvia. »Janet wurde für den heiß umstrittenen Lehrstuhl ausgewählt, und Sylvia war Politikerin genug, um sofort zu erkennen, daß das eine Menge Kräfte auf den Plan rufen würde, die auf Sabotage aus waren. Und dagegen wollte sie tun, was sie konnte. Wie oft wird es wohl vorkommen, daß jemand eine Million Dollar für einen Frauen-Lehrstuhl spendet? Antworte lieber nicht, ich mag es nicht, wenn du ausfallend wirst.«

»Nach dem Badewannen-Zwischenfall ging es mit Janet also erst richtig bergab?«

»Ich fürchte ja. Das ganze Ausmaß ihrer Verzweiflung

habe ich erst begriffen, als ich ihr Appartement sah – nackt und kahl –, sie war nie heimisch darin geworden. Als hätte sie gewußt, daß es nicht von Dauer sein sollte. Und auf ihrem Nachttisch lagen die Gedichte von Herbert. Seit ich vor ewigen Zeiten aufgehört habe, Grundkurse für englische Literatur zu geben, habe ich keine Gedichte aus dem siebzehnten Jahrhundert mehr gelesen, und auch damals war uns Herbert nicht besonders wichtig. Also las ich dieses Gedicht, mit dem Janet sich so ausgiebig beschäftigt hatte, mit frischem Geist, so wie man Gedichte natürlich immer lesen sollte. Ich bin sicher, daß auch Janet es in gewisser Weise zum ersten Mal las, das heißt, zum ersten Mal richtig auf sich wirken ließ. In ihrem ersten, berühmten Buch ging es darum, Herbert nicht von heute aus zu lesen, sondern so wie seine Zeitgenossen. Janet ließ es zum ersten Mal unmittelbar auf sich wirken und bekam seine ganze emotionale Wucht zu spüren.« Kate nahm einen Schluck Wein.

»Herberts Gedicht ›Liebe‹«, fuhr sie fort, »erzählt von einem Mann, der sich wegen seines unfrommen Lebenswandels unwürdig fühlt, den Christus aber an seinen Tisch bittet und bewirtet. Ich brauche dir nicht zu erzählen, auf wie viele Weisen man dieses Gedicht lesen kann. Entspann dich, ich hab nicht vor, sie dir aufzuzählen. Irgendwann kam mir jedenfalls der Gedanke, daß man das Gedicht als Einladung zum Tod verstehen kann. Christus bittet den Mann, sich zu ihm zu gesellen, sein Brot mit ihm zu teilen und, vielleicht, ihm in den Himmel zu folgen, also auch den Tod mit ihm zu teilen. Schon gut, schon gut, spar dir deine Einwände. Ich verwarf diese Phantasie selbst als das, was sie war: eine Phantasie.«

»Und dann«, fuhr Kate fort, »fiel mir etwas ein. Ich erinnerte mich plötzlich an ein ziemlich konfuses Gespräch im Speisesaal des Dunster-Hauses, bei dem ein junger Mann mir erzählte, er habe Janet wegen eines Gedichts von Herbert konsultiert, das Simone Weil gelesen hatte. Also ging ich los, besorgte mir die neueste Biographie über

Simone Weil und sah sie durch auf irgendwelche Hinweise. Dabei fand ich heraus, daß Simone Weil dieses Gedicht abgeschrieben hatte, um es immer wieder zu lesen, denn während sie es las, hatte sie das Gefühl, Christus *existiere.* Nur für den Fall, lieber John, daß du mich im Verdacht hast, ich wollte dir schon wieder eine Feministin unterjubeln: Simone Weil war eine brillante Philosophin, die ihr ganzes Leben den Armen, Gequälten und Betrogenen widmete. Sie identifizierte sich zutiefst mit den Ausgestoßenen und Verfolgten, mit allen Leiden, außer natürlich jenen, die sie am eigenen Leib erfuhr: als Frau und als Jüdin. Mit beiden identifizierte sie sich nicht sonderlich.«

»Hat sie sich umgebracht?«

»Vielleicht. Im Zweiten Weltkrieg, als viele Menschen hungerten, starb sie den Hungertod. Ich glaube, zum Teil starb sie, weil sie nichts mehr sah, wofür sich zu leiden lohnte. Merken mußt du dir nur, daß sie zu den großen Geistern unserer Zeit gehört. Ich hoffe, du hast Simone Weil inzwischen verdaut, denn ich habe vor, noch mehr tote Frauen, sowohl aus der Literatur wie aus dem wirklichen Leben, ins Spiel zu bringen – also wappne dich.« Aber John, ein zutiefst weiser Mann, nahm Kate jetzt nicht auf die Schippe.

»Nachdem Clarkville zugegeben hatte, daß er Janets Leiche fortschaffte, bat ich ihn, mich einen Blick in ihr Büro werfen zu lassen. Wenn sie in Harvard irgendwo gelebt hatte, dann hier, das wurde mir sofort klar. Hier, wenn überhaupt, hoffte sie auf Rettung. Und hier las sie eine Biographie über Eleanor Marx.«

»Erstaunlich, daß Janet sich für sie interessiert hat.«

»Genau das sagte Clarkville und habe auch ich gedacht. Jedenfalls nahm ich die Biographie mit und las sie. Eleanor Marx brachte sich mit Zyankali um, das damals unter dem Namen Blausäure bekannt war. Niemand, außer vielleicht einer Freundin, mit der sie korrespondierte, wußte überhaupt, daß sie unter Depressionen litt. Bemerkenswert ist außerdem, daß Eleanor Marx ›Madame Bovary‹ übersetzte. Und die Heldin dieses Buchs tötete sich mit Arsen – aus Verzweiflung darüber, keinen Platz im Leben zu haben und kein Leben zu leben. Als sie sich das Gift besorgte, sagte sie, sie wolle es für Ratten. Eleanor Marx sagte, sie wolle es für einen Hund. Sie war übrigens die Tochter von Karl Marx.«

»Arsen«, sagte Cunningham. »Und trotzdem hat sich Janet für Zyankali entschieden. An Arsen ist viel leichter heranzukommen.«

»Normalerweise ja. Aber Janet hatte das Zyankali. Sie hatte es seit vielen Jahren. Als sie noch mit Moon verheiratet war, erzählte er ihr von den Kapseln, und sie stahl ihm einige. Sie nahm nur eine oder zwei ein – wahrscheinlich zwei, denn sie fürchtete bestimmt, daß die Wirkung über die Jahre nachgelassen haben könnte.«

»Wäre es nicht einfacher gewesen, sie hätte ihre Schlaftabletten genommen?«

»Viel einfacher. Aber Zyankali hat zwei wichtige Eigenschaften, weshalb auch Soldaten und Spione es benutzen. Es wirkt schnell und endgültig. Es gibt keinen Weg zurück, jede Rettung kommt zu spät.«

»Aber warum mußte sie es im Büro des Vorsitzenden nehmen?«

»Das kann ich nicht erklären, nur raten. Ich glaube, sie meinte es als Geste gegenüber einem Mann – vielleicht eine Rachegeste. Der Vorsitzende hatte ihr an jenem Tag alle Hoffnung genommen. Weißt du, es gab noch ein anderes Gedicht, mit dem sie sich beschäftigte, auch von Herbert. Es heißt ›Hoffnung‹. In diesem Gedicht wird deutlich, daß der Dichter erwartete, etwas von der ›Hoffnung‹ zurückzubekommen, weil er so fest an sie geglaubt hatte. Die Schlußzeile lautet: ›Ach, Undankbare, nie mehr etwas ich dir bring', auf was ich hoffte, war ein Ring.‹ – Das sagt doch alles, findest du nicht? Außerdem«, fügte Kate fast beiläufig hinzu, »hätte sie sich in ihrem eigenen Büro umgebracht, wäre sie vielleicht erst nach Tagen von der Putzfrau gefunden worden, womit noch einmal deutlich wird, worin Janet ihr eigentliches Scheitern sah: Niemand würde sie vermissen. Von der Fachbereichssitzung am Nachmittag vor ihrem Tod habe ich dir noch nicht erzählt. Das kann vielleicht warten. Nur so viel: Sie muß für Janet die Hölle gewesen sein.«

»Und du hast Moon gefragt, ob er es für möglich hält, daß sie ihm die Kapseln gestohlen hat?«

»Ja. Moon sagte, er habe ihr die Kapseln gezeigt. In jenen Tagen sprach er oft über den Tod und die schreckliche Zeit während des Krieges im Pazifik. Ich erinnere mich noch gut. Und, aufrichtig wie er ist, gestand er mir, er habe es damals nicht für ausgeschlossen gehalten, daß Janet ein oder zwei Kapseln an sich genommen hatte. Aber für ihn habe jeder das Recht auf seinen eigenen Tod. Außerdem wäre ihm nie in den Sinn gekommen, Janet könne sich umbringen wollen, schon gar nicht mit Zyankali. Aber die Zeit verändert die Menschen. Und Janet war schon immer eine entschiedene Frau. Nachdem sie einmal den Entschluß gefaßt hatte, zu sterben, hatte sie niemand abhalten können. Und wie Eleanor Marx, Emma Bovary oder Simone Weil wollte sie auf keinen Fall gerettet werden. Ich möchte gern glauben, daß sie mit der Vorstellung starb, zu einem heiligen Fest geladen zu sein, aber ich glaube es nicht. Solche Vorstellungen waren nur zu Herberts Zeit und Menschen wie Herbert möglich. Um meinetwillen möchte ich glauben, daß sie es geglaubt hat.«

Dreizehn

> Die Fakultät nimmt folgenden Beschluß des Untersuchungskomitees über den Status von Frauen an: »daß die Anzahl von Frauen an der Fakultät erhöht werden muß« und daß die Fakultät ihre Verwaltungsorgane, ihre Fachbereichsvorsitzenden und Mitglieder der Berufungskomitees anhält, auf dieses Ziel hinzuarbeiten.
>
> *Beschlossen auf einer ordentlichen Sitzung der geisteswissenschaftlichen Fakultät*

Und so hatte Kate zum Schluß noch das halbe Semester zu ihrer freien Verfügung. Meistens arbeitete sie an ihrer Vorlesung, die sie Ende Mai am Radcliffe-Institut halten sollte. Schon während der Ausarbeitung widmete sie sie Janet. Herbert hatte geschrieben:

> Wer hätte gedacht, daß mein verdorrtes Herz
> von neuem zu sprießen begänne

Aber auch als Kates Herz sich mit Einzug des Frühlings wieder aufhellte, trauerte sie darum, daß es Janets Herz nicht beschieden war, von neuem zu sprießen.

Als Kate im Mai dann schließlich ihre Vorlesung hielt, im großen Hörsaal des Agassiz-Hauses, wo solche Ereignisse immer stattfanden, sprach sie von den vielen Wegen, die Frauen offenstünden, ihr Leben neu zu entwerfen. (»Ich werde nicht kommen«, sagte Moon, »ich weigere mich, mir anzuhören, wenn du vielsilbig, strukturalistisch und theoretisch wirst«, aber er kam.)

»Und du«, fragte Sylvia nach Kates Vorlesung, »wirst du in Harvard bleiben, um den neuen weiblichen Lebensentwürfen auf die Sprünge zu helfen?« Wieder hatten beide die Füße hochgelegt und betrachteten die Schiffe und Flöße auf dem Fluß und die Studenten im Gras der Uferböschung.

»Ich bleibe auf alle Fälle bis zu Leightons Abschlußfeier«, sagte Kate, »obwohl das ein Zusammentreffen mit meiner Familie bedeutet. Aber Clarkville hat mir eine Platzkarte der Fakultät geschickt. Während der Zeremonie brauche ich mich also nicht unter meine Anverwandten zu mischen. Natürlich ist Clarkville, Gott erbarme sich seines engen Männerherzens, nicht in den Sinn gekommen, daß ich mehr als eine Karte brauchen könnte. Aber egal – ich setze große Hoffnungen in Leighton.«

»Trotzdem. Janet ist umgebracht worden«, sagte Sylvia. Sie sah immer noch auf den Fluß hinaus. »Wir alle haben an ihrem Tod mitgewirkt. Wir haben sie isoliert. Keiner von uns hat ihr Rückhalt gegeben. Nur der Tod hieß sie willkommen.«

»Ich denke«, sagte Kate, »daß Harvard sich zumindest ein wenig darüber im klaren ist, was es angerichtet hat. Weißt du, in gewisser Weise verstehen wir, die wir von außen kommen, viel mehr von Harvard als alle *in* Harvard. War es nicht Kipling, der geschrieben hat: ›Der kennt wenig von England, der nur England kennt.‹ Nun, wenn Harvards Männer auch nur ein Fünkchen zu kapieren beginnen, ist Janet vielleicht nicht umsonst gestorben.«

»Sie ist nicht umsonst gestorben, glaub mir. Harvards Anglistik-Professoren dachten, die Zeit, da sie sich um die Frauenfrage kümmern mußten, sei vorüber, die feministische Bewegung an den Universitäten hätte sich endgültig ausgetobt. Ich bezweifle sehr, daß sie diesen Standpunkt jetzt noch vertreten, und ich glaube auch nicht, daß sie beim nächsten Mal eine so schlechte Wahl treffen werden.«

»Dann gibt es also ein nächstes Mal?«

»O ja. Der gestiftete Lehrstuhl besteht ja weiter«, sagte Sylvia.

»Das überrascht mich, aber bei Gott, ich bin froh. Ist

dir schon aufgefallen, daß ich neuerdings öfter Gott erwähne? Das ist der Einfluß George Herberts, kein Zweifel.«

»Kein Zweifel auch, daß Janets Tod den Spender zu noch größerer Freigebigkeit angespornt hat. Höchstwahrscheinlich wird demnächst noch ein Frauenlehrstuhl gestiftet! Und *zwei* Millionen Dollar wird Harvard größte Aufmerksamkeit schenken, da können wir uns getrost auf sein geldgieriges kleines Herz verlassen.«

»Ob ich wohl je erfahren werde, wer der Spender ist?«

»Warum nicht. Du hast es verdient. Aber du mußt wirklich schweigen, denn das einzige, was der Wohltäterin ihre Spendelust nehmen könnte, wäre Publicity. Sie will ihr Interesse an Frauen geheimhalten. Sie handelt nämlich mit Männern.«

»Was meinst du denn bloß damit?«

»Meine Liebe, die Dame, von der ich rede, ist alt, steinreich und besitzt eine Baseballmannschaft. Wußtest du, daß man eine Baseballmannschaft besitzen kann? Na, wahrscheinlich wußtest du es, aber ich nicht. Ich dachte immer, die gehörten Städten. Städte vergeben zwar die Spiellizenzen, aber gehören tun die Teams irgendwelchen Leuten. Und jeder, der will, kann Stadionbesitzer werden.«

»Sylvia, du bist ja ein regelrechtes Informationswunder. Und wer, kannst du mir das auch sagen, hat diese Frau herumgekriegt, einen Lehrstuhl zu stiften?«

»Da sie mit Vergnügen fünf Millionen pro Jahr für ihr Baseballteam springen läßt, kam ihr irgendwann die Idee, in einem vernichtenden Schlag ein oder zwei Millionen auf Harvard niederprasseln zu lassen. Falls du wissen willst, aus welchem Grund: um Harvard zu ärgern. Ist das nicht herrlich? Wie ich gehört habe, läßt sie kein Spiel ihrer Mannschaft aus, egal, wo die spielt. Und es wird gemunkelt, im Leben ihrer Spieler gäbe es drei Sorten Frauen: die Ehefrauen, die Frauen, mit denen die Jungs unterwegs anbandeln, und ihre Besitzerin.«

»Trotzdem wundert es mich, daß sie den Lehrstuhl ausgerechnet für eine Frau stiftete. Eigentlich klingt sie nicht so, als könnte sie viel mit Akademikerinnen anfangen.«

»Viele Leute haben etwas nachgeholfen. Millionäre kennen sich untereinander. Und irgend jemand setzte die Geldauftreiber Harvards auf ihre Spur. Eine Million Dollar sind schließlich eine Million Dollar, selbst wenn sie von einer Dame kommen. Aber was letztendlich den Ausschlag gab, war eine Tatsache, die ans Licht kam, als sich alle Frauen in Harvard zum ersten Mal versammelten. Ich habe dir davon erzählt. Eine der Sprecherinnen war eine Schwarze. Sie erzählte, daß sie in ihrer ersten Zeit in Harvard wegen ihrer Hautfarbe nicht in einem der Campushäuser wohnen durfte. Nun, und der dramatischste Moment im Leben unserer Baseball-Dame war, als Branch Rickey zum ersten Mal schwarze Spieler antreten ließ. Sie jubelte Jackie Robinson zu, als andere Spieler ihn mit den Stollen verletzten und die Fans schwarze Katzen aufs Spielfeld losließen. Sie war empört über die Rassenvorurteile, und ich glaube, am liebsten hätte sie etwas für Schwarze in Harvard getan. Aber jemand hat sie davon überzeugt, daß Harvard sich des Rassenproblems genügend bewußt sei, jedoch immer noch glaube, Frauen seien Kreaturen, die den Lernstoff in sich hineinschlingen, für die Studiengebühren bluten und den Mund halten sollten. Das gab den Ausschlag – das und die wunderbaren Überredungskünste einer schwarzen Frau, die ich dir gern eines Tages vorstellen möchte.«

Kate sagte: »Aus lauter Dankbarkeit werde ich mir eine Saisonkarte kaufen und die Durchschnittsleistung jedes Schlägers in ihrem Team auswendig lernen. Die Art Denksport tut einem gut, wenn man in die Jahre kommt.«

Kurz nach Kates Vorlesung wurden sie und Moon zu einem Dinner im Café in der Hampshire Street eingeladen – von Joan Theresa, Luellen May und Jocasta. Moon wollte Harvard verlassen, sowie er alle Semesterarbeiten seiner

Studenten korrigiert hatte. Die Bitte, seinen Kurs bis ins nächste Jahr zu verlängern, lehnte er ab. »Nicht mal, wenn du noch hier wärst«, sagte er zu Kate. Sie hatte die Kaution zurückbekommen, aber Moon hatte sich von den Kapseln verabschieden müssen. Es schien ihm nicht schwerzufallen; sein Bedarf danach, vermutete Kate, war längst Vergangenheit.

»Luellen bat mich, dich zu fragen«, sagte Moon zu Kate, »ob du vor Gericht bezeugen wirst, daß sie eine verantwortungsbewußte Person ist, die ihre Kinder großziehen kann. Du weißt, daß sie das ist. Sie ist viel verantwortungsbewußter als ihr Mann, der mich verteufelt an deinen Howard Falkland erinnert.«

»Wenigstens hat die Polizei, wenn auch widerwillig, zugeben müssen, daß Luellen nichts mit Janets Tod zu tun hatte, was man ja von uns anderen nicht so ohne weiteres behaupten kann.«

»Kate, Janets Tod ist offiziell als Selbstmord deklariert worden, und ich bitte dich: Laß es damit gut sein und entspann dich. Es paßt nicht zu dir, wenn du rührselig wirst und dich mit Selbstvorwürfen plagst. Kann ich Luellen also sagen, daß du vor Gericht für ihren guten Charakter einstehst?«

»Ja, ich werde für sie aussagen. Du kannst Luellen beruhigen«, sagte Kate. »Wir wollen schließlich nicht noch ein Opfer in dieser schrecklichen Geschichte. Ich würde es zwar niemand anders gegenüber zugeben, aber ich hab es ein ganz klein bißchen satt, Harvards Kastanien aus dem Feuer zu holen, besonders jetzt, wo ich sehe, wie sie alle, und besonders die anglistische Fakultät, langsam vor sich hin rösten. Und natürlich kein Wort des Dankes. Nicht einmal jetzt halten sie es für nötig, einen überhaupt zur Kenntnis zu nehmen. Versprich, daß du niemand erzählst, was ich dir gerade gesagt habe.«

»Dein Vertrauen ist, wie du selbst, für immer gut bei mir aufgehoben«, sagte Moon. Er nahm die Gitarre in die andere Hand und legte den Arm um Kate. »Ich werde dich vermissen«, sagte er und ließ seinen Arm von ihrer Schulter gleiten. »Du bist das einzige an Harvard, das ich vermissen werde. Kein Ort für mich. Na, immerhin gut, das ein für allemal herausgefunden zu haben.«

Das Dinner war eine erfreuliche Begebenheit. Kate hatte sich bereit erklärt, nicht zu rauchen, wenn es dafür Wein gab: ein fairer Handel. Joan Theresa tischte den versprochenen hausgemachten Wein auf, der, wie Kate überrascht feststellte, keineswegs schlecht war. Sie hatte hausgemachten Wein immer im Verdacht gehabt, gezuckert zu schmecken. »Sie dürfen nichts mitbringen«, hatte Luellen gesagt. »Sie sind unser Ehrengast, und Ihnen zuliebe darf Jocasta in der Nähe unseres Tisches draußen vor dem Fenster sitzen, damit Sie ihr etwas zuwerfen können, wenn Sie wollen.«

Auf dem Tisch neben dem Fenster, vor dem Jocasta in angespannter Erwartungshaltung saß, standen Kerzen, aber die Tage wurden immer länger, und es war noch fast hell. Wie Andy, stellte Kate fest, war Moon in der Gesellschaft von Frauen völlig entspannt; erst später fiel ihr auf, daß sie noch nie einen anderen Mann im Café gesehen hatte. Moon ist älter als Andy, dachte Kate dann; an ihm ist diese Haltung ursprünglicher und liebenswerter.

Nach einer Weile schoben sie ihre Stühle zurück und, o Wunder, sie sprachen nicht über Harvard. »Ich sing dir ein Lied«, sagte Moon, »um dir deinen Rauch zu ersetzen.« Und er spielte und sang Lieder, die Kate nicht kannte und sich vermutlich auch nicht merken würde; aber das spielte keine Rolle. Sie fühlte sich aufgehoben und gut. Auch Jocasta draußen vor dem Fenster hatte alle Gedanken ans Essen aufgegeben und sich lang ausgestreckt.

Als es dunkel war, Aufwiedersehen gesagt und Adressen ausgetauscht worden waren, machten sich die beiden, Moon und Kate, auf den Heimweg, die Hampshire Street hinunter zur Cambridge Street, von der Cambridge zur Maple, die Maple hinunter zum Broadway, weil Kate eine Freundin hatte, die in der Maple Street wohnte, und sie plötzlich das Bedürfnis überkam, an ihrem Haus vorüberzugehen – dann den Broadway hinunter zur Prescott, am Warren-Haus vorbei, um sich von ihm zu verabschieden – und »guten Tag« zu sagen, hatte Moon gemeint, denn während des ganzen Jahres hatte er das Haus nicht betreten –, die Quincy Street hinunter zur Mass Avenue und die Mass Avenue entlang zum Harvard Square. »Mein Auto steht unten auf dem Parkplatz«, sagte Moon. »Aber ich bring dich noch nach Hause, ehe ich losfahre.«

»Du willst doch nicht sagen, daß du jetzt gleich nach Minneapolis fährst, mitten in der Nacht?«

»Doch, genau das«, sagte Moon. »Wenn ich müde werde, halte ich irgendwo an und schlafe.«

»Wär es nicht besser, morgen früh aufzubrechen?« fragte Kate.

»Doch«, sagte Moon.

»Sylvia ist wieder in Washington. Warum fährst du nicht morgen früh los, im Morgengrauen vielleicht?«

»Warum nicht?« sagte Moon und schulterte wieder seine Gitarre. So gingen sie gemeinsam die Mount Auburn Street entlang. Wann würden sie sich wohl wieder begegnen, überlegte Kate. Harvard war Moons letzter Flirt mit dem Establishment gewesen. Und würde sie wohl je nach Minneapolis kommen? Sie sagte Moon ihre Gedanken. »Das spielt keine Rolle«, sagte Moon. »Es gibt nur das Jetzt. Es hat immer nur das Jetzt gegeben, aber erst in unserem Alter wissen wir es.«

Die Abschlußfeierlichkeiten im Harvard des Jahres 1979 waren erträglicher, als Kate zu hoffen gewagt hatte. Zum einen hatte man sie, im Gegensatz zu Leightons Eltern, nicht aufgefordert, an der Gartenparty, der komödiantischen Aufführung des Studententheaters, dem Picknick der Doktoranden und dem Empfang der Magister teilzunehmen. Sie saß auf ihrem guten Platz unter den alten Bäumen des Campus und beobachtete, wie die Examinierten, die Professoren und die Fakultätsmitglieder, die ein Ehrentitel erwartete, Einzug hielten. Die einzigen Reden wurden von Studenten gehalten, eine von einem Examensstudenten der juristischen Fakultät – in Latein –, die beiden anderen von einer Studentin und einem Studenten der unteren Semester. Während Kate den Reden zuhörte, erinnerte sie sich an eine Begebenheit bei den Abschlußfeierlichkeiten des Jahres 1969, von der sie gelesen hatte. Auch damals richtete ein Jurastudent das Wort an die versammelte Menge. Hier, unter denselben Bäumen, hatte er seine Rede mit einem Ruf nach Recht und Ordnung begonnen: »Auf den Straßen unseres Landes herrscht Aufruhr. An unseren Universitäten rebellieren subversive Kräfte. Die Kommunisten wollen unser Land zerstören. Rußland bedroht uns mit seiner Übermacht. Unser Land ist in Gefahr. Ja, in Gefahr von innen und von außen. Wir brauchen Recht und Ordnung! Ohne Recht und Ordnung kann unsere Nation nicht überleben.« Nach heftigem Beifall fuhr der Jurastudent fort: »Diese Worte wurden 1932 von Adolf Hitler gesprochen.« Kate hätte viel darum gegeben, die Stille zu hören, die dann gefolgt war.

Jetzt trat keine Stille ein, alle applaudierten. Dann begann die Verleihung der akademischen Grade. Eine Frau erhielt eine Auszeichnung, eine Wissenschaftlerin, die Kate und – wie sie der Reaktion der Leute um sie herum entnahm – auch allen anderen unbekannt war. Sie und die Studentin, die eine der Reden gehalten hatte, waren die einzigen Frauen, die das Podium betraten. Gutes, altes Harvard, dachte Kate.

Zwischendurch gab es musikalische Einlagen, oder, wie im Programm recht ungeschminkt angekündigt: »Um etwas Abwechslung in die gewissermaßen monotone Verleihung der akademischen Grade zu bringen, werden Sie der Chor der Doktoranden und das Universitätsorchester in gebührenden Abständen unterhalten.« Kate konnte Leighton nirgends entdecken, aber sie würde sie ja später bei der kleineren Feier im Südhaus sehen. Während Kate unter den Bäumen saß, dachte sie mit gütigen und ein wenig sentimentalen Gefühlen an ihre Nichte Leighton; daß sie beide Gefühle als unecht entlarvte, hinderte sie nicht daran, sie voll auszukosten. Kates Bruder und seine unmögliche Frau, Leightons Eltern, würden natürlich auch bei der Feier im Südhaus sein. Aber Kate hatte ihre Einladung sorgfältig studiert, und dort hieß es, Cocktails würden serviert. Auf die freute sie sich.

Epilog

> Das Radcliffe Institut hat sich zum Ziel gesetzt, aktiv an der Ausarbeitung von Strategien mitzuwirken, die die Lage von Frauen in Harvard verbessern. Das Radcliffe wird sich zum Fürsprecher aller Frauen in dieser universitären Gemeinschaft machen, deren Geschichte sich dadurch auszeichnet, daß sie die Bildungsbelange von Frauen sträflich vernachlässigt hat. (...) Wer sich in Harvard der Sache der Frauen annimmt, hat einen gewaltigen Berg Arbeit vor sich (...) denn nur 11 Frauen bekleiden einen Lehrstuhl, d. h. weniger als 3% der Vollprofessuren sind mit Frauen besetzt.
>
> *›Harvard Crimson‹*
> *Ausgabe zur Abschlußfeier*

Sylvia Farnum, Washington, D.C., an Kate Fansler, New York City:

...außerdem habe ich eine große Neuigkeit für Dich, meine Liebe: Harvard hat ein neues Berufungskomitee gebildet, das nach einer Professorin für englische Literatur Ausschau halten soll. Und diesem Komitee gehöre ich an. Ich glaube, ich werde sogar eine Geschlechtsgenossin zur Seite haben. Harvard scheint es leid zu werden, immer nur eine einzige Frau auf den Sitzungen zu sehen. Ich brauche Dir wohl kaum zu erzählen, daß wir diesmal eine Frau auswählen werden, die ihnen die Meinung sagt, statt in Tränen auszubrechen, und die vielleicht sogar bereit ist, sich der Probleme von Frauen in Harvard anzunehmen. Wahrscheinlich werden wir eine berufen, die sich auf moderne englische Literatur spezialisiert hat. Denn die, die sich mit den früheren Epochen befassen, scheinen sich eine Vorliebe für einfache Lebensformen bewahrt zu haben, die heute nicht mehr funktionieren und die, wie ich fürchte, nie realistisch waren. George vermißt übrigens unser Absteigequartier in Cambridge und läßt fragen, ob Ihr, Du und Reed, vielleicht Lust habt, einen Urlaub mit Staken auf dem Charles zu verbringen. Ich habe zwar keine Stakkähne gesehen, aber George meint, wir hätten nur nicht zum richtigen Zeitpunkt hingeguckt. Wie ich höre, hat Janets alte Universität ein Stipendium in ihrem Namen gestiftet. Und wie laufen die Dinge bei Dir in…

Leighton Fansler an Kate Fansler:

Liebe Tante Kate,
Vater hat mich mehr oder weniger rausgeschmissen. Ich wohne in einem hübschen Appartement in der First Street, Ecke First Avenue, auch Lower East Side genannt. Außerdem habe ich mich einer hervorragenden Theatertruppe angeschlossen. Wir bereiten die Aufführung des ›Wintermärchens‹ vor, und ich werde die Paulina spielen. Du kommst doch zur Premiere, die am…

Reed Amhearst an Kate Fansler:

…Alles ist erledigt, und ich fliege spätestens in einer Woche zurück. Hoffentlich hast Du Dich von Harvard erholt. Abgesehen von der Tatsache, daß Du dort warst, ziehe ich die Dritte Welt Harvard zweifellos vor. Ich weiß jetzt, daß es die Dritte Welt heißt, weil Du in den beiden anderen immer bei mir warst.

Dekan der Geisteswissenschaftlichen Fakultät an Frau Professor Kate Fansler, Baldwin Hall:

Liebe Frau Professor Fansler, herzlich willkommen nach Ihrem Harvard-Ausflug. Wir alle sind hocherfreut, Sie wieder in unserer Mitte zu wissen. Auf Empfehlung des Komitees zur Untersuchung der Zukunft der Ausbildung an der geisteswissenschaftlichen Fakultät darf ich Sie hiermit einladen, diesem Komitee mit sofortigem Beginn für die Dauer eines Semesters beizutreten…

Penelope Lively im dtv

Foto: Jerry Bauer

»Was mich interessiert«, sagt Penelope Lively, »ist das Gedächtnis, die Art und Weise, wie Menschen und Landschaften aus Erinnerungen zusammengesetzt sind.«

Moon Tiger
Roman · dtv 11795

Das Leben der Claudia Hampton wird bestimmt von der Rivalität mit ihrem Bruder, von der eigenartigen Beziehung zum Vater ihrer Tochter und jenem tragischen Zwischenfall in der Wüste, der schon mehr als vierzig Jahre zurückliegt. Allerdings ist nichts in diesem Leben wirklich vergangen. Alles ist Gegenwart: Kindheit und Krieg, Ägypten, England, die ganze Welt und ihre Geschichte. »Ein nobles, intelligentes Buch, eins von denen, deren Aura noch lange zurückbleibt, wenn man sie längst aus der Hand gelegt hat.«
(Anne Tyler)

Kleopatras Schwester
Roman · dtv 11918

Eine Gruppe von Reisenden gerät in die Gewalt eines größenwahnsinnigen arabischen Machthabers. Unter ihnen sind der Paläontologe Howard und die Journalistin Lucy, Skeptikerin und Nonkonformistin von Kindheit an. Ihre Begegnung in diesem obskuren Land in der Wüste kann man als das Ergebnis einer Kette von Zufällen sehen, aber gleichzeitig bildet sie den folgerichtigen Höhepunkt in beider Leben. Vor der grotesken Situation und der Bedrohung, der sie ausgesetzt sind, entwickelt sich eine ganz besondere Liebesgeschichte…

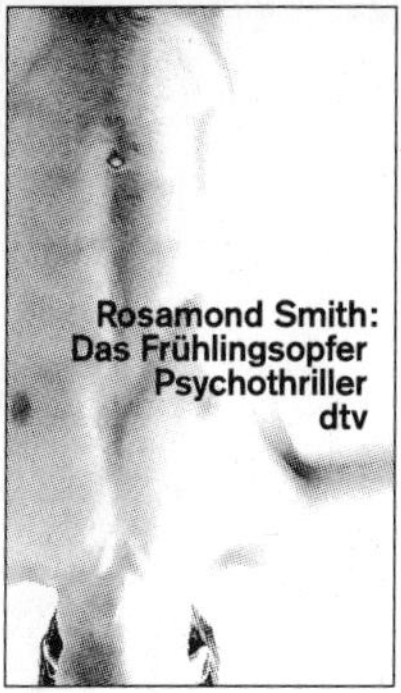

Marissa Piesman:
Kontaktanzeigen
dtv 11682
Leiche in bester Lage
dtv 11875

Zelda Popkin:
Rendezvous nach Ladenschluß
dtv 11559
Karrierefrauen leben schneller
dtv 11640
Die Tote nebenan
dtv 11804
Ein teuflisches Testament
dtv 12038

Suzanne Prou:
Die Schöne
dtv 11349

Joan Smith:
Schmutziges Wochenende
dtv 11387

Joan Smith:
Wer wohnt schon noch bei seinem Mann
dtv 11466
Ein häßlicher Verdacht
dtv 11550
Was Männer sagen
dtv 11978

Rosamond Smith:
Der Andere
dtv 11370
Das Frühlingsopfer
dtv 11859
Dein Tod – mein Leben
dtv 12001

Hannah Wakefield:
Die Journalistin
dtv 11542
Die Anwältin
dtv 11681

Hanneke Wijgh:
Tödliche Leidenschaften
dtv 12011

Margarete Zigan:
Möwenfutter
dtv 11684

Anthologien:

MordsFrauen
dtv 11377

Alle meine Mordgelüste
dtv 11647

Da werden Weiber zu Hyänen
dtv 11787

Mord am Fjord
dtv 11902

Blut in der Bassena
dtv 12018

Fay Weldon im dtv

Die Teufelin

Die loyale, aber leider ziemlich unattraktive Ruth erträgt lange die sexuellen Eskapaden ihres Mannes. Irgendwann ist sie allerdings mit ihrer Geduld am Ende. Sie dreht den Spieß um und plant einen Rachefeldzug. Das erste, was in Rauch aufgeht, ist das Eigenheim. dtv 11132

Herzenswünsche

Was Helen und Clifford aus der großen Liebe machen (natürlich eine Scheidung und diverse andere Dinge und noch eine Scheidung und die eine oder andere Karriere) und wie ihre verlorene Tochter Nell viel schöner und klüger wird, als es ihre Eltern verdient haben. dtv 11197

Du wirst noch an mich denken

Ein Mann und drei Frauen, die Geschiedene, die Neue und die Halbtagssekretärin – aus dieser nicht ungewöhnlichen menschlichen Konstellation macht Fay Weldon eine rasante psychologische Studie über Schein und Sein; mit einer Komik, die manchmal mörderisch ist. dtv 11225

Kleine Schwestern

Zusammen mit dem Antiquitätenhändler Victor, ihrem zwanzig Jahre älteren Liebhaber, fährt Elsa für ein Wochenende aufs Land. Der Besuch bei Victors reichen Freunden wird für Elsa zu einer Tour de force durch Liebe, Lügen, Sex und andere Ungeheuerlichkeiten. Aus Prinzen werden Frösche, und nichts bleibt, wie es war. dtv 11305

Frau im Speck

Aus einer von Wohlstandsspeck, Diätkuren und den üblichen Midlife-crises-Affairen bedrohten Ehe hat sich Esther in eine schmuddelige Souterrainwohnung geflüchtet. Was sie dort tut? Sie ißt, und zwar alles, was fett macht. Eine »beste Freundin« taucht auf und spielt den »rettenden Engel«... dtv 11378

Sterndame

Sandra geht mit ihrem Ehemann auf eine Party und verläßt dieselbe mit einem anderen. Das Pikante am vorliegenden Fall: Die Dame ist eine prominente Fernseh-Astronomin, der Gatte ein bekannter Anwalt, und der »Neue« Boss einer Jazz-Band, übrigens ebenfalls verheiratet. dtv 11426

Frances Fyfield im dtv

Schatten im Spiegel
Kriminalroman

Sarah Fortune ist jung, schön und erfolgreich – und sie hat rote Haare. Gegen Männer hat sie eigentlich nichts, aber sie hat was gegen Charles Tysall, auch wenn er der wichtigste und mächtigste Klient der Kanzlei ist, in der sie als Anwältin arbeitet. Irgendwie machen ihr seine Annäherungsversuche Angst. Tatsächlich – und bei der Polizei seit geraumer Zeit aktenkundig – scheint Tysalls Bekanntschaft speziell rothaarigen Frauen alles andere als gut zu bekommen ... dtv 11371

Feuerfüchse
Kriminalroman
Deutsche Erstausgabe

Eines Tages findet man im Wald eine ermordete Frau. Der Verdacht fällt bei den Ermittlungen schnell auf einen jungen Englischlehrer, der mit der Toten ein Verhältnis hatte. Alle Indizien deuten auf ihn. Zu eindeutig, findet Helen West und beginnt auf eigene Faust zu ermitteln ...
dtv 11451

Im Kinderzimmer
Roman
Deutsche Erstausgabe

Katherine lebt in einem luxuriösen Haus, hat einen beruflich erfolgreichen Mann und zwei gesunde Kinder. Von außen betrachtet das vollkommene Glück. Doch sie fühlt sich den Ansprüchen ihres Mannes nicht gewachsen. Ein psychologischer Roman, der mit fast kriminalistischer Akribie den Ursachen für den Zusammenbruch einer »glücklichen« Familie nachspürt. dtv 11516

Dieses kleine, tödliche Messer
Kriminalroman
Deutsche Erstausgabe

Keine leichte Sache, wenn man sich als Staatsanwältin auf die Aussagen eines verurteilten Mörders verlassen muß. Nichts anderes aber hat Helen West in der Hand, als sie versucht, die wahre Schuldige am Tod von Sylvia Bernard vor Gericht zu bringen. Der eigentliche Täter ist zwar geständig, gibt bei seiner Vernehmung aber zu Protokoll, das Verbrechen im Auftrag einer Frau begangen zu haben ... dtv 11536

Rebecca Stowe:

Bloß ein böses Mädchen

»Dieser Roman ist ebenso scharfsichtig wie liebenswert frech. Er lädt ein zum Vergleich mit dem ›Fänger im Roggen‹, aber Rebecca Stowe hat das ganze Selbstvertrauen einer Schriftstellerin mit einem völlig eigenen Thema.« (Sunday Telegraph)

»›Ein Mann‹, sagte ich, als Miss Nolan mich fragte, was ich einmal werden wollte.« – Die zwölfjährige Maggie müßte eigentlich das glücklichste Mädchen der Welt sein, oder wenigstens von North Bay, wo ihr Vater eine Bonbonfabrik hat. Aber sind die Pittfields wirklich eine so harmonische Familie, wie die anderen glauben? Ist Maggie nicht vielmehr ein ziemlich schwieriges kleines Biest, das alle Leute in Atem hält und mit seinen Phantasien verstört? Warum behauptet sie, daß in ihrem Kopf gleich fünf verschiedene Mädchen und obendrein noch ein junger Mann wohnen? Ist sie verrückt? Oder hat es mit ihrem Lehrer zu tun? Und diesem eigenartigen, etwas lächerlichen, nie ganz aufgeklärten Zwischenfall in der Schule, von dem niemand spricht? »Ein außergewöhnlicher, vollkommen durchdachter Roman.«
(Joan Didion)

dtv 11642